L'EXÉCUTEUR

FUREUR À MIAMI

DÉJÀ PARUS

- N° 1 : GUERRE A LA MAFIA
- N° 2 : MASSACRE A BEVERLY HILLS
- N° 3 : LE MASQUE DE COMBAT
- N° 4 : TYPHON SUR MIAMI
- N° 5 : OPERATION RIVIERA
- N° 6 : ASSAUT SUR SOHO
- N° 7 : CAUCHEMAR A NEW YORK
- N° 8 : CARNAGE A CHICAGO
- N° 9 : VIOLENCE A VEGAS
- N° 10 : CHATIMENT AUX CARAIBES
- N° 11 : FUSILLADE A SAN FRANCISCO
- N° 12 : LE BLITZ DE BOSTON
- N° 13 : LA PRISE DE WASHINGTON
- N° 14 : LE SIEGE DE SAN DIEGO
- N° 15 : PANIQUE A PHILADELPHIE
- N° 16 : LE TOCSIN SICILIEN
- N° 17 : LE SANG APPELLE LE SANG
- N° 18 : TEMPETE AU TEXAS
- N° 19 : DEBACLE A DETROIT
- N° 20 : LE NIVELLEMENT DE NEW ORLEANS
- N° 21 : SURVIE A SEATTLE
- N° 22 : L'ENFER HAWAIIEN
- N° 23 : LE SAC DE SAINT LOUIS
- N° 24 : LE COMPLOT CANADIEN
- N° 25 : LE COMMANDO DU COLORADO
- N° 26 : LE CAPO D'ACAPULCO
- N° 27 : L'ATTAQUE D'ATLANTA
- N° 28 : LE RETOUR AUX SOURCES
- N° 29 : MEPRISE A MANHATTAN
- N° 30 : CONTACT A CLEVELAND
- N° 31 : EMBUSCADE EN ARIZONA
- N° 32 : HIT-PARADE A NASHVILLE
- N° 33 : LUNDI LINCEULS
- N° 34 : MARDI MASSACRE
- N° 35 : MERCREDI DES CENDRES
- N° 36 : JEUDI JUSTICE
- N° 37 : VENDREDI VENGEANCE
- N° 38 : SAMEDI MAUDIT
- N° 39 : TRAQUENARD EN TURQUIE
- N° 40 : TERREUR SOUS LES TROPIQUES
- N° 41 : LE MANIAQUE DU MINNESOTA
- N° 42 : MALDONNE A WASHINGTON
- N° 43 : VIREE AU VIET-NAM
- N° 44 : PANIQUE A ATLANTIC CITY
- N° 45 : L'HOLOCAUSTE CALIFORNIEN
- N° 46 : PERIL EN FLORIDE
- N° 47 : EPOUVANTE A WASHINGTON

DON PENDLETON

L'EXÉCUTEUR

FUREUR À MIAMI

TRADUIT DE L'AMÉRICAIN
PAR F. GUIRAMAND

Titre original américain :
BLOOD DUES

Photo de couverture : VLOO

La loi du 11 mars 1957 n'autorisant, aux termes des alinéas 2 et 3 de l'article 41, d'une part, que les *copies ou reproductions strictement réservées à l'usage privé du copiste et non destinées à une utilisation collective*, et d'autre part, que les analyses et les courtes citations dans un but d'exemple et d'illustration, *toute représentation ou reproduction intégrale ou partielle, faite sans le consentement de l'auteur ou de ses ayants droit ou ayants cause, est illicite* (alinéa 1er de l'article 40). Cette représentation ou reproduction, par quelque procédé que ce soit, constituerait donc une contrefaçon sanctionnée par les articles 425 et suivants du Code pénal.

© 1984, PLON-HUNTER
ISBN : 2-259-01167-5

CHAPITRE PREMIER

Enfin, le contact avait été établi, le rendez-vous fixé. Cette nuit, avec un peu de chance, l'affaire attendue depuis six longues semaines serait bouclée pour John Hannon. Il n'aurait plus qu'à la passer à la Police.

Avec un peu de chance... ouais...

En attendant l'ascenseur, Hannon consulta sa montre pour la énième fois : encore deux heures à tuer avant ce fameux rendez-vous. Il lui faudrait une heure pour se rendre à l'endroit fixé. Il passerait l'autre dans un bon restaurant. Voilà plusieurs jours qu'il n'avait avalé que des sandwiches, mais ce soir, il se rattraperait. Il retrouvait son instinct de chasseur d'antan, et avec lui, l'appétit lui revenait.

Comme au bon vieux temps, oui... presque... remettre les morceaux du puzzle à leur place, trouver un lien entre les différentes pistes afin de découvrir la cohérence de l'ensemble. Voilà qui le changeait des petites enquêtes de routine, essentiellement axées sur les affaires de bidet, filatures ennuyeuses et constats d'adultères qui occupaient le plus clair de son temps depuis qu'il avait quitté la division des Homicides.

Cette fois enfin, il avait l'impression de faire quelque chose.

Il n'avait jamais vu le Cubain ni même entendu sa voix avant le coup de téléphone de cet après-midi, mais il avait tout de suite accepté de le rencontrer. Il ne sous-estimait pas les risques : il avait travaillé assez longtemps dans la Police pour envisager le pire. Mais à présent il était trop près du but pour hésiter.

L'ascenseur arriva enfin, vide, et Hannon descendit directement au parking souterrain. L'air confiné y sentait l'essence et le cambouis. D'un pas nerveux, Hannon rejoignit sa Buick garée trois travées plus loin.

Il insérait la clé dans la serrure de la portière quand il sentit le danger derrière lui. Il n'avait pourtant rien entendu, mais un brusque frisson glacé lui parcourut le dos. Il sut instinctivement à quoi s'en tenir quand un objet froid s'écrasa contre sa nuque, près de l'oreille gauche.

Hannon se figea. Le parking souterrain ne sentait plus l'essence soudain, mais la mort.

— Tu connais la musique ? marmonna une voix rauque.

Oui, Hannon connaissait la musique pour l'avoir jouée mille fois, mais de l'autre côté de la scène : les mains sur le toit de la Buick, les deux jambes écartées... On le palpa brutalement et on le déchargea du revolver .38 qu'il portait à la ceinture. Il sentait toujours la froide pression contre sa nuque.

Donc ils étaient au moins deux...

— Il est clair ! annonça une seconde voix.

Une pogne violente le saisit par l'épaule pour le plaquer dos à la Buick. Ils étaient deux en effet, deux copies conformes dans leurs costards en alpaga à cinq cents tickets. Hannon reconnut le plus âgé : un certain Johnny quelque chose... impossible de se rappeler son nom avec ces deux flingues braqués sur lui.

Ledit Johnny pointait un Smith and Wesson .357 droit sur sa poitrine et son petit copain faisait joujou avec le revolver pris à Hannon. A cette distance, peu importait lequel des deux tirait. L'un et l'autre n'avaient guère de chance de rater leur cible.

— On part en balade, annonça Johnny. C'est toi qui conduis. Pose ton cul derrière le volant et t'amuse pas à jouer les héros, connard !

Hannon obéit. Il n'y avait rien d'autre à faire pour l'instant. Ces gars-là avaient la ferme intention de le descendre, mais ils préféraient le faire ailleurs que dans le parking.

Un scénario lugubrement classique.

Impossible, toujours, de se souvenir du nom de ce Johnny, mais peu à peu des bribes revenaient... chantage... assassinat...

Un homme de la Mafia. Un hit-man.

Ça rentrait à peu près dans le tableau.

Johnny prit place sur le siège avant, tandis que son copain assurait la couverture, sur la banquette arrière. Son gros visage épais et suant s'encadra aussitôt dans le rétroviseur.

— Où ? demanda laconiquement Hannon.

— On te le dira en temps voulu, aboya Johnny. Pour l'instant, tu rattrapes la 7e Rue et tu prends vers le sud. Pas la peine de te presser, on a tout notre temps.

Hannon lança le moteur et sortit du parking au moment où une superbe Firebird arrivait à tombeaux ouverts. La voiture de sport faillit entrer en collision avec la Buick, mais Hannon donna instinctivement un coup de volant et s'engagea dans la rue.

Un peu plus loin, sur un ordre sec de Johnny, Hannon gagna l'échangeur 395, puis longea le Parc Bicentennial. L'océan se trouvait à leur gauche. Sur le sable, des filles en bikini jouaient avec un Frisbee. L'estomac de Hannon se noua : il lui parut indécent que des jeunes gens s'amusent alors que lui-même avait rendez-vous avec la mort. Mais il écarta ces pensées stériles. Il n'avait pas du tout l'intention de se laisser conduire docilement à l'abattoir.

Le nom lui revint brutalement : Johnny Stompanato dit « le Casseur », un surnom datant de l'époque où le tueur jouait les gros bras pour les petits mafiosi enrichis. On lui prêtait au moins une douzaine de meurtres, mais la police n'avait jamais accumulé suffisamment de preuves contre lui pour le boucler.

Johnny le Casseur était une dangereuse ordure, pas de doute, et maintenant, il bossait pour Tommy Drake.

Voilà qui expliquait pas mal de choses et renforçait encore Hannon dans sa détermination de ne pas mourir seul. C'était bien le moins...

Ils roulaient vers le sud depuis un quart d'heure lorsque Hannon repéra la filature. Le tueur sur la banquette arrière s'était un peu déplacé, libérant le rétroviseur, et Hannon vit alors la Firebird rutilante qui leur collait aux fesses. Une coïncidence peut-être, à moins que...

Stompanato n'était pas un bleu. Il avait sans doute prévu une équipe de renfort en cas de pépin. Si c'était le cas, Hannon n'avait plus aucune chance de survie : même s'il sautait en marche, l'équipe de secours le transformerait en passoire. Donc il n'avait plus le choix.

La circulation commençait à diminuer et Hannon en profita, écrasant brutalement l'accélérateur. Stompanato lui balança un solide coup de son revolver dans les côtes :

— *Calmos,* t'entends ? rugit-il. On n'a pas de train à prendre.

Hannon eut un vague sourire grinçant mais ne ralentit pas pour autant. Il sentait pourtant le museau de son propre revolver coincé entre ses deux omoplates. L'espace d'un instant, il se demanda si la balle lui traverserait la moelle épinière et si lui-même culbuterait sur le volant.

— Ralentis, t'entends, connard ? rugit encore Stompanato.

Le tueur sur la banquette arrière bloquait le rétroviseur, à nouveau, et manifestait certains signes de panique. Hannon repéra pourtant la Firebird qui gagnait du terrain et s'apprêtait à les doubler. Elle était suffisamment proche à présent pour que Hannon puisse distinguer le visage tendu du conducteur et la silhouette fugace d'un revolver en instance d'être pointé par la portière.

Ainsi, l'équipe de secours de Stompanato se résumait à *une* personne. Bizarre, tout de même... Mais Hannon n'eut pas le temps de s'appesantir davantage car, à quatre cents mètres devant lui, l'occasion se présentait : un pont au-dessus de l'autoroute, supporté par d'énormes poteaux en béton : le rêve pour y écraser la Buick.

Courbant les épaules, Hannon se pencha sur le volant comme s'il espérait ainsi appuyer encore plus fort sur l'accélérateur. Dans son champ de vision latéral, il voyait la Firebird qui était venue se placer à la même hauteur que la Buick.

Curieusement la Firebird fila devant la Buick et la distança.

Merde alors... Ça voulait dire quoi ?

Brusquement, trente mètres plus loin, la Firebird freina des quatre roues en plein milieu de la route. En un réflexe instantané, Hannon écrasa le frein à son tour, tout en donnant un brutal coup de volant sur la droite. La Buick partit sur le bas-côté, complètement déséquilibrée. Les pneus patinèrent dans l'herbe, la terre et les gravillons giclèrent de tous côtés tandis que le moteur rugissait dans le vide.

En un ultime réflexe, Hannon balança un furieux coup de poing dans la gueule de Stompanato tandis que de son autre main il ouvrait sa portière pour sauter dans l'herbe.

Le Smith and Wesson rugit tout contre son oreille. Il sentit le souffle brûlant de la balle lui effleurer la joue avant de se ficher dans la terre meuble. Il se retrouva à quatre pattes, tempêtant pour retrouver son équilibre tout en sachant que s'il se redressait il était perdu.

Dans sa panique, Hannon vit le pilote de la Firebird qui fonçait vers la Buick en longues foulées souples. Il fit un dernier effort pour se redresser mais ne réussit qu'à basculer en arrière.

Ce coup-ci, c'était la fin...

Comme dans un mauvais rêve, le pilote de la Firebird passa près de lui sans s'arrêter et continua vers la Buick, un automatique au poing. Johnny Stompanato s'extirpait du véhicule, brandissant son arme.

Le nouvel arrivant tendit le bras et son flingue cracha sa pastille mortelle avec un sifflement étouffé. Le Casseur s'écroula sur le capot de la Buick qu'il macula de son sang et de projections de chair arrachées à sa nuque.

L'instant d'après, l'inconnu pivotait, cherchant sa seconde cible. Avant que le second tueur ait réalisé, une nouvelle balle percutait la vitre arrière de la Buick et se fichait dans le crâne de son occupant qui se recroquevilla sur lui-même comme un tas de chiffons.

Alors, tranquillement, l'inconnu rengaina son arme et s'approcha de Hannon.

— Prêt à relancer le jeu, Hannon ? s'enquit-il d'une voix étonnamment calme.

CHAPITRE II

— Nous nous connaissons ?

Bolan jeta un coup d'œil à son passager.

— Nous ne nous sommes jamais rencontrés, répondit-il.

Leurs routes s'étaient pourtant croisées, autrefois, au début de la guerre personnelle de Bolan contre la Mafia. A cette époque, Hannon faisait partie de la Police de Miami et il était alors bien décidé à arrêter le guerrier sanglant qui, à lui tout seul, semait la ruine dans les rangs des *amici*. C'était Hannon qui conduisait la troupe, ce fameux jour où Bolan avait fait irruption à la Convention Nationale de Miami, mais le policier était arrivé trop tard et avait dû se contenter de compter les morts...

L'homme à côté de Bolan avait bien changé, depuis le temps. Il avait vieilli, son visage était ridé, ses cheveux grisonnants. Il avait des ennuis, sans aucun doute. Des ennuis qui expliquaient — en partie au moins — le retour de l'Exécuteur en Floride.

— Je vous suis sacrément redevable, dit encore John Hannon.

— Vous ne me devez rien du tout.

— Tu parles !... qui êtes-vous réellement ?

— Frank La Mancha, répondit simplement Bolan.

— Est-ce que... est-ce que vous êtes un fédé ?

— Pas tout à fait. Disons que nous avons certains intérêts en commun.

Hannon parut réfléchir, le regard perdu devant lui, déclara ensuite :

— Il faut que je prévienne la division des Homicides. De toute façon, on ne va pas tarder à retrouver la Buick.

— Je vous arrêterai à une cabine téléphonique, répondit l'Exécuteur. En attendant, nous pourrions parler...

— Vraiment ? s'étonna l'ancien policier avec méfiance.

— Pourquoi ces deux gorilles vous emmenaient-ils en balade ?

— Si vous n'êtes pas un fédéral... attaqua Hannon.

— Je n'ai jamais dit que je n'en étais pas un, le coupa sèchement Bolan. C'est une mission spéciale. Vous connaissiez les deux buteurs ?

— L'un d'eux, oui, répliqua Hannon. Un tueur du nom de Johnny Stompanato. Il bosse... enfin bossait pour Tommy Drake. Ça vous dit quelque chose ?

L'Exécuteur grogna un acquiescement.

Tommy Drake figurait au fichier mental de Mack Bolan. C'était un mafioso de moyenne importance qui s'était forgé une place intéressante sur le marché de la drogue. Pas un boss, pourtant, mais davantage qu'un homme de main. Pourquoi donc voulait-il abattre l'ancien flic qu'était Hannon ? Bolan posa la question à son compagnon.

Celui-ci hésita un moment avant de répondre, puis attaqua :

— Vous connaissez mon nom, vous savez sans doute que j'ai longtemps fait partie de la police. Depuis deux ans je travaille dans le privé.

— Parlez-moi de la dernière affaire. Vous avez remonté une piste ?

— Au début, ça ne s'est pas présenté ainsi, murmura Hannon en réfléchissant. Une compagnie d'assurances m'a chargé d'une enquête sur un vol de camions de déménagement, il y a six semaines à peu près. L'assuré s'était fait voler plusieurs camions. J'ai découvert qu'outre les siens, d'autres poids lourds avaient également été volés. En tout, une demi-douzaine. Essentiellement des semi-remorques, tous embarqués au cours des deux derniers mois. Jusque-là, rien de vraiment extraordinaire. Ce qui est plus surprenant, c'est que tous les camions volés étaient *vides*. On ne les a pas piqués pour leur chargement. Or que fait-on avec un camion vide ? Ce n'est pas le genre d'engin idéal pour une promenade en amoureux au clair de lune, non ?

— Une histoire de contrebande ?

— C'est ce que je croyais au début, mais les fraudeurs préfèrent utiliser les transports publics. C'est moins risqué.

— Alors vous avez pensé à un fret bien spécial, c'est ça ?

— En effet. Plus précisément un transport d'armes volées.

— C'est une supposition ?

Hannon secoua la tête.

— Hélas non. Au cours de mon enquête, j'ai eu accès à toutes sortes de dossiers de vol. En particulier, le camp militaire de Blanding, au sud de Jacksonville, a déposé une plainte pour vol de matériel, de même que la base navale d'Orlando. Des vols récents datant de moins de deux mois.

Bolan se raidit.

— Quel genre de matériel ?

— Devinez. De l'armement léger, des fusils

mitrailleurs, des munitions, des grenades, des lance-roquettes, etc. En tout cas, en quantité suffisante pour équiper une petite armée privée.

— Et quel est le rapport avec vos camions ? s'enquit Bolan.

Hannon fronça les sourcils.

— Des rumeurs dans la pègre, avoua-t-il. Le marché des armes est florissant en Floride, avec tous les réfugiés, les terroristes, les trafiquants de drogue... Ces gars-là achètent tout ce qui fait des dégâts.

— Et où situez-vous Tommy Drake dans cette affaire ?

— A vrai dire, je ne sais pas encore très bien. J'avais rendez-vous ce soir avec un Cubain et j'espérais avoir des précisions sur l'affaire...

Hannon consulta sa montre avant de conclure :

— Avec le contretemps d'un passage aux Homicides, je crains que mon rendez-vous ne soit loupé.

— Pas plus mal, lui répondit l'Exécuteur. Si c'est votre rancart qui vous a piégé, c'est plutôt dangereux. Par contre, s'il est clair...

— Il reprendra contact, acheva John Hannon. D'un côté comme de l'autre.

Ils venaient d'arriver dans un centre commercial et Bolan immobilisa la voiture à l'entrée du drugstore, près d'une rangée de cabines téléphoniques.

Hannon ouvrit sa portière, puis se tourna vers Bolan, hésitant deux secondes avant de questionner :

— Vous avez bien dit *La Mancha ?*...

Bolan se figea intérieurement mais se força à sourire.

— C'est bien ça, oui.

— Bon, je vais donner ce coup de fil à la Brigade. Je ne crois pas que je parlerai de *La Mancha*. Ça vaut mieux, non ?

Hannon lui adressa un clin d'œil de connivence.

Bolan se détendit aussitôt.

— OK, fit-il, racontez ce que vous voulez.

— Si seulement je savais ce que vous cherchez, reprit Hannon.

— Je ne le sais pas exactement moi-même, lui avoua le soldat.

— Si je puis faire quoi que ce soit...

— J'ai votre numéro de téléphone, lui dit Bolan. Et vous faites partie de mes projets.

Cette fois, Hannon ne parut pas tellement surpris.

— Eh bien, heu... merci !

Il sortit et referma la portière. Bolan appuya sur l'accélérateur, s'éloigna. Dans son rétroviseur, il vit une dernière fois l'ex-policier, combiné en main, qui composait son numéro.

Hannon avait bel et bien reconnu Mack Bolan. Pourtant l'Exécuteur lui accordait une confiance instinctive, irraisonnée. Son regard, son attitude, le signifiaient clairement : l'homme était de ceux à qui l'on peut tendre les mains sans risquer une trahison.

Mais si Hannon décidait d'être un allié, il deviendrait aussi une responsabilité pour le guerrier solitaire.

Bolan haussa les épaules. Pour l'instant, Hannon lui avait fourni au moins une piste : celle de Tommy Drake.

CHAPITRE III

Tommy Drake — né Thomas Dracco — était le seul fils survivant d'un gros requin de Chicago. A la belle époque, Papa Dracco était « branché ». Néanmoins ses touches dans la mafia ne lui avaient pas toujours refilé les bons tuyaux; aussi, au cours d'une guerre locale de gangs avait-il pris fait et cause pour le perdant. Et le gagnant avait emmené Papa en balade... Plus tard, quand ses trois fils aînés avaient voulu le venger, ils avaient disparu sans laisser de trace.

C'est alors que le jeune Thomas, plus malin que ses frères, s'était découvert le goût du voyage.

Il était parti pour Miami où le soleil et l'éloignement lui avaient fait oublier Chicago. Là, sous le nom de Tommy Drake, il avait trouvé un boulot d'homme de main pour le capo local, Vinnie Balderone. Miami, à l'époque, était ville ouverte et les occasions ne manquaient pas pour quelqu'un qui savait obéir et ne se souciait guère de défoncer des crânes.

Après la chute de Balderone, sous le feu infernal de Bolan, Drake vendit ses services à Nicky Fusco, le nouveau boss dans le vent. La disparition de toute sa famille lui avait enseigné la flexibilité et il fit merveille chez Fusco où il acquit vite le grade de premier lieutenant.

Fusco lui apprit les ficelles du trafic de drogue et Drake s'avéra un fort bon élève. Plus tard, quand Bolan extermina Nicky, son protégé se mit en quête d'un nouveau patron...

Et il découvrit Don Filippo Sacco.

Ce n'était pas par manque d'ambition personnelle que Tommy préférait bosser à l'ombre d'un patron. Mais, il savait par expérience qu'il valait mieux laisser les autres prendre les risques. Ses chefs successifs le protégeaient pendant que lui leur gagnait du fric, et s'ils se cassaient la gueule en chemin, quelle importance ? On pouvait toujours en changer.

Les choix n'avaient jamais manqué à Tommy Drake. Il était prêt à faire alliance avec n'importe qui à condition qu'on lui garantisse aisance et sécurité.

Grâce à la drogue, Tommy Drake était rapidement devenu millionnaire sans jamais prendre de gros risques, dans cette capitale du crime qu'était devenue Miami. Certes, les Cosa-Nostra le protégeaient, mais il savait aussi traiter avec la concurrence en évitant de jouer les gros bras chaque fois que c'était possible. Il respectait les petits indépendants qui ne lui faisaient pas ombrage, mais savait aussi décourager les cow-boys de la cocaïne, quand ils se montraient trop gourmands... Pas méchant, Tommy, mais sérieux dans le boulot.

La drogue lui avait permis d'acheter une jolie villa de style espagnol dans le faubourg de Hollandale, tout près du Gulfstream Park. Pas un quartier excessivement chic, mais Tommy était un modeste et préférait rester dans l'ombre pendant que les autres, s'ils avaient la gloire ostentatoire, essuyaient aussi le feu...

Seulement l'ombre, ce soir, risquait fort de ne pas protéger Tommy Drake.

L'Exécuteur était équipé pour une mission de renseignement. Il portait sa combinaison noire et s'était également noirci le visage et les mains. Le Beretta 93 R à silencieux était logé dans son holster, sous son épaule gauche, et la combinaison noire contenait tout un assortiment de stylets, garrots et autres instruments de mort silencieuse.

La propriété était entourée d'un mur assez bas que Bolan escalada sans difficulté pour sauter de l'autre côté sur une pelouse impeccablement entretenue. A l'extrémité de celle-ci, quelque cinquante mètres plus loin, la maison basse de style espagnol était abondamment éclairée.

Comme le regard de Bolan enregistrait les lieux, une sentinelle traversa son champ de vision et disparut dans l'ombre derrière la bâtisse.

Le guerrier attaqua sa ronde de reconnaissance, prenant soin de rester plaqué au mur d'enceinte. Il arriva ainsi jusqu'à un bosquet de saules qui le protégeait de la maison. Là, il s'immobilisa, sortit le Beretta de son baudrier et en ôta le cran de sûreté. Puis il se remit en marche.

Derrière la construction, il découvrit un patio confortablement aménagé avec une piscine et un alignement de cabines. A l'une des extrémités de la piscine s'élevait un plongeoir de quatre mètres de haut : une sentinelle y était assise en travers, un Remington 870 à canon scié posé sur les cuisses. Depuis sa position, l'homme surveillait toute la propriété.

Il allait être le premier à mourir.

Bolan affermit sa main sur la crosse du Beretta, le doigt déjà en place sur la détente, et continua d'avancer dans l'ombre. Parvenu à vingt-cinq mètres de sa cible, il visa minutieusement. Le Beretta émit un bruit de toux à peine audible tandis que son message de mort comblait le vide jusqu'à la sentinelle dont le visage explosa avant même de pouvoir manifester le moindre étonnement...

L'homme sans visage glissa sur le côté puis s'affala du plongeoir pour tomber lourdement dans la piscine immédiatement suivi de son arme. Sous le plongeon disgracieux, l'eau gicla très haut pour retomber en pluie sur le dallage alentour. Puis le cadavre réapparut à la surface, ignoble ballot flottant.

Une seconde sentinelle surgit presque aussitôt à l'autre extrémité du patio. Sans doute l'homme avait-il perçu le bruit de la chute de son copain. En tout cas, il vit tout de suite le cadavre dans la piscine et réagit en dégainant un gros revolver nickelé.

Bolan visa une seconde fois, anticipant chacun des gestes de sa cible. L'automatique émit un second soupir rauque et l'homme trébucha, fit une curieuse pirouette et rebondit contre une chaise longue avant de s'affaler au sol.

Figé dans l'ombre, Bolan attendit quelques secondes, puis traversa rapidement le patio.

Sur le mur sud, il découvrit un treillis recouvert de lierre sous un balcon en fer forgé au premier étage. Le treillis était suffisamment solide pour supporter son poids.

En quelques secondes d'escalade, il atteignit le balcon et se stabilisa derrière une baie vitrée d'où s'échappait de la lumière à profusion. Celle-ci était ouverte et une brise à peine perceptible agitait doucement les rideaux tirés. Des voix étouffées parvinrent à l'Exécuteur.

Avec le canon de son Beretta, Bolan écarta imperceptiblement les rideaux. Juste assez pour observer l'intérieur de la pièce.

Comme il s'en doutait, c'était la chambre à coucher du maître de céans et elle semblait tout droit sortie d'un film porno. Des tableaux suggestifs ornaient les murs. Aux quatre coins de la pièce se dressaient des statues en plâtre représentant des hommes et des femmes dans des positions érotiques.

Au centre de la chambre, un lit géant en forme de cœur était occupé par un couple qui se trémoussait en cadence.

Bolan franchit silencieusement la fenêtre.

L'homme était accroupi entre les cuisses largement ouvertes de la fille, tournant le dos à Bolan. Par-dessus son épaule, l'Exécuteur aperçut un sein bien rond, un bout de hanche ferme et la tête de la fille rejetée en arrière, qui semblait haleter.

Bolan saisit l'homme par les cheveux et lui tira la tête avec violence. Sous le choc, le type se retrouva à quatre pattes au milieu du lit, étouffa un cri de stupeur tandis que ses yeux se figeaient sur l'horrible museau noir du Beretta braqué sous son nez.

— T'as les compliments de John Hannon, laissa tomber le guerrier d'une voix basse et glaciale.

Tommy Drake chercha fébrilement une réponse mais aucun son ne sortit de sa bouche. La fille nue s'était appuyée sur un coude et dévisageait stupidement le grand homme en noir avec des yeux écarquillés.

Puis le mafioso fit une profonde inspiration et tenta une réplique :

— Eh... Dites, il y a sûrement une gaffe quelque part... Qui est-ce que vous... ?

— Il n'y a pas d'erreur, répliqua doucement Bolan.

— Mais... mais qu'est-ce que ça veut dire ? balbutia Tommy.

— On va discuter, *amico*. Si tu joues franc jeu, tu t'en tireras. Sinon...

Le mafioso se raidit :

— Je suis pas un mouchard !

— Okay, c'est comme tu veux.

Le double cliquetis d'armement du Beretta fit sursauter Tommy. A côté de lui, la femme étouffa un gémissement terrifié.

Bolan posait calmement son index sur la queue de détente quand Tommy craqua :

— D'accord. D'accord...

Il jeta un coup d'œil affolé à sa copine avant de reprendre :

— Elle pourrait pas aller faire un petit tour ?

— Moi, je la trouve parfaite là où elle est, rétorqua l'Exécuteur d'une voix neutre. T'as envoyé le Casseur et son bras droit après Hannon. Pourquoi ?

Le mafioso hésita un quart de seconde, mais le Beretta tout contre lui le rappela à l'ordre.

— Contrat privé, murmura-t-il. Rien à voir avec les affaires courantes.

— Qui est l'acheteur ?

— Je ne sais pas.

Bolan poussa un soupir las :

— Tchao, Tommy !

— *Non, attendez !*

Le museau du Beretta s'abaissa de quelques millimètres :

— Et pourquoi j'attendrais ? grommela Bolan.

— Tout ce que je sais du gars, c'est un nom de code, un truc qu'il donne au téléphone, si vous voyez ce que je veux dire.

— Depuis quand tu bosses avec des inconnus, Tommy ?

— C'est pas vraiment un inconnu... je le connais pas, mais... enfin... on a déjà travaillé ensemble une ou deux fois.

— Et ce nom de code, c'est quoi ? reprit Bolan.

— Il se fait appeler José 99. Je vous jure, c'est tout ce que je sais. Ces mecs, vous savez...

Décidément, la Mafia avait une prédilection pour le chiffre 99. Bolan se souvint d'un certain Al 99 qu'il avait exposé puis éliminé au début de sa guerre contre les amici.

— Tu le contactes comment ?

— C'est jamais moi qui l'appelle. C'est toujours lui. Tenez, pour ce coup,... il me dit comme ça qu'il y a un con de privé qui marche sur ses plates-bandes. Est-ce que je voudrais pas m'en occuper...

L'Exécuteur resta silencieux, observant durement Tommy Drake. La vie est un éternel recommencement, songea-t-il. Les mafiosi ne changent pas. Ils sont à l'intérieur d'une boucle fermée et ne cherchent nullement à en sortir. Tant que la combine est rentable.

— ... alors je lui ai dit que je marchais, poursuivait Drake, devenu très volubile. Normal, on s'est aidé souvent, lui et moi. Un coup lui, un coup moi... c'est comme ça que ça se fait, les affaires...

— Le contrat est à l'eau, fit Bolan. Le Casseur ne rentrera pas cette nuit.

— OK, mec, puisque vous le dites...

— Ecoute-moi bien, Tommy. Pour l'instant, je te refile le drapeau blanc. Un sursis, si tu préfères. Mais si j'apprends que tu m'as menti...

— Hé ! pourquoi je vous bourrerais le mou ?

Bolan lâcha le mafioso qui retomba lourdement sur le lit. Tout en rengainant son Beretta, le grand homme en noir eut un sourire glacial.

— Tâche de ne pas jouer la mauvaise carte, Tommy. T'as gros à perdre.

Mais il n'était pas encore sur le balcon que déjà Tommy avait tout perdu.

D'un seul coup, le mafioso avait retrouvé ses nerfs et ses jambes. Il sauta du lit par-dessus la fille pour se ruer vers une petite commode. Bolan s'en était douté. Il le laissa fouiller fébrilement dans le tiroir.

A l'instant où la main du truand brandit son arme, le Beretta surgit entre les rideaux, son canon noir prolongé par l'horrible bulbe du silencieux rivé sur la cible humaine. Une pression douce, gentille, sur la détente, et la 9 mm s'enfonça dans le visage de Tommy qui mourut sur le coup. Il retomba durement sur le lit dont les draps blancs burent avidement son sang.

La fille s'était agenouillée sur le lit, fixait le carnage d'un air horrifé. Au bout de longues secondes, elle détourna la tête et regarda la haute silhouette sombre. Outre le choc et la terreur, ses yeux reflétaient autre chose, mais l'Exécuteur était trop pressé pour essayer de comprendre.

— Habillez-vous et filez, lui dit-il. La fête est finie.

Et sans attendre, il repartit par le même chemin qui l'avait conduit jusque-là.

Son boulot à l'hacienda était terminé, Tommy Drake liquidé, mais contrairement à ce qu'il avait affirmé à la fille, la fête à Miami n'était pas finie, loin de là...

Dans ses tripes, le soldat savait qu'elle commençait seulement.

CHAPITRE IV

Au fil des vingt dernières années, Miami est devenue presque aussi cubaine qu'américaine. Les réfugiés de Cuba font vivre la ville au rythme latino-américain. Il faut dire que depuis la prise de pouvoir de Castro, en 1959, les Etats-Unis ont accueilli plus de huit cent mille exilés — volontaires ou forcés — dont la majeure partie s'est installée en Floride. Ils ont façonné Miami, lui ont donné un nouveau visage pour le meilleur ou pour le pire. Certains quartiers de la ville sont aujourd'hui de véritables enclaves où l'on ne parle qu'espagnol : ainsi Hialeah et Coral Gables ; mais le quartier cubain le plus connu se trouve en plein centre de la ville : il s'appelle la Petite Havane. Là, les enseignes des magasins, les panneaux de publicité, sont écrits en espagnol et il est rare de trouver des boutiques où l'on parle anglais.

L'artère principale qui traverse le quartier s'appelle officiellement la 8ᵉ Rue, mais on ne la connaît que sous le nom de *Calle Ocho* — la rue de l'or. L'or pourtant y a disparu depuis bien longtemps... Remplacé par la rouille des façades lépreuses.

Au printemps 1980, une nouvelle vague de réfugiés débarquait encore sur les côtes de Floride. A la Havane, en effet, une poignée de patriotes opposés au régime castriste avaient demandé asile à l'ambassade péruvienne de la Havane. Par mesure de représailles, Fidel Castro avait interdit à sa police de garder les abords de l'ambassade et, en moins d'une semaine, plus de 7 000 cubains dissidents envahissaient les locaux péruviens, espérant ainsi fuir le régime communiste qu'ils réprouvaient. Castro choisit alors d'utiliser cette situation délicate comme moyen de propagande spectaculaire : il annonça haut et clair que quiconque n'approuvait pas son régime était libre de chercher asile ailleurs ; et il ouvrit le port de Mariel à toute une flottille de la « liberté », basée sur la côte sud de Floride. Ce fut alors qu'il retourna sa dernière carte : les bateaux de la « liberté » étaient autorisés à quitter Mariel à condition d'accepter à leur bord un certain nombre de passagers imposés par le gouvernement de Cuba. Une forme de déportation comme une autre qui n'attira l'attention que lorsque l'on s'aperçut que Fidel, en réalité, faisait le ménage chez lui et vidait ses prisons et ses asiles. Du reste, au bout de quelques mois, les statistiques étaient éloquentes : à la Havane, la criminalité avait baissé de trente trois pour cent quand, dans le même temps à Miami elle avait augmenté dans des proportions similaires...

Un rapport du FBI à la fin de l'année 1980 classait Miami en tête des six villes les plus dangereuses des Etats-Unis. Le trafic de drogue, bien sûr y était florissant, et les *marielistas* remplissaient chaque jour davantage les prisons de l'Etat.

Il faut ajouter à cela que l'on trouvait toutes les tendances politiques parmi les réfugiés. Certains groupes étaient violemment anti-castristes. D'autres, déçus par l'attitude des Etats-Unis qu'ils considéraient comme une trahison, s'opposèrent au gouvernement américain et manifestèrent leur haine en attaquant des institutions publiques et en semant la terreur dans la population. Une des raisons pour lesquelles le trafic d'armes, tout comme celui de la drogue, se portait bien.

Si la Floride avait bien changé depuis l'époque où Bolan y avait décapité la mafia locale, l'Exécuteur pourtant connaissait parfaitement le milieu des réfugiés cubains. Il connaissait sa rancœur, sa haine, et parfois aussi, son courage. Par deux fois, des Cubains avaient sauvé la vie à l'Exécuteur quand les chacals de la mafia l'avaient laissé pour mort.

Une fois, c'était l'adorable Margarita qui l'avait soigné, et elle avait payé sa générosité de sa vie...

Oui, Bolan connaissait les réfugiés cubains, mais s'il était de retour en Floride, à présent, c'est que des rumeurs sur des vagues de terrorisme soigneusement entretenues de l'extérieur l'y avaient appelé. Le prolétariat cubain, dans son malheur, faisait parfois alliance avec n'importe qui. Les terroristes, la mafia, Cuba, l'URSS... Oh, pas tous les réfugiés, bien sûr. Certains seulement, et le premier travail de Mack Bolan consistait à identifier les mauvais parmi les bons. Une tâche difficile. Comme dans toute situation de combat, les étapes étaient les mêmes :

Identification.
Isolation.
Extermination.

Et l'Exécuteur n'avait pas encore achevé sa première phase stratégique. Il ne possédait qu'un nom de code. Il lui fallait maintenant des indicateurs, des pistes, sinon il pouvait errer des années dans Miami sans rien y trouver.

Or quelqu'un ici connaissait certainement la

véritable identité de José 99. Il suffisait de le trouver.

Tommy Drake n'avait été qu'un point de départ. Pas plus, pas moins. Et sa mort n'était pas un point final mais au contraire le coup d'envoi de la nouvelle campagne de Bolan à Miami. Drake retrouverait pas mal de ses petits copains en enfer avant que l'Exécuteur se décide à quitter la Floride... Ils étaient nombreux, les mafiosi, les terroristes et les traîtres, dans les rues de Miami !

CHAPITRE V

C'était toujours le même cauchemar et il lui revenait si souvent qu'il était aussi défraîchi qu'une vieille photo jaunie par le temps.

Il y avait la mer, sombre, lisse comme de l'huile sous le croissant de lune aussi mince qu'un couteau. Et le bateau fonçait, malgré son lourd chargement de caisses sous la bâche. Le pilote connaissait par cœur le chenal entre les îles et il avançait tous feux éteints pour échapper aux garde-côtes chargés de surveiller la contrebande d'alcool.

Lui, il se tenait à l'avant, comme toujours, le pistolet-mitrailleur Thompson calé sous son bras. Il sentait sur ses lèvres le goût du sel laissé par les embruns...

Ils approchaient à présent. Ils y étaient presque. Encore une centaine de mètres et ils pourraient décharger la cargaison. Le rhum et le whisky embarqués sur les quais cubains rapportaient des fortunes à Miami. On les mettait en bouteille sous des noms bidon et on centuplait la mise en moins de deux. Tout ce que l'on demandait c'était de livrer à temps sans se faire pincer.

Raison pour laquelle la Thompson était indispensable.

Il s'en était servi une fois, pas bien loin de là, quand l'équipe chargée de la réception avait accueilli le bateau, armes au poing, pour s'approprier la cargaison à l'œil. Jamais il n'oublierait la bataille furieuse de cette nuit-là. Les balles cisaillaient l'air en tout sens et les hommes s'effondraient comme des mouches.

C'était terrifiant... et exaltant aussi...

Et depuis, lui, il attendait, espérant que l'occasion se présenterait à nouveau...

Un éclair rapide dans la nuit, et déjà le pilote enclenchait la marche arrière pour ranger le bateau parallèlement au vieux ponton délabré. Une Packard et l'habituel camion bâché étaient garés le long de la plage.

Puis les manutentionnaires bondissaient sur le bateau pour transporter le chargement de caisses. Un type... deux... trois... dix... et le dernier plus lent que les autres... bizarre...

Quand la clarté de la lune effleura le visage de l'homme, il vit qu'il portait un trou rond et sanglant au milieu du front et souriait d'un air mauvais...

Lui, il s'empara de la Thompson, mais ses bras étaient de plomb ; il appuya sur la détente mais seul un ricanement diabolique lui répondit. Et l'homme avec le trou au milieu du front avançait vers lui, à présent. Il tendait une main de squelette pour l'empoigner par le bras, il le soulevait et le secouait, le secouait...

Tellement fort, tellement brutalement qu'il émergea dans une sorte de torpeur semi-consciente et étouffa un hurlement terrifié en reconnaissant Solly Cusamano, son garde du corps. Philip Sacco se redressa d'un bond sur son gigantesque lit et d'un geste sauvage se débarrassa de la main qui le secouait toujours.

— Désolé, Patron. Vous savez que j'aime pas vous réveiller comme ça.

Solly avait la voix nerveuse, tendue.

— Quelle heure est-il ? aboya Sacco.

— Quatre heures moins le quart.

— Du matin ? T'as intérêt à avoir une bonne raison, Solly !

Le garde du corps recula d'un pas comme Sacco titubait hors de son lit pour s'emparer de sa luxueuse robe de chambre en soie grenat.

— Je voulais pas vous réveiller, reprit Solly, mais j'ai pas osé prendre le risque. Avec ces gars-là, on ne sait jamais.

— Quel gars ? aboya le mafioso qui à son tour commençait à se sentir nerveux.

— Vous avez de la visite en bas. Il attend dans la bibliothèque. Omega, qu'il m'a dit de vous dire.

Sacco sentit ses cheveux se dresser sur sa tête et se figea aussitôt :

— Omega ! C'est pas un nom de chrétien, Bon Dieu !

— En tout cas, c'est ce qu'il m'a dit, et il m'a donné ça.

Tout en parlant, Solly tendait à Sacco une carte qu'il tenait entre le pouce et l'index comme s'il avait en main un serpent venimeux. Sacco regarda la carte : une carte à jouer de petit format portant une figure noire, affreuse, qui semblait dévorer Sacco de ses yeux creux.

Un As de Pique.

La carte de la mort.

Le symbole de la police secrète de la Mafia !

Autrefois du temps où les frères Taliferro imposaient depuis New York leur loi sur l'ensemble du pays, les as noirs étaient l'émanation de la justice interne de la grande Fraternité. Ils n'avaient de compte à rendre qu'à la *Commissione*. On racontait même que les as noirs étaient autorisés à supprimer certains *capi*, à condition de pouvoir justifier de leurs actes devant les délégués de la *Commissione*.

Et ils avaient usé de leur pouvoir au moins une fois à Miami. Sacco s'en souvenait encore.

Cependant les choses avaient bien changé depuis cette époque, et pas toujours pour le mieux. On n'entendait presque plus parler des As Noirs. Leur statut était devenu vague, mal défini, et ils disposaient certainement d'un pouvoir moins dramatiquement étendu. Pourtant...

« On ne sait jamais avec ces gars-là. »

C'est ce qu'avait dit Solly. Pour une fois, il ne se trompait pas...

— Il t'a dit ce qu'il voulait ? aboya Sacco à son garde du corps.

Celui-ci secoua la tête :

— Non. Il veut vous voir. Tout de suite.

— Bon, allons-y, fit Sacco avec irritation.

Solly le précéda jusqu'à la bibliothèque, au rez-de-chaussée. Une sentinelle était postée devant la porte. Sur un signe de Cusamano, l'homme inclina la tête et s'écarta pour laisser le boss entrer dans la pièce.

Le visiteur nocturne était debout, le dos tourné à la porte, et regardait avec attention une rangée de livres reliés en plein cuir. Il ne se retourna pas immédiatement et le *capo* en profita pour le jauger.

Il était très grand, carré, avec un corps d'athlète et des cheveux noirs courts, sur la nuque. Son costard impeccablement coupé était prévu assez large pour dissimuler sous la veste une solide artillerie.

— Qu'est-ce qui se passe ? aboya le *capo*.

L'inconnu pivota aussitôt. Malgré l'heure avancée de la nuit, il portait des lunettes de soleil qui dissimulaient ses yeux. Son visage dur semblait sculpté dans le marbre.

Une effigie de pierre tombale, ouais. Qu'est-ce que lui voulait ce sale con ?

— Il s'agit de ta peau, Phil. Ça t'intéresse de la sauver ?

Phil ! Le salaud ne manquait pas d'air !

— On ne se connaît pas ! rétorqua hargneusement le *capo*.

— Moi je te connais, reprit l'inconnu. Et je sais que tu as de sérieux problèmes sur les bras.

— Vraiment ? Eh bien moi, je l'ignorais.

— Tes copains ne t'ont pas raconté ce qui est arrivé à Tommy Drake, cette nuit ?

Le *mafioso* fronça les sourcils.

— A cette heure, mes copains dorment, riposta-t-il sèchement.

— Comme Tommy. Mais pour lui, c'est définitif.

Sacco se raidit tandis qu'un frisson glacé lui parcourait le dos. Il se tourna brutalement vers Solly Sucamano :

— Appelle-moi Tommy en vitesse.

Le garde du corps hésita, son regard passant de Sacco à Omega.

— Dites, Patron...

— Vas-y ! aboya Sacco. Je m'occupe du reste.

— OK.

Quand il fut seul avec son visiteur indésirable, Sacco se dirigea vers le bar et se versa une solide rasade de whisky, ignorant délibérément Omega. Il attendit que l'alcool calme un peu le frisson intérieur qui l'agitait.

Omega lui fit doucement remarquer :

— Tu perds du temps, Phil et je ne pense pas que tu en aies à revendre.

— J'ai pas besoin de conseil !

Le visiteur sourit et s'assit nonchalamment au bord de l'imposant bureau de Sacco. Le silence s'établit, rompu un moment plus tard par le retour de Solly.

— Alors ? aboya Sacco.

— Pas de réponse. Vous voulez que j'appelle encore ?

Sacco prit le temps de réfléchir avant de secouer la tête.

— Non. Envoie tout de suite quelqu'un là-bas !

Solly sortit avec un dernier regard méfiant sur Omega et Phil Sacco attendit que la porte soit refermée pour demander d'un ton radouci :

— Vous êtes sûr au sujet de Tommy ?
— Aussi sûr que toi, fit Omega en hochant la tête.
— Bon. Alors ça signifie quoi ? Qui a fait le coup ?
— Tu devrais le savoir, non ?

Sacco se raidit et réprima de justesse un chapelet de jurons obscènes.

— Je ne suis pas toujours sur le dos de mes gars marmonna-t-il. S'ils se foutent dans la merde, à eux de s'en tirer.

L'As eut un petit sourire malin.

— Je crains que Tommy Drake ne s'en soit pas tiré.

Le *capo* ne répondit rien. Omega reprit :

— Il paraît que tu as des ennuis avec les Cubains ?

Sacco avala une nouvelle gorgée de Whisky avant de ricaner :

— Qui n'a pas d'ennuis avec les Cubains, ici, à Miami ? Mais vous faites pas de bile, je tiens les choses en main.

— Là-haut, on l'espère bien.

« *On* »... de qui parlait-il exactement, ce grand enfoiré.

Mais déjà, le grand type reprenait :

— T'as pas mal d'amis à la *Commissione*, Philip. Ils se font du souci pour toi. Ils aimeraient bien que tu t'en sortes.

Tu parles ! Le mafioso connaissait pas mal de salopards à New York qui rêvaient de le voir faire le grand plongeon !

— Dites à mes amis de New York que tout va bien ici, répondit-il froidement. Remerciez-les de leur sollicitude et assurez-leur qu'ils n'ont aucun souci à se faire.

— Ils aimeraient bien une preuve.

— Ils en auront une sous peu ! marmonna platement Sacco.

— Dans ce cas, tout est parfait, décréta Omega en se laissant glisser du bureau pour se diriger vers la porte.

Mais avant de sortir, il se ravisa et lança encore :

— T'as jamais eu à exterminer des termites, Philip ?

Sacco fronça les sourcils :

— Pas que je me souvienne, non.

— T'as de la chance, répliqua paisiblement Omega. Quand on s'aperçoit qu'ils sont là, c'est déjà trop tard. Tu sais comment on fait pour s'en débarrasser ?

— N... non, pas vraiment.

— Tu mets le feu à la maison et tu écrases tout ce qui bouge. Puis tu reconstruis la baraque.

Omega lança un regard énigmatique à Sacco avant de conclure :

— J'espère pour toi que t'as pas des termites chez toi, Phil.

— Je vous ai dit que je tenais les choses en main, répéta Sacco en se maudissant pour le tremblement qui perçait dans sa voix.

— Dans ce cas, c'est bon, fit l'As en ouvrant la porte, mais tu devrais tout de même vérifier José 99.

Le capo le regarda, sidéré :

— Qu'est-ce que c'est, ce nom bidon ? Une marque de bière cubaine ?

L'As Noir éclata d'un rire lugubre. Puis il reprit :

— Vérifie tes troupes, Phil. C'est un conseil d'ami. Et assure-toi que t'as pas de termites qui rongent ta charpente.

Philip Sacco serra les dents, répondit en tournant le dos :

— Je sais ce que j'ai à faire. Personne n'a à mettre le nez dans mes affaires et je ne laisserai personne m'emmerder !...

Il se retourna soudain pour toiser son visiteur, mais son regard ne rencontra que le vide. Omega avait disparu et la porte se refermait silencieusement.

Sacco fit un effort surhumain pour se détendre et se servit un nouveau verre. Il était beaucoup trop tôt pour boire, nom de Dieu ! Mais après tout, c'est pas tous les jours qu'un

As Noir se pointait chez vous pour vous foutre les foies...

Ce con l'avait menacé, c'était clair. Ses histoires sur les prétendus amis de New York, les Cubains, les termites, c'était du bla-bla-bla dans un but bien précis, et Sacco n'était pas né de la dernière pluie. Il avait saisi le message à travers les phrases à double sens...

Que les ennuis s'annoncent, c'était fort probable, et Tommy Drake était sans doute le signe avant-coureur de bouleversements plus graves. L'ennui, c'est que New York était au courant de tout avant même que Sacco ait eu vent de quoi que ce soit, et on lui avait envoyé un chacal pour renifler l'odeur du sang que lui n'avait pas encore sentie. Ça faisait pas très sérieux, tout de même. Qu'allaient-ils s'imaginer, là-haut ? Que l'on pouvait facilement dégommer le boss de Miami ?

Eh bien, qu'ils se pointent ! Qu'ils viennent voir si Philip Sacco s'effacerait pour leur laisser le champ libre. Tommy Drake s'était fait descendre ? OK ! Mais Sacco avait assez de trempe pour trouver le responsable, lui faire avaler son bulletin de naissance et rétablir l'ordre chez lui.

Il mettrait à sac le milieu cubain, le milieu haïtien, et même sa propre maison, s'il le fallait, et on entendrait de très loin le boucan qu'il ferait. Jusqu'à Manhattan où siégeait la nouvelle *Commissione.*

Quant à ce José 99, peu importe qui il était en réalité. Sacco le dénicherait, mort ou vif. C'était facile. Il suffisait de tirer les bonnes ficelles, de presser les bons boutons...

Sacco connaissait sa ville.

Ses amis de New York voulaient une preuve ?

C'est un bel écriteau qu'ils trouveraient s'ils s'aventuraient jusqu'ici. Ils pourraient y lire : « *Chasse gardée* ».

Et celui qui continuerait d'avancer repartirait les pieds devant !

CHAPITRE VI

Omega-Mack Bolan gara sa voiture de location sur le parking extérieur du camp de détention militaire. Il était trop tôt pour les visites et Bolan savait que les autres véhicules appartenaient au personnel de la prison. Sa Dodge à quatre portes, remplaçante provisoire de la Firebird, passerait inaperçue parmi les voitures banales des fonctionnaires.

S'il avait changé de véhicule, l'Exécuteur avait également changé de tenue. Disparu, le superbe costume clinquant de l'As mafia. A la place, il portait un pantalon et une veste de confection.

Le guerrier était passé maître dans l'art du camouflage. Il savait changer d'identité sans avoir besoin de déguisements très élaborés. L'expérience lui avait enseigné que l'esprit humain a perdu beaucoup de son sens de l'observation et ne voit généralement que ce qu'il s'attend à voir. Avec de l'habileté, un peu de chance et beaucoup d'audace, l'Exécuteur s'était souvent infiltré dans les camps ennemis sans se faire remarquer.

L'expérience acquise au Viêt-nam avait sauvé la vie à Bolan en bien des occasions, au cours de sa guerre éternellement renouvelée. Elle lui avait aussi permis d'incarner avec un art inégalé des personnages toujours différents afin de confondre un ennemi méfiant par nature.

L'As Noir était une couverture idéale pour Bolan. Ces légendaires figures de la police interne mafia étaient environnées de mystère, leur réputation semait encore tant d'effroi parmi la nouvelle génération de mafiosi que ceux-ci n'osaient généralement pas poser trop de questions. « Omega » avait dupé bien des durs, du temps de la première campagne de Bolan.

Et cette nuit il avait parfaitement trompé Philip Sacco.

A présent, Omega s'éclipsait pour laisser la place à Frank La Mancha, agent de la police fédérale.

Bolan-La Mancha s'engagea dans l'allée bordée de grillage menant au bâtiment de réception de la prison. A l'intérieur, un gorille velu avec des galons de sergent lisait attentivement un journal sportif. Il leva la tête vers l'arrivant en fronçant les sourcils.

— Trop tôt, observa-t-il. Les visites commencent à une heure.

Sans répondre, Bolan-La Mancha sortit de sa poche une fausse carte de police qu'il posa sur le bureau.

— Je viens voir Antonio Esparza, annonça-t-il.

— On ne m'a pas prévenu, marmonna le sergent sans chercher à dissimuler son irritation.

— Dans ce cas, vérifiez, lui répliqua sèchement le visiteur. Je suis pressé.

Le gorille le fusilla du regard, mais sa grosse pogne s'empara tout de même du téléphone intérieur.

Cinq minutes plus tard, un lieutenant en uniforme impeccable apparut et examina avec attention les papiers présentés par Bolan.

— OK, murmura-t-il, mais généralement on nous avertit.

— Mon ordre de mission date d'hier soir, répliqua Bolan.

Le lieutenant hocha la tête :

— Pourquoi voulez-vous voir Toro ?

— La direction de Washington pense que j'arriverai peut-être à lui tirer les vers du nez.

— Alors, bonne chance ! ricana le lieutenant. Ce salaud est dur et têtu comme une mule.

L'Exécuteur suivit le lieutenant dans un étroit corridor qui s'achevait sur une porte en fer gardée par un planton.

— Vous êtes armé ? s'enquit le lieutenant.

Bolan hocha négativement la tête.

A la suite du lieutenant, il passa encore plusieurs portes avant de sortir dans une grande cour carrée entourée de bâtiments. L'Exécuteur identifia le mess, la buanderie, des ateliers et plus loin, des baraquements qui séparaient la cour de grands champs cultivés où travaillaient les prisonniers, surveillés par des gardes à cheval.

L'officier de police fit entrer son visiteur dans un bâtiment à un seul niveau, le conduisit dans une grande pièce entourée de portes donnant sur des alvéoles : la salle des visites. Il s'y trouvait un garde en uniforme à qui le lieutenant donna un ordre bref :

— Amenez Esparza, matricule 41577.

— Bien, monsieur.

Le garde sortit aussitôt et Bolan prit place dans l'alvéole la plus proche. Une table en bois et deux chaises en fer pliantes constituaient l'unique mobilier.

— On vous l'amène tout de suite, dit le

lieutenant. Si vous avez besoin de quelque chose...

— Toro me suffira, répliqua Bolan.

Il n'eut pas longtemps à attendre : moins de deux minutes s'étaient écoulées quand une ombre se dessina dans l'encadrement de la porte. Bolan se leva aussitôt pour accueillir l'homme qu'il connaissait sous le nom de Toro.

Les années avaient changé Antonio Esparza. Son visage s'était creusé et de profondes rides soulignaient sa bouche et ses yeux ; Bolan pourtant le reconnut instantanément. Les cheveux étaient toujours noirs de jais, le regard dur, déterminé, la mâchoire volontaire. Dans la tenue blanche de la prison, son teint basané ressortait encore plus.

Et l'homme n'avait rien perdu de son allure de chef : il se tenait très droit, la tête haute. Non, la prison ne l'avait pas brisé... pas plus que les geôles de Castro, du temps de sa jeunesse.

El Toro était un combattant. Dur, têtu comme une mule, avait dit le jeune lieutenant. Il ne s'était pas trompé.

Son regard pourtant trahissait un sentiment que Bolan n'y avait jamais vu : de l'amertume, peut-être... ou de la rage soigneusement enfouie tout au fond de son âme...

Le prisonnier prit place sur la chaise libre.

Bolan l'observa avec attention avant d'annoncer :

— Ça fait une paie, Toro !

Les yeux du Cubain s'adoucirent subitement. Toro visiblement détaillait son interlocuteur dont il n'avait jamais vu le nouveau visage. Et soudain, il comprit.

— Les traits peuvent changer, dit-il enfin, mais pas le regard parce que c'est le reflet de l'âme.

Il hésita une seconde avant de reprendre :

— On peut parler librement, il n'y a pas de micros. Le bruit court que vous êtes mort.

Bolan eut un sourire grinçant :

— La rumeur publique exagère toujours. Note bien que ça ferait plaisir à pas mal de monde.

— Et la guerre ?

— Aujourd'hui, elle est à Miami.

— Elle y a toujours été.

Bolan hocha la tête, jetant un regard circonspect autour de lui, et murmura :

— Que t'est-il arrivé ?

Il connaissait la réponse, bien sûr, mais voulait entendre la version de Toro.

— On m'a accusé de cacher des explosifs.

— Je vois.

Le Cubain fronça les sourcils.

— Vous voulez savoir si c'est vrai ?

— Inutile, non.
Toro secoua la tête, écœuré :
— C'est un comble ! Pendant des années, j'ai eu des armes, je les ai fait circuler, je les ai utilisées. Je me suis battu pour faire passer en fraude des réfugiés, j'ai lutté pour *Cuba Libre,* officieusement soutenu par le gouvernement américain. Et maintenant que j'ai plus ou moins abandonné, on m'accuse d'avoir caché des explosifs chez moi !
— Quelqu'un t'a piégé pour te dénoncer.
— Sûrement, oui, soupira le Cubain. Les flics ont débarqué chez moi en pleine nuit avec un mandat de perquisition. Ils savaient exactement où chercher et ce qu'ils devaient trouver.
— Tu sais qui t'a fait le coup ?
Le Cubain eut un sourire, le premier depuis le début de l'entretien :
— J'ai vaguement quelqu'un en tête, admit-il à mi-voix. D'ici un an, je lui ferai une petite visite de politesse.
— Ce sera peut-être trop tard, observa Bolan.
Le Cubain lui lança un regard perplexe et le considéra quelques instants avant de demander :
— Expliquez-moi ?
Bolan lui donna rapidement tous les éléments qu'il possédait : les camions volés, les armes

disparues, les liens de certains exilés cubains avec les gros pontes de la mafia dans le trafic de drogue, le guet-apens auquel avait échappé Hannon. Quand il eut terminé, il attendit en silence, espérant que Toro lui donnerait enfin une piste solide sur laquelle il pourrait s'engager.

Hélas, Toro quand il parla ne lui dit rien d'encourageant :

— Ce José 99, ça peut être n'importe qui... votre ami, ce Hannon, il est sûr que le gars qui lui a téléphoné était cubain ?

Bolan hocha la tête :

— D'après la voix seulement. Il ne l'a jamais vu.

Toro se pencha en travers de la table pour reprendre d'une voix vibrant d'émotion :

— Il faut que vous compreniez, *amigo*... l'intrigue, la magouille, c'est devenu un style de vie, ici. Nous n'avons plus d'idéal pour nous battre, maintenant. Pendant vingt ans nous avons lutté pour libérer notre patrie. Au début, votre gouvernement nous a donné son appui... puis, peu à peu on nous a demandé d'être patients... d'attendre jusqu'à *manãna*. Enfin, la CIA s'est mise à recruter des réfugiés pour les former et c'est elle qui les a branchés avec les chefs de la mafia. Et pour couronner le tout, les *marielistas* ont débarqué... alors que voulez-vous...

Il se tut et Bolan attendit un instant avant de demander :

— J'ai besoin d'une piste solide, Toro.

Le Cubain hésita, puis :

— Je pourrais peut-être vous aider, mais tant que je suis bouclé...

Il haussa les épaules avec éloquence. Bolan avait saisi le message. Sa décision était prise :

— On va peut-être trouver un moyen, dit-il. Réfléchissons ensemble, Toro.

Et ils restèrent un long moment encore à discuter à voix basse.

CHAPITRE VII

John Hannon reposa le combiné de son téléphone. Sa main tremblait légèrement.

Il s'était d'abord posé bien des questions sur l'individu vaguement familier qui l'avait tiré du guet-apens mortel, la nuit dernière. Il avait eu des doutes. Mais à présent, ses soupçons étaient confirmés. Il n'avait plus l'ombre d'une hésitation.

Il avait écouté attentivement la voix bien timbrée aux inflexions graves, l'avait analysée, soupesée et décortiquée. Il avait déjà entendu cette voix surgie de l'au-delà.

Au téléphone, il venait de parler à un mort...

L'ex-policier avait suivi au jour le jour la croisade sanglante du combattant solitaire, après le grand massacre de la Convention de Miami. Il l'avait suivie à travers tout le continent et retour, jusqu'à cet après-midi pluvieux à

New York, dans Central Park... On avait annoncé officiellement la mort de l'Exécuteur, et ce jour-là, Hannon avait ressenti une pénible impression de perte, d'abandon.

La disparition du soldat de l'enfer avait laissé un vide immense dans le cœur de l'ancien inspecteur de police. Un vide que rien n'avait comblé jusqu'à cette nuit...

Ainsi, le grand combattant de la liberté n'avait pas disparu corps et âme à New York.

Il était bien vivant et, en ce moment même, poursuivait sa guerre à Miami.

Une guerre pour la vie, l'espoir, la liberté. Comme toujours.

Il avait été mystérieux au téléphone. Il venait de donner à Hannon un nom de code en lui assurant qu'il reprendrait contact...

Pour ça, on pouvait lui faire confiance.

En attendant, Hannon se retrouvait devant la tâche difficile de localiser un Cubain sans nom, sans visage, dans les bas-fonds de Miami.

Il fronça les sourcils : il n'avait pas l'ombre d'une piste pour se mettre en route... la guerre était venue à lui sans qu'il la cherche. Mais à présent qu'il était engagé, il ne pouvait plus reculer. L'ex-inspecteur de police continuerait sa tâche jusqu'au bout, à moins bien sûr que la mort ne passe en travers de son chemin...

Il reprit son téléphone et composa un numéro

qu'il savait par cœur, donna son nom et attendit quelques instants. Bientôt une voix ferme bien connue résonna dans l'appareil.

— John ? Bonjour ! Comment tu vas ?
— Tout doux, merci.
— C'est ainsi que l'on se conserve, observa en riant l'inspecteur Robert Wilson.

Il était au courant du guet-apens de la nuit. Les deux hommes avaient travaillé longtemps ensemble à la Brigade criminelle, Wilson était toujours inspecteur principal, mais il n'en était pas moins le meilleur ami de Hannon.

— J'ai besoin d'un service, Bob.
— Vas-y. Je t'écoute.
— Je cherche un Cubain qui figure peut-être dans les dossiers. Malheureusement je ne connais qu'un nom de code.
— Et c'est quoi ?
— José 99. C'est bien vague, mais...
— C'est bien vague. Ça a quelque chose à voir avec la fusillade de cette nuit ? demanda Wilson, soudain méfiant.

Hannon avait horreur de mentir à un ami, mais cette fois c'était inévitable. Il prit un ton détaché :

— Aucun rapport. Je suis en ce moment sur une affaire fumeuse qui patine un peu trop à mon gré. Si tu pouvais m'aider à accélérer le mouvement...

— Peut-être, fit Wilson dont le scepticisme perçait clairement. Je vais vérifier, mais ne te fais pas trop d'illusions.

— Merci. Heu... si tu retrouves ce José 99...

— Ne t'en fais pas, je t'appellerai, rétorqua Wilson. Dis... à ta place, j'irai me mettre au vert quelques jours. On pourrait croire que la vie te malmène un peu, ces derniers temps.

L'allusion était claire mais Hannon ne releva pas.

— J'y songe ! riposta-t-il légèrement. Pour l'instant, j'ai trop de trucs sur les bras.

— Ouais... John ?

— Oui ?

— Si cette affaire te paraît un peu trop, heu... épineuse... n'oublie pas mon numéro de téléphone.

— Ne t'inquiète pas, Bob, rétorqua Hannon en raccrochant.

Bob Wilson se cala contre le dossier de son fauteuil tournant, les yeux fixés sur le téléphone qu'il venait de reposer. De nombreux souvenirs remontaient en lui, issus de l'époque où il travaillait sous les ordres de John Hannon. Ils avaient mené ensemble une invraisemblable quantité d'enquêtes, s'étaient sauvé mutuellement la vie dans des opérations particulièrement dangereuses.

Il s'efforça de chasser ses souvenirs. Le passé ne changeait rien au présent. Aujourd'hui, Hannon courait de grands dangers, Wilson en était sûr. Il s'était de toute évidence collé dans un sale pétrin et malgré sa voix détachée au téléphone, il n'avait pu complètement donner le change. Il avait menti et il avait certainement de bonnes raisons de l'avoir fait.

Qui était ce mystérieux José 99 ? Un pseudonyme pour une ordure qui trafiquait dans les armes, la drogue ou tout simplement les renseignements ? A ce petit jeu-là, on se retrouvait vite transformé en chair à saucisses...

Le milieu cubain devenait tous les jours plus dangereux à Miami. D'autant qu'il s'y ajoutait les Haïtiens et les Colombiens. Le tout assaisonné d'héroïne et de cocaïne, ça faisait un mélange détonant. Pour s'en persuader, il suffisait d'aller faire un tour à la morgue municipale.

CHAPITRE VIII

— Encore cinq minutes. Nous y sommes presque.

Le pilote devait forcer la voix pour se faire entendre par-dessus le ronflement du moteur de l'hélicoptère. Ils étaient dans les temps.

Le Bell de Grimaldi survolait l'autoroute à une trentaine de mètres d'altitude. De part et d'autre du long ruban d'asphalte noir, des champs cultivés ponctués de palmiers s'étendaient à perte de vue.

L'Exécuteur portait sa combinaison noire de camouflage, de grandes bottes, et de lourdes ceintures de munitions pendaient à ses épaules et à sa taille.

Il était équipé d'une pièce d'artillerie transportable : un lance-grenades semi-automatique XM-18. Une arme redoutable qui pouvait recevoir des projectiles de 40 mm et tirer avec précision à plus de cent cinquante mètres de distance. Avec un peu d'expérience, on pouvait balancer en moins de cinq secondes douze charges explosives, incendiaires, lacrymogènes ou fumigènes.

En l'occurrence, le lance-grenades de Bolan était alimenté en grenades fumigènes et lacrymogènes.

C'était la première fois qu'il tentait de libérer un ami détenu entre des mains « alliées », et il n'était pas question de répandre le sang. Il aurait seulement à créer un état de confusion et de panique.

Le XM-18 semblait donc parfaitement indiqué pour la circonstance. Si Bolan s'en servait avec astuce, il pourrait pénétrer et sortir du camp avec le prisonnier avant que les gardiens n'aient bénéficié d'un renfort.

Si tout se passait bien...

A présent, ils avaient quitté l'autoroute et apercevaient une voie goudronnée plus étroite. Plus loin, les bâtiments de la prison ressemblaient à un jeu de construction miniature qui grossissait rapidement.

Dès qu'ils survolèrent le périmètre clôturé, un garde à cheval les repéra et saisit un walkie-talkie dans la fonte de sa selle.

Bolan avait commencé son compte à rebours. Il vérifia son lance-grenades, se dégagea de son harnais de sécurité et rampa jusqu'au sas de l'appareil. Au-dessous de lui, des champs cultivés s'étendaient très loin, clôturés de barbelés.

Grimaldi poussa encore sur le manche du Bell qui passa au-dessus d'un second gardien à cheval. Celui-ci brandit une vieille carabine 30. 30 dans leur direction. Les détenus éparpillés dans les champs avaient interrompu leur travail. Appuyés sur le manche de leurs fourches et de leurs pelles, ils levaient la tête pour suivre les évolutions du gros insecte bourdonnant.

Puis les gardes à cheval arrivèrent de plus en plus nombreux, leurs montures cavalant ventre à terre. Bolan repéra enfin Toro parmi les ouvriers et regarda brièvement Grimaldi qui amorçait un cercle rapide au-dessus du détenu.

— Go! cria-t-il quand les patins d'atterrissage effleurèrent le sol.

Et il ouvrit le feu. Deux grenades fumigènes éclatèrent à une cinquantaine de mètres à droite de l'appareil, puis une lacrymogène, de l'autre côté et encore deux fumigènes à proximité immédiate. Les palles de l'hélice battaient la fumée, la répandant partout alentour, noyant les champs et les hommes dans un nuage opaque irrespirable.

Gardes et prisonniers criaient et couraient en tout sens, cherchant l'air et la lumière. Bolan repéra deux cavaliers qui se précipitaient vers l'hélicoptère. Montures et cavaliers se perdirent presque aussitôt dans le brouillard artificiel. Pour plus de sécurité, Bolan balança une nouvelle grenade dans leur direction. Dans la panique générale, il perçut des ordres qu'un garde hurlait aux prisonniers, puis un coup de feu partit vers le ciel. Un autre lui répondit à droite de Bolan et la balle cisailla le rideau de fumée.

Un gardien à cheval surgit brutalement à travers le brouillard artificiel et percuta un prisonnier, le précipitant au sol. Le cavalier essayait de reprendre sa monture en main quand celle-ci, prise de panique, rua avant de filer au loin chercher de l'air respirable. Le gardien se trouva projeté par terre, sa carabine 30.30 lui échappa des mains, tandis qu'il gisait à demi conscient. Le détenu se releva, rampa jusqu'à l'arme abandonnée et s'en empara vivement. Il l'avait armée et visait le gardien quand Bolan fit cracher à nouveau le XM-18.

A moins de dix mètres, inutile de viser et l'instant d'après le prisonnier se roulait dans l'herbe, enrobé dans un tourbillonnement de gaz lacrymogène, tandis que la carabine abandonnée gisait à plusieurs mètres de lui.

Une nouvelle silhouette apparut dans la fumée. Bolan reconnut immédiatement El Toro qui courait vers l'hélicoptère. Il était serré de très près par trois autres prisonniers. L'un d'eux menaçait même de le dépasser.

Bolan aurait bien voulu l'intercepter, mais Toro était très exactement dans sa ligne de tir. S'il touchait le détenu, il risquait aussi de blesser Toro.

Celui-ci, sans même cesser de courir, pivota brusquement et balança un solide coup de poing dans le visage transpirant du prisonnier qui tituba, avança encore de quelques foulées puis s'effondra lourdement sur le sol. Les deux autres suiveurs redoublèrent l'allure. Le premier, un gros rougeaud, plongea même tête première pour saisir Toro aux chevilles à la manière d'un joueur de rugby.

Le Cubain répliqua par un solide coup de pied dans la mâchoire de son adversaire qui s'écroula avec un hurlement, le nez dans la poussière.

Le troisième suiveur cherchait le meilleur angle d'attaque pour arrêter Toro, mais il ne le trouva jamais, une 30.30 claqua non loin et le détenu s'affala sur le sol tandis qu'un jet de sang s'échappait de sa poitrine.

L'Exécuteur pivota pour repérer le tireur : c'était un gardien planté à une quarantaine de mètres de sa position, et qui profitait d'une trouée dans la fumée pour régler son tir.

Le lance-grenades aboya une nouvelle fois et le tireur disparut dans un rideau opaque.

Toro s'engouffra dans le sas. Immédiatement, Grimaldi mit les gaz, poussa le pas cyclique et arracha l'appareil du sol.

Quelques tirs convergèrent dans leur direction. Une balle siffla aux oreilles de Bolan et ressortit par l'arrière de l'appareil. Une autre se ficha dans le fuselage.

Mais Grimaldi avait mis toute la gomme. En quelques secondes, le Bell se trouva hors d'atteinte. En moins d'une minute, l'enfer du camp de détention avait disparu.

Grimaldi survolait un paysage de marécages.

Le Cubain respirait à grands coups.

— Ça va, Toro ? fit Bolan avec un sourire de bienvenue.

Toro répondit au sourire amical, tendit une main largement ouverte.

CHAPITRE IX

Debout devant la fenêtre ouverte, Toro regardait distraitement le jardinet mal entretenu clôturé par une barrière en bois décrépite. Le voisin le plus proche était un cimetière de voitures dont les montagnes de ferrailles rouillées ressemblaient à d'étranges sculptures abstraites d'un goût douteux.

— Navré de ne pas t'avoir trouvé une planque où la vue soit plus agréable, dit Bolan.

Le Cubain se tourna vers lui avec un rire grinçant.

— La vue me convient tout à fait, *amigo*. Je commençais à en avoir assez des grands espaces.

Il prit un bol de café sur l'évier et s'assit en face de l'Exécuteur, devant une étroite table en formica.

— Je crois que je ne vous ai pas encore remercié, *El Matador*.

— Tu n'as pas besoin de me remercier.

— Je le fais quand même. *Gracias, amigo*, fit Toro avec une petite courbette.

Les deux hommes se trouvaient dans la kitchenette — salle à manger d'un modeste bungalow de Opa-Locka, un faubourg de Miami. L'aéroport du même nom se trouvait à moins de cinq minutes de là. Bolan avait choisi ce quartier en raison de son éloignement de la Petite Havane où la fouille pour retrouver Toro battrait son plein sous peu. Avec un peu de chance, personne ne songerait à y chercher le prisonnier évadé.

Cependant les deux hommes n'avaient pas l'intention de s'éterniser dans l'inaction pendant que Miami était en effervescence. C'était seulement une courte étape au bungalow afin de coordonner un plan d'action et échanger des informations.

Avant de s'engager davantage, Bolan avait besoin de certains renseignements.

— Tu m'as laissé entendre qu'il y avait un mouchard dans ton groupe...

Toro lui jeta un coup d'œil par-dessus sa tasse de café, tandis qu'une ride profonde se creusait en travers de son front. Il hésita avant de parler et quand il le fit, sa voix était presque solennelle.

— Je préfère m'en occuper moi-même.
— Je comprends tes sentiments.

Toro leva un sourcil surpris :
— Vraiment ?

Bolan hocha la tête.

— Les faibles... les traîtres... c'est eux qui nous blessent le plus profondément.

Le Cubain ne répondit rien, perdu dans ses pensées, mais la voix de Bolan le ramena vite à la réalité :

— J'ai besoin de ton aide, dit l'Exécuteur. Je ne peux pas avancer à l'aveuglette.

Toro hésita encore, puis finalement hocha la tête avant de vider sa tasse de café.

— Raoul Ornelas, dit-il enfin.

Il avait prononcé le nom comme s'il lui donnait la nausée. Il poursuivit :

— C'était mon bras droit. *Mi hermano*. Vous savez que j'ai fait partie de Delta 66 ?

Bolan hocha la tête. Il était parfaitement au courant des nombreux groupes paramilitaires qui fleurissaient les uns après les autres dans le milieu des exilés cubains. Depuis des années, il avait suivi la « carrière » de Toro qui avait commencé avec les factions anti-castristes terroristes et qui peu à peu était devenu plus modéré sans perdre pour autant son autorité et sa stature de chef. Toro savait dynamiser ses hommes, orienter leur énergie sans céder systématiquement à la violence.

— Raoul n'était jamais satisfait, reprit-il. Il voulait toujours plus d'action... plus de morts. Il disait que votre gouvernement était responsable de tous nos problèmes. Pour lui, le FBI et la CIA, c'était la même chose : des complices de Castro.

Le Cubain se leva pour se verser une nouvelle tasse de café, puis rejoignit Bolan et poursuivit :

— Nous n'étions pas d'accord, lui et moi. Nous ne nous entendions ni sur les objectifs ni sur les moyens à utiliser. Un jour, j'ai appris que Raoul recrutait ses propres hommes. Il a commencé à agir en franc-tireur. Il balançait des bombes partout en se moquant pas mal de tuer des innocents...

— Il discutait ton autorité de chef ? lui demanda doucement Bolan.

Le Cubain lui lança un regard dur :

— Il n'a pas discuté longtemps. Je l'ai tout simplement vidé. Destitué de son rang... Mais ça n'a rien changé : des hommes comme Ornelas savent toujours où aller.

— C'est lui qui t'a vendu à la police ?

Toro haussa les épaules avec indifférence.

— Lui ou un de ses *soldados,* fit-il avec

lassitude. Avant même mon procès, il convoquait mes hommes secrètement et les exhortait à lutter contre le gouvernement des Etats-Unis par la violence. Il leur promettait monts et merveilles s'ils me quittaient pour le suivre sur le chemin de la vengeance.

Toro se tut un moment comme s'il réfléchissait, puis il poursuivit :

— Vous connaissez le groupe Alpha 7 ?

— Oui.

L'Exécuteur n'ignorait rien de cette faction terroriste avancée des exilés cubains. Elle était connue de toutes les polices du pays depuis 1975. Alpha 7 se composait pourtant d'un nombre ridicule d'hommes : une centaine tout au plus, mais le groupe exerçait une influence énorme dans le milieu cubain. En tant que mouvement extrémiste luttant pour le retour de l'ancien régime à Cuba, Alpha 7 était aidé secrètement par beaucoup de membres influents du bloc anti-castriste : essentiellement de riches hommes d'affaires exilés qui le subventionnaient pour acheter des armes et maintenir un état de guérilla constant.

Les soldats d'Alpha 7 avaient planté des bombes un peu partout dans le pays, depuis Manhattan jusqu'à Chicago ; ils avaient kidnappé d'importants personnages politiques, s'étaient livrés à des actes de violence inhumains, n'épargnant jamais le sang innocent, choisissant leurs cibles sans aucun discernement. En quelques mois, Alpha 7 passait pour le groupe le plus actif et le plus dangereux de tous les mouvements anti-castristes aux Etats-Unis.

La liberté d'expression se payait très cher en Floride..., elle risquait de coûter la vie à n'importe qui et tout le monde payait, sauf, curieusement... les communistes et les *Fidelistas* qui pourtant auraient dû être la cible première d'Alpha 7. Car il fallait bien reconnaître qu'en dépit de la montée de la violence et du terrorisme, on trouvait peu de victimes parmi les suppôts de Castro et leurs amis aux sympathies soviétiques...

— Raoul a beaucoup d'influence dans le groupe Alpha 7, murmura Toro. Certains assurent même qu'il en est le chef, mais sous un nom d'emprunt.

— Je vois.

Alpha 7.

Des armes, des camions, de la drogue.

Et bien sûr, la mafia...

Le lien n'était pas impossible, oh non ! Il était même plus que probable, mais Bolan n'en savait pas encore assez sur l'ennemi pour décider de sa stratégie. Il lui fallait d'abord localiser ses cibles avec précision. Or la précision n'existait pas dans le milieu des exilés.

Identification des cibles, oui ; Bolan depuis longtemps était passé maître dans cet art. Puis précision quasi chirurgicale dans l'élimination du cancer... Mais il ne s'agissait là que de la phase ultime, et il était encore trop tôt pour y songer.

— Que comptez-vous faire ?

La voix du Cubain tira Bolan de ses pensées.

Beaucoup de bruit là où on sait m'entendre, lui répondit l'Exécuteur.

— Et Raoul ?

Bolan haussa les épaules.

— Provisoirement, je te l'abandonne. Tu as droit de priorité sur lui. Mais si tu déniches quelque chose d'intéressant...

Toro étendit les mains en avant :

— *Como no*. Bien sûr. Vous êtes mon ami. Je vous dois ma liberté.

— Tu ne me dois rien du tout, lui dit gravement Bolan. A partir de maintenant, considère que nous sommes quittes. J'espère seulement que cette mission ne m'entraînera pas là où je n'aimerais pas aller.

Toro fronça les sourcils.

— Vous avez peur de devoir vous en prendre à mon peuple ? *Mi hermano ?*

— J'y ai pensé, avoua honnêtement l'Exécuteur.

— Moi aussi.

Le Cubain se pencha en avant pour regarder Bolan dans les yeux et l'Exécuteur lut dans son regard une infinie tristesse.

— Je comprends un peu Ornelas et ses *soldados*, murmura enfin Toro. Ils ont combattu toute leur vie contre les *Fidelistas*. Au début, votre gouvernement les y a encouragés : maintenant il les punit.

« Votre » gouvernement. Bolan avait saisi l'allusion. Quelles que soient leurs affinités intellectuelles et morales, Toro et lui étaient différents, et leur guerre aussi n'était peut-être pas la même.

Mais déjà le Cubain reprenait d'une voix basse :

— Pourtant je ressens la même colère que vous quand je vois sacrifier inutilement des innocents.

Il hésita un moment comme s'il cherchait ses mots avant de poursuivre :

— Un homme doit savoir reconnaître ses ennemis. Le sang, *la raza*, ça ne suffit pas. Dans son cœur, un homme peut mourir avant son heure. Un frère peut trahir son propre sang, sa propre face.

L'Exécuteur ne répondit pas tout de suite mais quand il le fit, sa voix était grave :

— Il ne suffit pas toujours d'être du même sang pour être frères.

Toro hocha la tête.

— *Si. Comprendo.* Je vous aiderai... si je peux.

Une nouvelle fois, Bolan sentit une ombre passer entre eux, mais il décida de ne pas y accorder d'importance. Il ne pouvait exiger du Cubain d'agir exactement comme il l'entendait, mais intimement, il avait confiance en Toro, en sa droiture, en son sens de l'honneur. Au-delà, eh bien...

L'Exécuteur se leva pour partir.

— Le temps presse, Toro. Je peux te lâcher quelque part ?

Le Cubain secoua la tête puis indiqua le téléphone :

— J'ai des gens à appeler, dit-il. Il me reste encore quelques *soldados* qui m'ont gardé leur confiance.

— OK. Où puis-je te contacter si je veux te laisser un message ?

Toro indiqua un numéro de téléphone qu'il connaissait par cœur.

— C'est bon, compte sur moi, lui dit Bolan.

Toro se dressa à son tour et serra chaleureusement la main que lui tendait son compagnon.

— *Vaya con dios, amigo,* s'exclama le Cubain avec un sourire inattendu. *Viva Grande, Matador !*

Bolan lui rendit son sourire et sortit rapidement.

Deux soldats...

Deux guerres...

Et leurs routes s'étaient croisées...

Mack Bolan espérait bien qu'elles se croiseraient à nouveau, en d'autres temps, en d'autres lieux quand ils pourraient enfin devenir de vrais amis.

Mais pour l'instant, il lui fallait avancer.

La chasse avait commencé.

La chasse aux sauvages qui infestaient Miami.

La chasse à la vermine...

L'Exécuteur s'apprêtait à faire du bruit, beaucoup de bruit, là où on l'entendrait...

CHAPITRE X

Le « lanceur » agita son sac de toile rempli de balles de ping-pong numérotées. Il le secoua ostensiblement à droite, puis à gauche et enfin le fit virevolter au-dessus de sa tête avant de l'envoyer en travers de la salle de jeu. Dissimulé au milieu des clients, l'individu chargé de rattraper le sac écarta brutalement deux parieurs à côté de lui et le saisit au vol avant de le brandir en un geste triomphant. Un instant plus tard, il l'ouvrait et en sortait une unique balle qu'il regarda à peine et envoya au « lanceur », sur l'estrade.

Pendant de longues secondes, le « lanceur » examina la balle avec attention comme s'il avait du mal à déchiffrer le numéro inscrit dessus. Enfin il la saisit entre le pouce et l'index et la tendit pour l'exhiber devant le public :

— *Nueve,* cria-t-il. Numéro neuf.

Au-dessous de lui, dans la foule des parieurs, deux ou trois clients poussèrent des cris de joie. Le reste demeura silencieux tandis que l'on entendait froisser les bouts de papiers sur lesquels étaient inscrits les paris perdus.

Trois gagnants contre une vingtaine de perdants au moins. C'était exactement la proportion idéale, se dit Ernesto Vargas.

A trente six ans, Vargas était le patron d'une petite chaîne de loteries cubaines clandestines appelées *Bolita*. Un business tranquille mais lucratif dont Vargas avait l'exclusivité dans Coral Gables et les quartiers voisins. Il y avait à peine trois ans qu'il avait débarqué clandestinement en Floride et il avait déjà mieux réussi que tout ce qu'il aurait pu imaginer à Cuba. Deux éléments importants lui avaient beaucoup servi : d'abord savoir choisir de bons appuis, et ensuite son bon sens.

C'était grâce à ses appuis qu'il avait pu démarrer son petit commerce de *Bolita* : on lui avait prêté de l'argent pour ouvrir son premier tripot, mais il avait remboursé sa dette depuis longtemps et avec intérêt, encore.

Quant à son bon sens, il le conduirait sans aucun doute au sommet de la gloire. A condition évidemment d'être prudent, de jouer les bonnes cartes au bon moment, et que la malchance ne vienne pas se mettre en travers de son chemin...

Depuis son arrivée aux Etats-Unis, Ernesto Vargas n'avait cessé d'apprendre. Il avait observé les exilés qui l'avaient précédé sur le territoire américain, et il avait observé les *Anglos,* aussi. Et puis il avait étudié les lois locales afin de pouvoir les contourner avec un minimum de risques. Et il avait vite compris le système : pour survivre en toute liberté, il suffisait d'acheter une licence à la mafia et de payer les flics... Dès lors, on était libre d'agir tranquillement dans toute la Floride. A condition bien sûr de rester discret et de ne pas trop attirer l'attention.

Or Ernesto Vargas était passé maître dans l'art de vivre sans se faire remarquer. Evidemment, à Coral Gables, on le connaissait. Certains même venaient le trouver quand ils avaient besoin de faveurs ou de coups de mains, mais son nom n'avait jamais fait la une des journaux, associé à un cortège de morts innocents. Le bruit, le scandale, la violence publique, il la laissait volontiers à ces ridicules cowboys de la cocaïne qui tuaient les gens en pleine rue et commettaient des atrocités pour le plaisir de faire parler d'eux.

Vargas était un modeste, lui. Si on cherchait à l'importuner, il faisait sa petite police lui-même, sans bruit, sans fanfare. Une jambe cassée, une épaule démise, et le tour était joué. Pourtant, cela se produisait rarement car ses créanciers payaient presque toujours à temps, et dans l'ensemble la vie était paisible.

C'était ça, le rêve américain...

Il avait vite appris à entuber les bouseux d'exilés avec cette loterie truquée qui lui rapportait de l'or : la *Bolita* ne ruinait pas les clients, qui généralement pariaient peu, mais elle rapportait tout de même à Vargas un profit net de 100 000 dollars par an. Pas si mal pour un ancien condamné qui avait quitté Mariel au bout d'un fusil, trois ans plus tôt seulement. Si ses amis de la Havane pouvaient le voir, maintenant...

Mais là non plus, Vargas n'avait pas à se plaindre. La plupart de ses amis avaient été expulsés de Cuba en même temps que lui et vivaient maintenant à Coral Gables ou à la Petite Havane. Comme lui, mais pas toujours avec autant de succès, ils apprenaient la « vie américaine ».

Vargas, lui, s'interdisait tout luxe ostentatoire. Juste assez de clinquant pour attirer l'œil des femmes, mais suffisamment de discrétion pour ne jamais se faire remarquer par le fisc.

Il faut dire que Vargas, depuis quelques temps, investissait beaucoup dans une nouvelle magouille marginale qui, le jour où elle paierait, et sans doute dans pas bien longtemps, rapporterait beaucoup... Pour le reste, il vivait sur un petit trafic de drogue, comme tout le monde, et sur le revenu de quelques putes assez actives qui tapinaient dans la 8e Avenue. Cela et la loterie lui permettaient de vivre décemment, pour l'instant. Mais bientôt, ce serait la fortune. Bientôt...

Assis sur l'estrade derrière ses « lanceurs », Vargas jeta un regard circulaire à son assistance. Il était tôt encore dans la matinée, et les gros paris ne se jouaient qu'à la nuit tombée ; cependant, pour une clientèle du matin, Vargas était plutôt satisfait. A ce train, il aurait ramassé son bâton d'ici l'heure du déjeuner. La moitié irait directement dans sa poche et, comme d'habitude, il diviserait l'autre entre ses « lanceurs », ses « rattrapeurs », et les gros bras qui se tenaient toujours dans ses salles de jeu pour décourager les clients enclins à faire du chahut.

Les salles de jeux de Vargas n'étaient autre que des pièces louées dans des appartements misérables du quartier. Il en avait une bonne demi douzaine, ce qui lui permettait de changer de décor selon un planning soigneusement étudié d'avance. Il fallait tout de même aider un peu les flics à ne pas perdre la face... Et d'ailleurs les occupants des appartements n'avaient pas à se plaindre : ils étaient grassement payés pour les dédommager des clients souvent bruyants ou même ivres qui entraient et sortaient de chez eux.

Cette organisation était coûteuse, bien sûr, mais elle représentait la sécurité et elle était tout de même meilleur marché que les pots de vins réguliers qu'exigeait le shérif local. Si Vargas trouvait un jour un moyen de se débarrasser des flics sans leur graisser la patte, il se ferait vingt cinq pour cent de plus par mois et pourrait ainsi investir davantage.

Il repoussa cette pensée alléchante avec un demi-sourire. La corruption existait depuis plus de deux cents ans, ici, elle avait résisté à l'épreuve du temps et rien n'avait réussi à la faire disparaître. Un jour peut-être, elle changerait de visage. Mais pour l'instant, il ne fallait pas rêver...

Non, pour s'en sortir, on devait s'adapter. L'Amérique était un pays libre, le champion de la libre entreprise, et Vargas, fervent anticommuniste, n'avait rien à y redire.

Le « lanceur » avait repris son sac de toile et l'agitait à nouveau. Dans l'assistance, les paris allaient bon train, les préposés écrivant rapidement et récoltant l'argent avec une sorte de frénésie intentionnelle : les joueurs pouvaient ainsi croire que le sac allait s'envoler avant que tout le monde se soit fait plumer jusqu'à son dernier sou.

La salle était bruyante. On hurlait les ordres, on balançait l'argent vers l'estrade.

Vargas jeta un regard attendri sur la salle. Oui, il les connaissait bien, ses compatriotes. Il savait combien ils adoraient cette *Bolita* : d'ailleurs tous les latino-américains aiment les loteries, tout comme les vieux juifs adorent leurs machines à sous, là-haut dans le nord, près d'Atlantic City…

Le « lanceur » fit virevolter le sac au-dessus de sa tête et le balança avec une rare précision vers un de ses comparses dissimulé dans l'assistance. Vargas observa le sac décrire un gracieux arc de cercle avant de retomber en contre-jour devant la fenêtre où se tenait le « rattrapeur ».

Et brusquement la fenêtre explosa vers l'intérieur avec une pluie démente d'éclats de verre brisé. Un des parieurs poussa un hurlement tellement aigu que Vargas crut que c'était une femme, puis tout se tut en un instant. Les clients regardèrent la fenêtre, bouche bée.

Le « rattrapeur » avait tourné la tête, lui aussi. Du coup, il avait manqué le sac qui venait de tomber sur le sol après lui avoir heurté l'épaule. Le cordon qui le tenait fermé s'était desserré et toutes les balles de ping-pong numérotées se répandirent par terre. Toutes, sauf la malheureuse portant le numéro 13 qu'un minuscule bout de velcros tenait attachée à la toile du sac pour plus de commodité...

Ernesto Vargas se redressa brutalement de sa chaise en fer et avança jusqu'à l'extrémité de l'estrade.

— Nom de Dieu, qu'est-ce...

Et il vit alors un curieux objet à peu près oval, au centre de la pièce, d'où se dégageait un âcre nuage de fumée qui envahissait peu à peu la salle.

Les parieurs commencèrent à paniquer, chacun cherchant à s'enfuir dans une bousculade irréfléchie.

Ce n'était certainement pas la police. Vargas en était sûr. Il avait distribué ses enveloppes habituelles.

Qui, alors ?

Il n'avait pas encore entièrement formulé sa question quand le crépitement d'une arme automatique retentit avec fracas dans la cuisine adjacente à la salle de jeu. Un bref hurlement sauvage retentit, immédiatement interrompu, mais Vargas crut reconnaître la voix d'Esteban, le gardien préposé à la porte du fond.

Il vit alors Ramon et Paco, ses deux gorilles, qui se ruaient dans la direction de la fusillade tout en brandissant leurs armes.

Vargas à son tour recula d'un pas en portant la main au pistolet qu'il portait toujours à la ceinture. Ramon et Paco avaient presque atteint la porte lorsque celle-ci s'ouvrit avec violence, dévoilant une grande silhouette noire prolongée par un pistolet-mitrailleur Uzi dont l'horrible canon fumait encore.

Les deux tueurs plongèrent dans un parfait ensemble. Mais déjà, l'Uzi crachotait la mort.

Vargas vit ses deux hommes de main se recroqueviller puis se contorsionner, tandis qu'un jet de projectiles furieux les pourchassait, les transformant en passoires sanglantes qui s'effondrèrent inanimées sur le sol. Tous deux moururent sans s'être servi une fois de leur arme. Et le patron de la *Bolita* à Coral Gables était seul à présent...

Il fit une profonde inspiration malgré l'âcre fumée qui lui brûlait la gorge et pointa son arme. L'inconnu pivota et balança dans sa direction une nouvelle giclée de mitraille brûlante. L'estrade en prit la plus grande partie, mais une balle toucha tout de même Vargas à l'épaule tandis qu'une autre lui déchirait la hanche. Il s'affala le nez dans la poussière.

Dans sa chute, il avait perdu son revolver et peu à peu sombrait dans l'inconscience quand une main puissante le retourna sur le dos.

En gémissant, il entrouvrit les yeux pour voir

le canon de l'Uzi braqué si près de son visage qu'il pouvait en sentir la chaleur.

La combinaison noire se pencha et murmura quelques mots que Vargas eut du mal à comprendre dans son brouillard intérieur.

« Je suis venu démolir la grosse combine. Dis-le à tes amis. Fais passer le message.

Un petit objet froid tomba puis glissa le long de la poitrine de Vargas qui ferma les yeux, prêt à mourir. Mais quand il les rouvrit, quelques instants plus tard, il était seul dans la salle.

Seul avec les cadavres de ses deux tueurs.

Luttant contre la douleur qui le transperçait, il tendit le cou et repéra à côté de lui un objet scintillant et taché de sang.

Et brusquement, Vargas sut ce que c'était, encore qu'il eut été bien incapable d'en connaître la signification profonde : une médaille de tireur d'élite. Une croix Marksman.

Leroy Withers — alias Mustaffa ben-Keladi — piétinait derrière son bureau miteux, dans le réduit à l'arrière du Club Uhuru. Son regard nerveux se posait avec insistance sur la valise minable posée sur son bureau.

Il fit craquer les jointures de ses doigts en un geste irrité, incapable de se détendre.

Il avait rendez-vous ce soir avec un homme qu'il n'avait jamais vu. Un type qui prendrait la valise et... lui laisserait quelque chose en échange. Un boulot plein de risques, que celui que Leroy s'était choisi...

Le club était fermé, mais un des hommes de Leroy en gardait encore l'entrée pour accueillir le visiteur inconnu dès que celui-ci apparaîtrait. Leroy avait un second buteur non loin de lui, dans le bureau même. Juste au cas où... Ces temps-ci, la prudence était de rigueur, avec tout ce qui se passait à Miami.

Ça lui avait fait un choc d'apprendre que Tommy Drake s'était fait buter, mais Leroy savait depuis longtemps comment se passer des autres, même quand ils lui étaient indispensables. On apprend vite et beaucoup quand on a grandi dans les bas-fonds de Miami.

Le remplaçant de ce pauvre Tommy Drake ne s'était pas fait longtemps attendre.

Du reste Leroy commençait à se dire que la disparition de Tommy n'était pas une mauvaise chose. Pour le boulot au moins. Il est plus facile de faire son chemin quand personne ne vous barre la route, et depuis quelque temps, Leroy en avait sa claque de la Mafia. Ils étaient un peu démodés, ces gars-là, et en plus ils se croyaient tout-puissants ! Tommy Drake supprimé, Leroy allait peut-être gravir tout seul les échelons de la gloire et acquérir la fortune qu'il méritait depuis si longtemps.

Evidemment, il lui faudrait être prudent, redorer un peu son blason pour faire plus sérieux, et jouer des poings à l'occasion aussi.

Mais Leroy Withers s'en savait très capable.

Un coup sec retentit à la porte du bureau, et derrière Leroy, son garde du corps glissa la main sous sa veste de velours.

— Entrez ! cria Withers avec un sourire satisfait.

La porte s'ouvrit sur un grand type décontracté. Il portait un costard clinquant et d'énormes lunettes de soleil très sombres. A la main, il avait une somptueuse malette en cuir qui contrastait bizarrement avec la mauvaise valise défoncée posée sur le bureau de Withers.

Celui-ci ne put réprimer un sourire à la pensée du contenu de cette malette de riche : des sachets de plastique bien rangés, remplis de poudre blanche. Le pied, quoi !

— Quel bon vent vous amène, mec ? plaisanta-t-il en s'efforçant de sourire aimablement.

— Le boulot, rétorqua sèchement l'arrivant, et Withers regretta une fois encore que ces Blancs n'aient jamais le moindre sens de l'humour.

Le nouvel arrivant posa sa malette sur le

bureau de Withers tout en regardant le garde du corps de Leroy planté tout à côté de lui.

— Vous avez la marchandise ? demanda encore Leroy sans cesser de sourire.

Et pour la première fois depuis qu'il avait pénétré dans le bureau, le grand mec s'autorisa à son tour un sourire. Un rictus glacé, plutôt, qui ressemblait à une grimace.

— Là-dedans, marmonna-t-il en indiquant la malette.

Les serrures de l'élégant bagage s'ouvrirent avec un claquement. Leroy tendit avidement le cou, impatient de contrôler la cocaïne qu'il avait commandée par téléphone sans l'avoir essayée.

Mais il n'y avait pas de poudre blanche dans la mallette, et la main du visiteur ne contenait aucun sachet de plastique quand il l'en sortit. Elle tenait un énorme flingue au canon d'argent qui passa sous le nez de Leroy.

Brusquement tout se déchaîna. Le salaud pivota et son arme terrifiante s'immobilisa en direction du garde du corps. Une monstrueuse explosion retentit en même temps que la gueule du tueur giclait de toute part, éclaboussant les murs et le plafond de débris de chair et d'os ignoblement dégoulinants. Le corps décapité s'effondra sur le sol avec un bruit mou.

Il y eut ensuite un bruit de pas précipités. Le

garde de l'entrée venait d'apparaître, flingue au poing. En apercevant le grand énergumène, il ouvrit démesurément la bouche et plongea à l'aveuglette pour se mettre à l'abri. En vain. L'arme de l'inconnu tonna une nouvelle fois, et le gars parut soulevé dans les airs tandis qu'une énorme ogive blindée lui percutait la poitrine. Son corps retomba au sol, rebondit contre la porte et s'immobilisa dans une position grotesque.

Leroy était armé, bien sûr. Il portait un pistolet à la ceinture et en avait un autre dans le tiroir de son bureau. Mais jamais il n'avait eu un problème comme celui-ci... rien d'aussi grave et, dans la panique de l'instant, son cerveau lui refusait tout service.

Une pensée pourtant le hantait : survivre !

La gueule du gros automatique s'était braquée sur son visage. Withers avait l'impression qu'il pourrait y rentrer tout entier à l'intérieur, que l'arme allait l'engloutir.

Pourtant le grand fumier ne tira pas. Tranquillement, il sortit de sa poche quelque chose de petit, de rond, et de vaguement brillant, et il le balança sur le bureau.

— Montre ça à tes copains. Ils savent ce que c'est. Ils savent pourquoi je suis ici, marmonna-t-il d'une voix tout droit surgie de l'enfer.

Et sans un mot de plus il s'empara de la vieille

valise — celle qui était bourrée de pognon en beaux billets tout neufs ! — puis il se dirigea tranquillement vers la sortie.

Withers ne broncha pas jusqu'à ce que le type ait disparu. Pas un instant, il ne songea à récupérer la valise et son fric. Il se sentait cloué à son fauteuil tournant, et dès qu'il pourrait bouger, il aurait un sacré bordel à nettoyer...

Il jeta un regard écœuré à ses deux gardes du corps, puis abaissa les yeux sur son pantalon trempé entre les jambes...

Un sacré bordel, oui ! Mais Leroy était vivant. Pour l'instant, c'était l'essentiel. Sa main tremblait violemment quand il saisit le téléphone et composa un numéro.

CHAPITRE XI

La Cadillac d'un modèle vieux de dix ans remontait lentement la 8e Avenue. Les trois passagers inspectaient attentivement l'avenue et la foule sur les trottoirs. Derrière leurs lunettes noires, ils notaient tous les détails d'un monde tout à la fois familier et étranger...

8e Avenue. *Calle Ocho*.

Elle traversait le quartier dans le sens de la longueur et faisait figure d'artère vitale, battant au rythme de la foule colorée et bruyante qui l'encombrait.

Sur les trottoirs, des Cubains en *guayaberas* — ces chemises de coton blanc étincelant que l'on porte sous les tropiques — mâchonnaient leurs éternels cigares, escortés de leurs femmes en jupes de couleurs vives. La rue était bordée de boutiques et de petites entreprises familiales : le plus souvent des fabriques où des employés sous-payés roulaient des cigares à la main ; sur les trottoirs, des kiosques ambulants vendaient à la tasse de l'odorant café cubain et des *churros,* des tortillons de pâte douce frite.

Le véhicule quitta *Calle Ocho* pour s'engager dans une rue perpendiculaire. Celle-ci était bordée de jolies villas avec des jardins proprement entretenus souvent ornés de statuettes de saint Lazare. Celui-ci était devenu le saint favori des exilés, à cause de sa légendaire endurance à la pauvreté et à la souffrance. Chaque exilé cubain se retrouvait en Lazare et espérait qu'un jour, comme lui, les êtres chers disparus ressusciteraient pour revivre dans une Cuba enfin libre. Saint Lazare était aussi le symbole de la résurrection, du refus de l'homme de se laisser abattre.

Peu à peu, les maisons devinrent plus modestes. A côté du chauffeur, Toro les observait attentivement, cherchant un numéro.

Quand il l'eut trouvé, il donna des ordres brefs au conducteur et la voiture passa sans ralentir devant l'objectif, vira au prochain croisement de rue pour s'immobiliser lentement contre un trottoir.

Les quatre hommes descendirent. Toro glissa un pistolet dans sa ceinture tandis que les trois autres le serraient de près comme pour le dissimuler.

Toro, le combattant cubain, ne voulait courir aucun risque. Il envoya Mano, un de ses hommes, se poster en sentinelle près de la maison.

Rafaël, le chauffeur, reçut l'ordre de rester près de la Cadillac en prévision d'un possible repli en catastrophe.

Le dernier homme, un nommé Emiliano, emboîta le pas à Toro dans une impasse parallèle à la rue principale. Ils s'immobilisèrent bientôt devant un portillon en bois fermant un jardinet. Toro se dressa sur la pointe des pieds pour une inspection rapide, et ils entrèrent, se glissèrent sans bruit le long de la maison jusqu'à une porte dont Toro manipula doucement la poignée. Celle-ci était verrouillée de l'intérieur... Il fit un signe de tête à Emiliano puis balança un solide coup de pied dans la porte qui s'ouvrit béante avec un bruit de bois éclaté.

Les deux hommes plongèrent aussitôt dans la pièce, une cuisine encombrée de vaisselle sale et puant la mauvaise graisse. Ils se tinrent un instant immobile. Aucun bruit ne leur parvenait. Armes au poing, ils s'engagèrent dans un étroit corridor, l'un couvrant l'autre. Deux portes donnaient sur le couloir. L'une d'elle était ouverte et révélait une chambre vide. L'autre était fermée et le Cubain entendit un bruit de ferraille à travers la cloison.

Il enfonça le battant d'un violent coup d'épaule. Dans la chambre, un jeune type se bagarrait furieusement avec les stores de la fenêtre pour tenter de s'enfuir.

Toro et Emiliano se ruèrent sur lui et le saisirent au moment où il passait une jambe par-dessus l'appui de la fenêtre. Le gars se débattit nerveusement, balançant à l'aveuglette des coups de poing et de pied qui cessèrent quand Toro lui asséna un coup de la crosse de son revolver sur le crâne. Le fuyard devint tout mou et s'effondra sans connaissance sur le lit.

Toro regarda alors son compagnon et pointa le menton en direction de la porte.

— *La cocina,* aboya-t-il.

Emiliano lui répondit par un hochement de tête.

Ils empoignèrent leur captif et le tirèrent comme un sac de farine hors de la chambre puis le long de l'étroit corridor, jusqu'à la cuisine.

L'homme commença lentement à revenir à lui comme Toro et Emiliano l'asseyaient sur une chaise à haut dossier. Toro sortit ensuite de sa poche une paire de menottes qu'il lui passa aux poignets après en avoir glissé la chaîne dans un anneau de fer fiché dans le mur.

Emilio l'empoigna par sa tignasse huileuse et le gifla vigoureusement. Peu à peu la vie revenait derrière les yeux encore vitreux. Et bientôt le regard du prisonnier exprima l'effarement. Il avala péniblement sa salive et murmura dans un souffle :

— Toro...

— Julio, sourit dangereusement Toro.

Julio Rivera. Avec son air sournois et affolé tout à la fois. Et ses pensées semblaient s'emmêler dans sa cervelle.

Il n'avait guère changé depuis l'époque où il combattait aux côtés de Toro pour *Cuba Libre*. Ils étaient du même bord, alors, mais Toro n'avait jamais véritablement aimé Julio dont le visage de belette le mettait mal à l'aise. Sans pouvoir se l'expliquer, Toro craignait Julio et l'avait toujours surveillé de beaucoup plus près que ses autres *soldados*. Puis, quand Raoul Ornelas avait commencé à semer le désordre dans les rangs de l'armée clandestine de Toro, Julio avait été le premier à le suivre...

— Je veux Raoul, lui dit simplement Toro.

— Raoul ?

Le prisonnier cherchait visiblement à gagner du temps.

— *Si, pendejo, Donde Esta ? Diga me, pronto.*

Rivera esquissa un sourire hargneux :

— *Chinga tu...*

A nouveau Emiliano le gifla brutalement par

deux fois, coupant net les insultes ordurières
que Julio s'apprêtait à lancer.

— On essaye encore, Raoul, reprit patiemment Toro.

Rivera jeta un regard las à Emiliano et secoua la tête d'un air buté.

— *No se.*

Toro haussa les épaules et posa paisiblement son pistolet sur le rebord de l'évier. Puis il se mit en devoir de fouiller les placards, le long du mur, choisissant avec soin des ustensiles de cuisine qu'il posa un à un sur la table.

Un couteau à découper.

Un pic à glace.

Une tige en fer pour brochette.

Un tranchoir.

Rivera le regardait faire, les yeux écarquillés, tentant de dissimuler sa panique grandissante.

Sans lui prêter attention, Toro alluma un brûleur de la gazinière, s'empara ensuite du grand couteau à découper et lentement, minutieusement en chauffa la lame à la flamme. Lorsqu'elle devint rouge, il se tourna vers son prisonnier et le considéra avec ennui.

— Et maintenant, Julio, où est Raoul ?

Rivera cracha par terre. Il essaya ensuite de se battre avec ses menottes mais ne réussit qu'à se faire saigner les poignets. Puis ses yeux s'exorbitèrent devant l'acier brûlant qui s'approchait de son visage.

— Nous avons tout notre temps, dit Toro d'une voix calme et douce.

Et avec le temps, Rivera parla.

Il parla de Raoul Ornelas... de José 99... et de bien d'autres.

Quand les deux Cubains en eurent terminé avec lui, presque une heure plus tard, Toro savait qu'il lui fallait voir Bolan. Et au plus vite.

La vie du grand guerrier solitaire — leurs vies à tous dépendaient sans doute de cette entrevue...

CHAPITRE XII

Au volant de la Firebird, Mack Bolan se dirigeait vers sa nouvelle cible. La valise remplie de billets prise au Club Uhuru était posée sur le siège, à côté de lui.

Sa destination : Liberty City, le ghetto noir de Miami. Un quartier au sud de l'aéroport d'Opa-Locka, inconnu et même ignoré de la population blanche de la ville. Sur certaines cartes ne figurait même qu'un grand espace vide sans nom où le dédale des rues n'était pas tracé. Un no man's land de la violence qui, depuis quelque temps, connaissait, comme le reste de la ville, une criminalité grandissante.

Le nouvel objectif de Bolan était une maison de jeu clandestine, peu éloignée du Club Uhuru. La totalité des clients ainsi que le personnel étaient des Noirs, mais le tripot était une opération de la Mafia, gérée en sous-main

— et pas tellement astucieusement, d'ailleurs — par un certain Dukey Aiuppa, dit le Duc.

Aiuppa s'appelait en vérité Vicenzo, mais il avait changé de nom à l'époque, bien ancienne déjà, où il était boxeur professionnel. Puis un jour, il avait découvert qu'il était beaucoup plus lucratif de mettre k.o. des hommes, des femmes, des enfants dans la rue, plutôt que de se battre sur un ring. Et maintenant, en fait de palmarès, il avait trente-cinq arrestations derrière lui, mais n'avait pas été condamné une seule fois. Ce natif de Brooklyn s'était fort bien adapté au climat de Floride ; il avait accompli son chemin sans accroc notable et régnait sur son ghetto avec l'autorité d'un seigneur.

Son tripot était installé au premier étage d'un immeuble, au-dessus d'un bar fréquenté par une pègre de la pire espèce.

Bolan repéra sans difficulté l'établissement louche et se gara à l'écart de vieilles Cadillacs et de Lincolns pourries qui encombraient les trottoirs.

Vêtu d'un coûteux costume d'alpaga, il remonta la rue à pied sous l'œil hostile des piétons qui le dévisagèrent avec haine. Son Beretta 93 R était logé sous son aisselle gauche.

Il entra d'un pas décidé dans le bar louche où régnait une semi-obscurité, observant globalement les clients affalés autour des tables, occupés à prendre des paris. Certains levèrent la tête à son arrivée et chuchotèrent entre eux en ricanant. Puis il se dirigea vers un escalier en bois au fond de la salle.

Un Noir aux épaules de lutteur se tenait au bas des marches et regardait Bolan approcher avec une expression vaguement amusée sur son visage suant, couturé de cicatrices. Il était appuyé nonchalamment à la rampe.

— Qu'est-ce que tu cherches vieux ? bougonna-t-il avec un air dégoûté.

— Le Duc, répondit Bolan.

— Il attend pas de visite.

Bolan le gratifia d'un sourire aimable.

— C'est une surprise, camarade.

— Il aime pas les surprises, mec.

L'Exécuteur haussa les épaules et son sourire s'élargit. Il eut un geste coulé, à peine perceptible. La grosse armoire à glace ressentit une brusque douleur intolérable au bas-ventre et se plia en deux, ses pognes venant comprimer sa braguette. Un coup fulgurant frappé du tranchant de la main l'atteignit à la tempe, un autre à la gorge. Le grand tas de muscles poussa un soupir involontaire et s'affaissa bruyamment sur les marches, inerte.

Bolan se lança dans l'escalier, repéra sur le palier une porte unique qu'il ouvrit violemment.

Cinq visages éberlués se braquèrent dans sa direction : trois Blancs, deux Noirs. Ils étaient groupés autour d'un petit bureau recouvert de liasses de billets, de piles de pièces et de paris froissés. L'Exécuteur reconnut sans difficulté le Duc de Liberty City avec son nez cassé et ses oreilles en feuille de chou.

Le garde du corps le plus proche de la porte était en bras de chemise, son flingue bien en évidence sous son aisselle. Il s'avançait déjà d'un air menaçant, mais Bolan l'écarta d'un geste et attaqua sur un ton rageur :

— Qu'est-ce que ça veut dire, nom de Dieu ? glapit-il d'un air outragé en indiquant le fric et les paris épars sur le bureau. Tout devait être emballé, prêt à filer.

Aiuppa, après un furtif regard à ses hommes, posa des yeux sidérés sur Bolan :

— Emballer quoi ? Où est Jackson ? Et qui es-tu, toi, la grande gueule ?

Jackson devait être le tas de viande noire avachi au pied de l'escalier. Bolan ignora la question et reprit sur le même ton teigneux :

— Enfin, nom de Dieu ! personne vous a appelés ? On ne vous a pas fait passer le mot ?

— Quel mot ? siffla Aiuppa, méfiant et dérouté.

— Les fédés s'apprêtent à faire une descente, poursuivit l'Exécuteur en consultant sa montre avec un geste théâtral. Avec un peu de chance, il vous reste au maximum dix minutes.

Aiuppa leva une main comme un écolier qui demande la permission de parler.

— Du calme, mec, tu veux ? marmonna-t-il. Tu t'imagines qu'on entre ici comme dans un moulin et que...

— Tu vas rester planté comme un piquet et regarder les flics empocher toute l'oseille ? gronda Bolan. Tu crois que t'en as les moyens, Duc ?

Aiuppa le fusilla du regard :

— T'as peut-être intérêt à te présenter, mec.

Bolan fouilla dans la poche de son costume et les autres instinctivement portèrent la main à leurs armes. Mais Bolan ne sortit que sa carte d'As noir qu'il balança en travers de la table, au milieu des liasses de billets.

Aiuppa la regarda un long moment sans mot dire, essayant de comprendre. Puis son regard remonta vers Bolan qui y lut l'hésitation et l'appréhension.

— Ça fait une paie qu'on en a pas vu, dit enfin le mafioso.

Il se redressa et bomba le torse.

— Ça ne suffit pas, ajouta-t-il en hochant la tête.

— OK, fit Bolan. Tu préfères sans doute

annoncer aux amis d'en haut que tu as paumé connement tout ce fric...

Aiuppa n'eut qu'une courte hésitation :

— Je prends le risque.

La situation se tendait, devenait électrique. Soudain, la porte fut repoussée avec fracas et la masse sombre de Jackson débarqua en titubant dans la pièce.

Bolan réagit d'instinct. Il saisit le videur par le bras et le projeta à travers la pièce. L'immense Noir retomba lourdement à plat sur le bureau tandis que les hommes, les billets, les paris volaient aux quatre coins de la pièce.

Aiuppa recula d'un bond en couinant.

Tous les autres avaient plongé à couvert, mais le Beretta silencieux entrait déjà en action.

Le garde du corps en bras de chemise avait empoigné son .38 et se redressait tandis que son voisin tirait trop précipitamment, avec un .45, râtant sa cible d'au moins un mètre. Bolan les neutralisa l'un et l'autre avec un double chuintement du Beretta qui leur transforma la tête en magma pourpre.

Les deux autres, un Noir trapu et un Blanc longiforme, moururent sans comprendre, le front éclaté alors qu'ils commençaient seulement à dégainer.

Jackson reprenait ses esprits, se débattait sur le bureau pour retrouver son équilibre, secouant la tête comme un animal sonné. Aiuppa essayait de s'accroupir derrière le meuble pour se protéger. Il tira aveuglément deux coups de feu qui firent un boucan énorme.

Le tir suivant du Beretta fut pour Jackson dont une partie du visage vola en éclat sur la chemise blanche de son chef mafioso. Mais ce dernier n'eut pas le temps de se plaindre : une nouvelle balle s'enfonça au milieu de sa face paniquée et il partit à la renverse avec un geyser de sang qui éclaboussa les murs et gicla jusqu'au plafond.

Bolan demeura un instant immobile, puis il alla reprendre sa carte d'As noir qu'il remplaça par une médaille de tireur d'élite, judicieusement placée en évidence au milieu du fouillis de billets, de pièces et de paris.

Puis il sortit.

En bas, la salle s'était subitement vidée. Quelques chaises étaient renversées. Seul un barman passait prudemment le haut de sa tête au-dessus du comptoir.

L'Exécuteur était passé au stade intermédiaire de son opération à Miami : déstabiliser les structures ennemies et semer la panique pour provoquer la confusion chez les grosses têtes.

Il se dirigeait vers l'endroit où il avait garé la Firebird quand il entendit des bruits de voix et une course précipitée derrière lui. Brusquement, il sut qu'il ne rejoindrait jamais sa voiture.

Les truands du bar n'avaient déserté l'établissement minable que pour l'attendre dans la rue... Des coups de feu commencèrent à éclater, les projectiles percutant les tas d'ordures, rebondissant sur les containers en tôle avec un bruit étourdissant.

Une balle siffla aux oreilles de Bolan qui bondit à couvert derrière une énorme poubelle. Celle-ci prit le projectile et résonna comme une monstrueuse cloche.

Encore cinq mètres, pas davantage et la rue s'ouvrait devant Bolan.

Il bondit de derrière la poubelle, la tête enfoncée dans les épaules et se rua de l'avant, s'attendant à tout instant à sentir une balle se ficher entre ses omoplates.

Mais sa course ultime dut prendre ses poursuivants au dépourvu. Leur tir ne fut qu'un lamentable crépitement rageur et inefficace.

Bolan enfin déboucha sur la rue ensoleillée à l'instant précis où une voiture de sport décapotable rouge freina des quatre roues en l'évitant de justesse.

Une femme était accrochée au volant. Une femme que Bolan reconnut en un flash. Il l'avait rencontrée une première fois dans le lit de Tommy Drake.

En la circonstance, elle était évidemment habillée, mais non moins séduisante pour autant, bien que ses traits fussent tendus. Elle se pencha vivement et ouvrit de l'intérieur la portière côté passager.

— Montez ! Dépêchez-vous ! cria-t-elle.

Bolan prit sa décision à l'instinct. Il attrapa le bord de la portière et s'élança dans l'habitacle. La fille écrasa l'accélérateur, faisant bondir la petite voiture de sport avec un violent crissement de pneus. Bien avant que les tueurs aient atteint la rue ensoleillée, le bolide rouge avait disparu.

Son destin venait de prendre un virage inattendu.

CHAPITRE XIII

— Vous n'avez plus besoin de ceci, dit la jeune femme d'un ton crispé en jetant un coup d'œil ostensible sur le Beretta que Bolan tenait toujours à la main.

L'Exécuteur hésita un moment, considéra son arme avec une grimace et la rangea dans son holster.

— Où allons-nous ? demanda-t-il.

— Loin d'ici. Quelque part à l'abri.

— Cela n'existe pas.

— Peut-être, mais on peut toujours essayer. Vous étiez plutôt en mauvaise posture.

— Vous ne m'en voulez pas d'avoir liquidé Tommy ? fit Bolan.

La jeune femme eut un rictus écœuré avant de s'exclamer :

— Drake était une ordure !

Il leva un sourcil surpris :

— Si c'est vous qui le dites...

Il n'acheva pas sa phrase, mais la fille comprit la question informulée. Pendant un moment elle garda le silence.

Ils roulaient dans la 103ᵉ Rue, assez loin du ghetto de Liberty City dont le souvenir sinistre s'estompait déjà.

Enfin elle reprit la parole :

— Je sais précisément ce que je fais... Comme vous, *Matador*.

Bolan sentit des picotements le long de sa colonne vertébrale.

— Nous nous connaissons ?

Elle le gratifia d'un petit sourire mystérieux.

— Pas besoin de présentations. Vous êtes exactement tel que ma sœur vous avait décrit.

Bolan fronça les sourcils en l'observant attentivement. Et lentement, progressivement quelque chose s'éveilla tout au fond de sa mémoire : ses yeux, son visage... un souvenir vague encore mais bien présent et curieusement douloureux.

— Votre sœur ? murmura-t-il.

— Margarita.

La jeune femme avait prononcé le nom d'une voix si triste que le souvenir brusquement se fit net, précis, dans la mémoire de Bolan, et le frappa comme un coup de poing. Il ne dit rien pendant quelques secondes, dévisageant toujours sa compagne puis il se détourna et regarda d'un œil absent la rue autour d'eux.

Il se rappelait clairement Margarita, la courageuse *soldada* qui se battait pour la cause des exilés. Il se revoyait la tenant dans ses bras, morte, ignoblement mutilée par les monstres de *Cosa Nostra* qui l'avaient inutilement torturée, espérant qu'elle révélerait les faits et gestes de Bolan... Et il l'avait retrouvée... Trop tard. Bien trop tard... Il avait aussi retrouvé ses bourreaux et avait semé la désolation dans les rangs de la Mafia de Floride, poussé par un inextinguible désir de vengeance.

Margarita !

— Elle était courageuse, murmura enfin Bolan, mais tout en prononçant ces mots il savait qu'ils étaient stupides, fades, insuffisants.

La jeune femme avait perdu un peu de sa tristesse et son regard reflétait à présent une sorte de fierté.

— *Si*, dit-elle, et je suis engagée dans une guerre pour sa mémoire. Pour le souvenir de Margarita.

— Une action personnelle ou en service commandé ?

Elle hocha la tête.

— Je suis aussi un agent auxiliaire de la police fédérale. On m'avait envoyée auprès de

Tommy Drake en mission de renseignement. Il aurait été arrêté sous peu.

— Désolé, je n'ai pas eu la patience d'attendre.

— Aucune importance. Il était trop ignoble à vivre et je suis heureuse d'avoir assisté à sa mort.

Elle avait parlé avec une ardeur presque indécente, mais Bolan connaissait trop bien les sentiments qui l'agitaient. Tout en elle signifiait clairement sa détermination à parvenir au but qu'elle s'était fixé.

Courageuse *soldada,* elle aussi. Sans aucun doute.

L'Exécuteur préféra changer de sujet :

— Vous avez sans doute un nom ?

Elle eut un nouveau sourire merveilleux mais sans âge :

— Evangelina.

Bolan lui rendit son sourire avant de reprendre :

— Parons au plus pressé, Evangelina : on a sans doute repéré votre véhicule, là-bas à Liberty City.

Elle haussa les épaules :

— C'est une voiture de location enregistrée sous un faux nom. Dès que nous serons à l'abri, j'appellerai mon contact qui fera le nécessaire.

— Et que ferez-vous, ensuite ?

— Je veux vous aider, répondit-elle simplement.

Bolan secoua la tête avec véhémence.

— Vous en avez déjà fait suffisamment pour moi, dit-il fermement. Descendez-moi ici.

Elle était apparemment aussi obstinée que sa sœur. Son regard se planta dans le sien.

— Vous croyez que je ne sais pas me battre parce que je suis une femme ?

— Pas du tout, rétorqua Bolan qui se rappelait trop bien la fin atroce de Margarita. Je pense simplement que vous avez assez payé dans une guerre qui n'est pas la vôtre.

— C'est *ma* guerre ! s'exclama Evangelina. Vous croyez que j'ai peur de subir le même sort que Margarita ? Mais je me bat à cause d'elle !

— Les temps ont changé, Evangelina. La guerre aussi. Aujourd'hui l'ennemi est différent et les enjeux beaucoup plus graves.

— Ils sont plus graves que la vie, peut-être ? rétorqua-t-elle. Plus graves que la dignité humaine ?

L'Exécuteur se tut de longues secondes. Il comprenait si bien ce que ressentait la jeune femme, ce qu'elle voulait... mais il ne pouvait se résoudre à l'engager davantage...

— Vous parlez comme votre sœur, dit-il enfin.

— Alors vous savez que l'on ne me décourage pas facilement.

— Je vais finir par le croire.

Elle parut hésiter, puis demanda d'une petite voix timide :

— Vous... vous voulez bien que je vous aide ?

— J'ai perdu ma voiture quelque part dans Liberty City. Vous pourriez me laisser devant un taxi.

Elle lui sourit à nouveau, plus confiante, cette fois :

— Dites-moi où vous voulez aller. Je vous y emmène.

Bolan soupira.

— D'accord.

Il lui donna l'adresse de John Hannon et tout deux continuèrent la route en silence, perdus dans leurs pensées. Bolan se sentait vaguement coupable et il était triste aussi.

Mais l'Exécuteur avait appris à vivre avec sa culpabilité, sa colère, sa tristesse.

Il ne supporterait pourtant pas de voir couler le sang de cette innocente.

Elle avait déjà pris trop de risques. La guerre de Bolan lui avait coûté son enfance et son adolescence. Toute jeune, elle avait dû s'engager et, pour lutter, avait été forcée de bafouer son honneur et sa dignité...

Bolan ne la méprisait pas de s'être servie de son corps pour infiltrer les rangs des vampires de la Mafia. Elle avait utilisé au mieux ses armes naturelles. Il l'admirait pour son courage et sa détermination. S'il devait blâmer quelqu'un, c'était lui et personne d'autre. Aujourd'hui, Evangelina aurait pu être étudiante à l'université, ou tout simplement une jeune femme heureusement mariée avec des enfants et une jolie maison.

Alors qu'à présent, elle traversait Miami avec un fugitif dans sa voiture...

Même s'il devait tromper Evangelina pour la mettre à l'abri, il n'hésiterait pas. Le tout était de trouver un endroit sûr.

Or il n'existait rien de tel à Miami...

Bolan ferma les yeux et se laissa bercer par le bruit du moteur.

A moins de trouver un compromis. Quelqu'un de son bord pour la protéger.

BONHEUR À MARIE 123

Nolan ne le méritait pas, de s'être servi de son corps pour irriter les nerfs des vampires de la Mafia. Elle avait utilisé au moins ses armes naturelles. Il l'admirait pour son courage et sa détermination. S'il devait blesser quelqu'un, c'était lui et personne d'autre. À part ça, il... B'angeles serait un dur chantage à l'université. Ou tout simplement une jeune femme heureusement mariée avec des enfants et une jolie maison.

Alors qu'il prenait, elle traversait maintenant un fugitif dans sa voiture...

Meme s'il devait tromper l'évaluation pour la mettre à l'abri, il n'hésiterait pas. Le tout était de trouver un endroit sûr.

Or, il n'existait pas de sûr à Miami.

Nolan ferma les yeux et se laissa bercer par le bruit du moteur.

A moins de trouver un compromis. Quelqu'un de son bord pour la protéger.

CHAPITRE XIV

John Hannon habitait une maison modeste mais bien entretenue dans le quartier paisible de Hallandale, au nord de Miami. Bolan l'avait appelé par téléphone d'une cabine publique et l'ancien inspecteur de police les attendait. Quand Evangelina engagea la voiture dans la petite allée d'accès, Bolan repéra Hannon sous l'abri servant de garage adjacent à la maison. Evangelina rangea la voiture à côté de celle de Hannon.

L'ancien flic les accueillit aimablement et s'il fut étonné par la présence de la jeune femme, n'en laissa rien paraître. Il précéda ses hôtes dans la maison, les invita à s'installer dans le petit salon. Bolan remarqua tout de suite le fusil anti-émeute posé dans un coin, à portée de main, et comprit que Hannon s'attendait à des ennuis.

— Vous n'avez pas perdu votre temps, lui dit l'ancien inspecteur de police en se laissant tomber dans un fauteuil.

— Vous avez eu des échos ? sourit Bolan.

— Des échos, c'est un euphémisme, sourit Hannon. Disons plutôt que vos petites visites ont déchaîné un tonnerre de tous les diables. Toute la ville en parle. Même la télé a fait un reportage, ce soir.

Bolan ricana :

— J'en suis ravi. C'est l'effet que j'attendais.

— Rassurez-vous, c'est chose faite. Avez-vous découvert des indices intéressants ? lui demanda Hannon dont le ton se faisait pressant, tout à coup.

Evangelina avisa la salle de bains, s'excusa et s'éclipsa.

Dès qu'ils furent seuls, Hannon demanda :

— Où avez-vous pêché cette fille ?

— Devant le ghetto d'Aiuppa, lui répondit Bolan et comme l'ex-inspecteur haussait des sourcils stupéfaits, il expliqua :

— Ce n'est pas ce que vous pensez. Elle est agent secret fédéral. Elle cuisinait Tommy Drake.

— J'ai bien peur qu'elle se trouve au chômage, gloussa Hannon. Mais revenons à notre problème : qu'avez-vous découvert ?

— Je m'occupe de votre Cubain par la

bande, lui dit Bolan. Je n'ai encore rien de solide pour l'instant, mais je suis en contact avec quelqu'un qui pourrait peut-être le faire sortir de son trou.

Le visage de Hannon se durcit :

— Ce quelqu'un ne s'appellerait pas Toro, par hasard ?

Bolan le regarda droit dans les yeux sans ciller :

— Ça vous ennuierait, John ?

— C'est drôle, fit pensivement Hannon. On l'a aidé à s'enfuir de sa prison, ce matin. Du boulot propre, net et sans bavure. Depuis, la police fouille tous les buissons depuis Miami jusqu'à Tallahassee dans l'espoir de le retrouver.

Bolan ne répondit pas tout de suite, se contenta de dévisager Hannon. Quand enfin, il parla, il était grave, résolu :

— Si Toro peut m'aider dans ma mission actuelle, je lui en serai reconnaissant et tâcherai de lui rendre la pareille.

— Si je comprends bien, la fin justifie les moyens, rétorqua durement Hannon.

Bolan fronça les sourcils :

— Tout dépend de la fin... et des moyens... Et vous, qu'avez-vous découvert, de votre côté ?

Le policier ne répondit pas tout de suite.

L'idée de faire évader quelqu'un de prison le choquait visiblement. Hannon, en bon flic consciencieux, avait travaillé des années à faire rentrer des criminels au trou et à les y maintenir. Sa réaction était assez compréhensive, mais ne changeait en rien la façon de penser de Bolan.

Parfois, oui, la fin justifiait les moyens. La libération de Toro en était la preuve.

Hannon se décida enfin à répondre d'un ton ennuyé :

— Je n'ai strictement rien découvert. Un zéro pointé ! Pas la moindre trace de ce José 99 et je n'ose pas faire trop de bruit pour éviter l'affolement.

— Ce n'est pas grave, soupira Bolan qui hésita avant de poursuivre comme à regret :

— Puis-je vous demander un service, John ?

— Allez-y. D'accord d'avance.

Il n'avait pas eu le temps de formuler sa demande quand Evangelina réapparut au salon. Elle avait recoiffé ses beaux cheveux sombres et paraissait toute fraîche. Une fois encore, Bolan fut frappé de sa ressemblance avec sa sœur Margarita et s'étonna de ne pas l'avoir remarquée tout de suite.

— Où allons-nous maintenant ? s'enquit aussitôt la jeune femme, s'adressant aux deux hommes à la fois mais concentrant son attention sur l'Exécuteur.

— *Vous* n'allez nulle part, Evangelina, dit Bolan avec fermeté. Vous restez ici quelque temps pour pour des raisons de sécurité.

Du coin de l'œil, il observa le regard stupéfait de Hannon.

— Je reste ici ? répéta Evangelina, incrédule, debout au milieu du salon. Ça, certainement pas !

Bolan hocha la tête :

— Désolé, mais je ne peux pas vous emmener avec moi.

Une lueur de colère apparut sur le visage d'Evangelina :

— Je sais prendre soin de moi, *Senor* Matador ! rugit-elle. Je suis une combattante, *una soldada*, comme vous !

— Pas tout à fait, rétorqua Bolan en se levant pour s'approcher d'elle. Vous rappelez-vous la dernière fois où vous avez tué un homme à bout portant ? Vous souvenez-vous de l'odeur de son sang, quand vous avez appuyé sur la détente du revolver que vous teniez plaqué contre son front ?

Tout en parlant, il pointait un doigt sur le jolie visage de la jeune femme et le posa entre ses deux yeux.

Elle frisonna mais ne fit pas mine de se dégager. Bolan poursuivit durement :

— Avez-vous déjà étranglé un homme, Evangelina ? Cinq hommes, dix hommes, cent hommes ? Connaissez-vous l'horrible sentiment que l'on éprouve à serrer la gorge de quelqu'un qui se débat, et à le sentir faiblir puis retomber tout mou, sans vie ? C'est quelque chose d'affreux. Oter une vie n'est pas aussi simple que de coucher avec la Mafia.

Une larme glissait doucement sur le visage satiné de la jeune femme :

— Je n'ai jamais tué personne, admit-elle d'une voix à peine audible, mais j'en serais capable, je le sais.

— Ne souhaitez pas que l'occasion vous en soit offerte trop vite, lui dit Bolan, radouci, tandis que d'une main caressante, il essuyait la joue humide.

— Je suis un soldat, protesta-t-elle encore.

— Dans ce cas, restez en vie afin de vous battre dans une autre guerre.

— J'ai choisi celle-ci, rétorqua-t-elle d'une toute petite voix.

— Je n'ai plus le temps de discuter, lui répondit l'Exécuteur, dur à nouveau. Je dois m'en aller et j'ai besoin des clés de votre voiture.

La jeune femme n'hésita qu'une fraction de

seconde avant de fouiller son sac pour en sortir ce qui lui était demandé. Bolan se tourna alors vers Hannon avec un sourire d'excuse.

— Je serai de retour dès que possible, John.

Si je le peux, songea-t-il. Derrière l'ancien policier, il voyait Evangelina qui le dévorait des yeux.

Elle ne lui rendit pourtant pas son geste d'adieu.

— Nous ne bougerons pas d'ici, assura Hannon à l'Exécuteur tout en jetant un bref regard à la jeune femme qui lentement hocha la tête.

Bolan sortit en formulant une muette prière. Pour que les deux êtres qu'il abandonnait derrière lui — deux êtres propres, honnêtes, courageux — n'essuient pas trop durement les retombées d'une guerre qui n'était pas la leur... qu'ils n'avaient pas voulue...

CHAPITRE XV

Raoul Ornelas entendait le téléphone sonner interminablement à l'autre bout de la pièce : sa fureur grandissait de seconde en seconde.

Sept. Huit. Neuf.

A la dixième sonnerie, il souleva puis raccrocha la combiné avec violence et jura à haute voix. Cette manifestation d'humeur était quelque peu déplacée chez un homme réputé pour son calme et son sang-froid en toute circonstance, mais ce matin, Raoul avait du mal à dominer les émotions qui le ravageaient intérieurement.

Depuis des heures il essayait de joindre Julio Rivera, son premier lieutenant. En fait, il s'était rué sur son téléphone dès qu'il avait appris les nouvelles dramatiques de la matinée. Or Julio n'était pas chez lui, et ça ne lui ressemblait pas. Il ne quittait jamais son domicile le matin.

Même quand il passait la nuit avec une pute, il se débrouillait toujours pour rentrer aux petites heures de l'aube.

En même temps que la rage, Ornelas sentait insinueusement poindre en lui un curieux sentiment d'insécurité qui ressemblait fort à de la trouille. Le Cubain pourtant était toujours très sûr de lui ; mais il avait pas mal de soucis, ces derniers temps.

Depuis douze heures, il n'entendait parler que de catastrophes ; sans lien apparent, elles n'en donnaient pas moins la désagréable impression que le monde d'Ornelas — celui dans lequel il prospérait — menaçait de s'écrouler.

Raoul s'interdit de s'apesantir davantage sur ces idées pessimistes. Il lui fallait se reprendre en main, réfléchir calmement à la situation.

Il avait besoin de réponses rapides, mais le pire, c'est qu'il ne savait pas encore comment formuler les questions...

Si l'on reprenait les choses par le début, il y avait d'abord eu la mort de Tommy Drake, ou plutôt son assassinat. Quelqu'un avait pénétré dans sa propriété et l'avait descendu ainsi que ses gardes du corps. Du travail propre...

Un business de vrai professionnel.

Mais un sacré emmerdement pour Ornelas qui se voyait privé brutalement de son fournisseur de cocaïne et allait être obligé de trouver de nouveaux contacts, de passer de nouveaux contrats avec tous les aléas que cela comportait.

Il se demandait aussi si la descente chez Drake avait un lien avec le fiasco de l'expédition montée contre John Hannon. Drake avait chargé ses meilleurs tueurs d'abattre l'ancien flic pourri ; ceux-ci avaient loupé leur cible, et n'avaient récolté en échange que des pruneaux dans le bide.

Ornelas ne croyait pas au hasard, moins encore aux coïncidences. Il se doutait bien que les deux faits étaient liés, mais il ne voyait pas encore comment. Il lui fallait au moins une piste, un indice pour identifier les assassins de Drake.

L'évasion de Toro le Cubain était un souci beaucoup plus préoccupant encore pour Ornelas. C'était bien le pire qu'il pouvait lui arriver, surtout à ce moment précis, la veille même du jour où devait se matérialiser le rêve le plus audacieux de Raoul... Et là encore, il ne fallait pas voir l'effet du hasard.

Car si Ornelas avait survécu si longtemps dans ce monde éternellement en guerre, c'est parce qu'il n'avait jamais cru au hasard, précisément. Le hasard, c'est l'ignorance, et l'ignorance, c'est la mort, dans l'univers des fauves où il évoluait.

Certes, Raoul Ornelas était angoissé, et il avait de bonnes raisons de l'être : quelque chose se tramait à Miami en ce moment même et il n'avait aucune idée de ce que c'était exactement. Il lui fallait de toute urgence identifier l'ennemi et frapper avec violence en profitant de l'effet de surprise.

C'était la loi de la jungle et à ce jour, elle avait toujours fonctionné.

Raoul Ornelas n'était pas un bleu !

Tout jeune, à peine adolescent, Ornelas était entré dans les rangs de Castro pour lutter contre l'ignoble Batista et renverser la dictature qui opprimait son peuple depuis plus d'une génération. Un de ses frères était mort dans la lutte, avant ce Premier janvier 1959, date de la prise du pouvoir triomphale de Castro à la Havane. Et peu à peu, Ornelas comme ses frères s'était vu trompé dans ses espoirs les plus chers, bafoué dans son idéal, comme arrivaient les fameux « conseillers » soviétiques, et que Fidel reconnaissait implicitement l'appartenance communiste de son régime. Ornelas avait fui son pays avec la première vague d'émigrés. Il s'était établi en Floride en se jurant qu'un jour il retournerait à Cuba gagner la guerre que Castro avait perdue pour son peuple.

A Miami, il avait tout de suite rejoint le

mouvement anti-castriste que le gouvernement américain regardait d'un œil bienveillant.

Et puis un jour, la CIA l'avait contacté et lui avait montré comment utiliser son expérience et ses compétences de combattant. Mais son passage parmi les troupes spéciales de Langley lui avait appris aussi l'importance du pouvoir de l'argent et l'intérêt de savoir se créer certaines relations. Dans le milieu de la Mafia, notamment.

Pour la CIA, tout et n'importe qui était un moyen de servir la grande cause...

Après la débâcle de la Baie des Cochons, Ornelas avait vu le gouvernement américain retourner sa veste et trahir les exilés cubains. Peu à peu, les camps d'entraînement de Floride et de Louisiane avaient été fermés, les chefs des mouvements nationalistes cubains, arrêtés, et finalement les Etats-Unis avaient reconnu le régime de Fidel Castro.

Depuis lors, ni la crise des missiles ni rien de ce qui s'était passé à partir de 1961 n'avait véritablement ému Ornelas. Il savait que seul comptait l'objectif ultime; peu importait les idéologies dont on pouvait changer comme de chemise...

La puissance, l'argent : voilà quelles étaient les deux réalités pour lesquelles il fallait se battre, et Ornelas était bien décidé à le faire quoi qu'il lui en coûte.

Travaillant en indépendant pour ceux qui payaient ses services, Ornelas s'était vendu, au fil des années. Aujourd'hui, la drogue et le terrorisme étaient ses deux sources de profit. Demain...

Demain était bien ce qui l'inquiétait le plus. Un raz de marée s'apprêtait à déferler sur Miami et, dans l'immédiat, Raoul ne savait même pas d'où soufflait le vent. Il avait paumé son principal fournisseur de cocaïne, ainsi qu'un de ses plus importants exploitants de tripots; enfin et surtout, Toro était en liberté et sans doute déjà lui courait aux fesses.

Toro !

Les deux hommes étaient amis, autrefois, du temps de leur jeunesse quand ils combattaient côte à côte pour *Cuba Libre;* mais Toro n'avait jamais su dépasser le stade de son idéalisme candide. Jamais il ne s'était adapté aux dures réalités de la puissance et de l'argent. Il avait toujours refusé d'ouvrir les yeux sur la vie. Du coup, il était devenu un obstacle qu'Ornelas avait dû écarter pour continuer son chemin sans encombre.

Ça avait été facile, du reste. L'honnêteté de Toro, sa loyauté, son sens de l'honneur, s'étaient retournés contre lui.

Raoul, pourtant, s'était refusé à tuer Toro. Il s'était contenté de le dénoncer et de le faire mettre à l'ombre ; une erreur, sans doute. Une erreur qu'il risquait sous peu de regretter amèrement.

Toro s'était évadé, aidé dans sa fuite par des mains et des moyens inconnus... Et brusquement, la vie, l'avenir, prenaient un aspect incertain pour Raoul Ornelas.

Jusque-là, tout avait marché comme sur des roulettes ; la machine semblait fonctionner avec une admirable précision. Quant à l'argent, Raoul en avait déjà reçu la plus grosse partie et l'avait versée sans attendre à son compte secret.

La brusque pensée de son client rendit Ornelas plus nerveux encore : il avait été payé d'avance. On attendait de lui qu'il respecte son contrat. Or voilà qu'au tout dernier moment, la tempête déferlait. Et il était trop tard pour annuler l'opération.

Pour la première fois de sa vie, Raoul Ornelas se demandait s'il aurait assez de nerfs pour remplir sa mission.

Pendant de longues minutes, il hésita sur la conduite à tenir, son esprit battant la campagne à la recherche d'une solution.

CHAPITRE XVI

L'ambassade de Cuba à Miami est une mini-forterese où rien n'est laissé au hasard. Ses occupants, se sachant entourés par des milliers de compatriotes hostiles ne plaisantent pas avec leur sécurité.

Les jardiniers chargés d'entretenir avec soin les pelouses et les parterres de fleurs sont en réalité des gardes armés, et à la nuit tombée, des sentinelles en uniformes plus classiques prennent position aux points vulnérables. Des hommes dressés à tirer avant de poser des questions.

Les grilles d'entrée, ainsi que les murs d'enceinte sont renforcées de plaques de blindage et surveillées en permanence à travers un système vidéo complexe. Enfin, les fenêtres du bâtiment sont équipées de vitre anti-balles et couplées à un dispositif d'alarme électronique.

En dépit de toutes ces précautions, les occupants de l'ambassade ne se sentent jamais très à l'aise à l'intérieur de cet avant-poste castriste.

Jorge Ybarra était l'attaché culturel en poste à Miami, un homme connu dans les milieux diplomatiques de Floride comme beaucoup plus intéressé par l'art, la littérature et le bon vin que par la politique.

Le FBI et la CIA pourtant n'étaient pas dupes et leurs agents savaient qu'Ybarra était en fait un membre influent de la DGI, la police secrète de Fidel Castro.

La *Dirrecion General de Inteligencia* est connue dans l'ensemble du monde occidental pour ses manœuvres terroristes et révolutionnaires visant à répandre l'idéologie communiste et à déstabiliser les Etats-Unis. Une organisation redoutable, occultements téléguidée par Moscou.

Dès le départ, Jorge Ybarra avait choisi de combattre dans l'ombre. Il préférait le clair-obscur aux feux de la rampe. Il s'était d'abord battu aux côtés de Guevara en Bolivie avant que ce dernier ne soit vendu par des traîtres et abattu. Plus tard, en tant que membre influent de la DGI, Ybarra était parti servir Castro au Chili puis au Salvador avant d'être en poste à Miami.

Ybarra était spécialisé dans l'insurrection

terroriste. Il avait été formé à la Havane avant d'être envoyé à la célèbre Université Patrice Lumumba, en Union soviétique. Et Ybarra était passé maître dans l'art de manigancer des « incidents », d'organiser des assassinats, bref, de planifier tout ce qui caractérise la guérilla en milieu urbain.

Il était presque midi et le chef de section de la DGI se trouvait seul dans son bureau, réfléchissant aux ultimes détails de sa toute dernière opération. Le « coup » de loin le plus important de sa carrière. Tout avait marché sans heurt jusqu'à ces dernières heures ; et voilà que Ybarra commençait à se demander si les choses n'allaient pas tourner au vinaigre.

Jorge Ybarra, pourtant, n'était jamais angoissé. Il était parfois perplexe, mais ne le restait jamais longtemps. Il lui arrivait aussi d'être préoccupé mais cela ne durait que le temps qu'il trouve un moyen de supprimer la cause de sa préoccupation. La notion d'échec n'intervenait jamais dans ses projets ni dans ses plans, il considérait le défaitisme comme le fléau des combattants de métier. Le défaitisme à la longue rendait les soldats impuissants, inefficaces.

Or, Ybarra tenait l'efficacité comme la première vertu de l'homme. Pour lui, les problèmes n'existaient que pour être résolus et généralement il les accueillait avec intérêt, y voyant un moyen de vérifier que son esprit inventif fonctionnait toujours.

Pourtant, ce matin, les bruits rapportés par ses indicateurs ne lui plaisaient pas du tout.

De toute évidence, des nuages grisâtres s'amoncellaient à l'horizon.

Le téléphone sonna sur son bureau. C'était sa ligne privée et l'attaché culturel fronça les sourcils. Il ne décrocha qu'à la quatrième sonnerie et approcha avec méfiance le combiné de son oreille.

— Oui ?
— *C'est José. La ligne est sûre ?*

Tous les jours et même plusieurs fois par jour, Ybarra faisait vérifier les lignes de l'ambassade. Une précaution élémentaire.

— Vous pouvez parler, assura-t-il.
— *Vous avez entendu les nouvelles ?*
— On dit beaucoup de choses. Soyez un peu plus précis.
— *Toro, Drake et le reste...*

Ybarra était au courant, évidemment. Toutes les émissions radio et télévisées étaient captées en permanence dans le sous-sol de l'ambassade.

Il poussa un soupir las.

— Il se produit des incidents tous les jours à Miami, observa-t-il avec une pointe d'agacement.

— *Aujourd'hui, c'est un peu spécial. J'ai peur que cela soit très ennuyeux pour nos projets... Il y a Toro...*

Ybarra le coupa :

— Vous me parlez d'un homme seul et traqué. Ce n'est pas lui qui vous affole, tout de même ?

— *Il y a Tommy Drake, aussi...*

— C'est votre problème, coupa Ybarra. Souvenez-vous que vous avez été payé. A défaut d'idéal, sachez au moins mériter l'argent que vous avez touché. Suis-je clair ?

— *Si. Yo comprendo*, fit son interlocuteur, le souffle court.

— *Bien.*

Et sans laisser à l'autre le temps de poursuivre, Ybarra raccrocha. Il était certain que « José » avait saisi la menace, sous les mots anodins et le ton poli.

L'attaché culturel reporta ses pensées sur Tommy Drake. L'assassinat du trafiquant perturberait peut-être un peu le marché de la drogue dans le sud de la Floride, mais pas longtemps. Un nouveau Tommy Drake surgirait tôt ou tard, et la cocaïne et l'héroïne de Cuba continueraient à se déverser sur le continent américain.

Quant à l'évasion de Toro, Ybarra comprenait qu'elle inquiète « José », mais lui-même s'en moquait éperdument. Toro n'était jamais qu'un illuminé parmi des milliers d'autres qui hantaient les rues de Miami. Un cinglé de la droite. Tout comme ses semblables, il n'hésiterait pas à abattre Ybarra s'il en avait l'occasion, mais « l'attaché culturel » n'offrait jamais ce genre d'occasion à qui que ce soit.

Ybarra était un survivant par instinct et par formation. Il se sourit à lui-même tout en allumant un mince *cheroot* dont il aspira goulument la fumée âcre avant de l'exaler en ronds bleutés vers le plafond. Demain verrait la réalisation de *son* Projet.

« José » ?... Il y aurait un moyen facile de s'en débarrasser : il suffisait de retrouver le fameux Toro et de ménager un tête-à-tête aux deux hommes.

Brusquement, Ybarra éclata de rire, trouvant sa dernière idée hilarante.

Et demain, ce serait l'apothéose. Demain, le capitalisme pourri découvrirait la violence sur son territoire. Une nouvelle forme de violence comme personne n'imaginait qu'elle put exister... Et Ybarra observerait leur réaction en se frottant les mains.

CHAPITRE XVII

Evangelina s'était installée près d'une fenêtre. Elle observait la rue. Une voiture passa : la première en dix minutes. Puis la jeune femme suivit des yeux un groupe d'enfants qui rentraient de l'école et ce spectacle paisible l'émut tant il lui parut étranger à la vie qu'elle s'était choisie.

La voix de John Hannon la tira de ses pensées :

— Vous le connaissez depuis longtemps ? lui demanda l'ex-inspecteur de police.

Il fallut une seconde à la jeune femme pour comprendre de qui il parlait.

— Je le découvre à peine, répondit-elle. En fait, nous nous sommes rencontrés pour la première fois la nuit dernière.

Elle se revit un instant nue sur le lit de Tommy Drake, tandis que l'Exécuteur surgissait de l'ombre. Elle se rappela son moment de panique quand elle avait cru à une descente de la Mafia, sachant qu'en la circonstance elle ne serait pas davantage épargnée que Tommy. Et elle ressentit à nouveau ce soulagement extraordinaire quand le grand homme en noir avait disparu, la laissant en vie.

— J'ai cru comprendre que vous l'aviez aidé, reprit Hannon en essayant de prendre un ton détaché.

Evangelina haussa les épaules :

— C'était peu de chose.

Hannon eut un sourire de connivence.

— Eh bien, voyez-vous, ça s'est passé en sens inverse avec moi. C'est lui qui m'a sauvé la vie. Peu de chose, n'est-ce pas ?

Evangelina le regarda avec attention avant de murmurer :

— On dirait que vous tenez beaucoup à lui ?

Hannon parut embarrassé et répondit en hésitant :

— Oh, vous savez, ces temps-ci, je ne sais plus très bien à qui et à quoi je tiens. Et vous ?

La jeune femme n'eut pas le temps de répondre car le téléphone se mit à sonner. L'appareil était situé dans le passage conduisant à la cuisine et Hannon se leva pour aller répondre.

Il s'annonça et resta silencieux un long

moment, écoutant son interlocuteur. Enfin il dit d'un ton soucieux :

— Je comprends. Oui... Bien sûr, je trouverai. D'accord.

Il avait l'air sombre et préoccupé quand il raccrocha. Il traversa le petit salon et se posta devant une fenêtre, les sourcils froncés. Puis il se retourna vers la jeune femme.

— Il faut que je sorte, annonça-t-il. Restez ici, vous y serez en sécurité.

La jeune femme secoua vivement la tête :

— Pas question, je vous accompagne.

— Je n'ai pas le droit de vous emmener, Evangelina. J'ai promis à Mack de...

— Comment veillerez-vous sur moi quand vous serez parti ? rétorqua-t-elle ironiquement.

— J'ignore les risques qui m'attendent et je ne veux pas vous les faire courir.

Elle lui lança un petit sourire hermétique :

— Qui connaît exactement les risques dans cette situation. Et où sont-ils ? Personne ne le sait. Laissez-moi seule ici et vous ne me retrouverez pas en revenant !

Hannon poussa un soupir las.

— Okay. Mais promettez-moi de ne prendre aucune initiative et de rester constamment près de moi.

Evangelina hocha gravement la tête.

— *Si*. Je vous le promets.

Hannon disparut dans une des chambres à coucher et en ressortit avec un revolver qu'il accrocha à sa ceinture.

— Vous êtes armée ? demanda-t-il à Evangelina.

Elle acquiesça. Elle avait un petit automatique dans son sac. Un engin moins performant que celui de l'ancien policier, mais suffisant pour la défense.

Il la fit sortir dans le garage et referma derrière elle la porte de la maison. Comme elle s'installait dans la voiture, Evangelina se demanda soudain si, le moment éventuellement venu, elle aurait le courage de tuer un homme. Ne risquait-elle pas de perdre son sang-froid, sa détermination et entraîner ainsi Hannon dans une situation dramatique ?

Elle se raidit et repoussa ses craintes. Tout au fond d'elle-même, elle savait qu'elle trouverait la force de faire ce qui s'imposait pour venger sa sœur.

Margarita était morte pour une grande et juste cause. Evangelina, elle, avait la chance de vivre et tenait entre ses mains la possibilité de terminer ce que sa sœur n'avait pu achever.

La petite *soldada* aimait la vie, oh oui, et les risques ne lui faisaient pas peur !

Hannon pilotait une Chevrolet de location en

remplacement de la sienne, endommagée dans l'ambuscade de la nuit précédente.

Il ne connaissait pas la voix de l'homme qui l'avait appelé. Un Cubain, probablement, mais certainement pas le même que la dernière fois. Cependant le message que lui avait transmis l'inconnu l'avait incité à accepter ce nouveau rendez-vous. Hannon avait parfaitement en mémoire les termes de la courte discussion :

— *Vous cherchez des camions et des armes volées ? Je sais où vous pouvez les trouver.*

— *Je vous écoute.*

Eclat de rire amusé à l'autre bout de la ligne, puis :

— *Vous n'imaginez pas que je vais vous filer le tuyau au téléphone ?*

L'inconnu avait fixé les coordonnées du rendez-vous et Hannon avait accepté sans discuter.

Il s'agissait peut-être d'une nouvelle chausse-trappe, mais cette fois au moins il s'y rendait les yeux ouverts, armé et prêt à toute éventualité.

La jeune femme en revanche était une donnée dont Hannon se serait bien passée. Bolan la lui avait confiée ; Hannon avait promis de veiller sur elle. Il la protégerait autant qu'il le pourrait ; si la promenade tournait mal il savait bien qu'il ne pourrait pas faire grand-chose.

Ils suivaient l'autoroute Dixie, non loin de Broward County lorsque Hannon repéra la voiture dans son sillage : une Cadillac qui avait bien l'aspect d'un char de guerre mafia. Il sentit dans son dos le petit frisson glacé qu'il connaissait et ses mains se firent brusquement moites sur le volant.

La voiture suiveuse gagnait rapidement du terrain. Hannon distinguait déjà, derrière le grand pare-brise teinté, les visages brutaux, les carrures imposantes. Il sortit son arme de son baudrier et la posa sur ses genoux.

Evangelina comprit facilement la situation. Elle se retourna et découvrit à son tour la grosse caisse noire inquiétante.

Tranquillement, elle sortit de son sac son petit automatique dont elle tira sèchement la culasse pour faire monter une balle dans la chambre.

Puis ses yeux croisèrent rapidement ceux de Hannon qui y lut tant de force, tant de résolution qu'il en resta confondu.

Sacrée bonne femme, oui !

Ils échangèrent encore un bref sourire tendu, puis Hannon se concentra sur la route et sur son rétroviseur. Il roulait au maximum de la puissance de sa voiture, mais la Cadillac était beaucoup plus rapide et continuait à gagner du terrain. Quand elle ne fut plus qu'à un mètre environ du pare-chocs arrière de Hannon, celui-ci envisagea un instant de freiner en catastrophe de façon à provoquer une collision, mais il vit les armes automatiques qui se profilaient déjà près des vitres. Il comprit alors que son seul espoir de survie était la fuite.

Quelle connerie ! Comment avait-il pu donner tête baissée dans le panneau ?

Brusquement, la Cadillac déboîta pour dépasser la Chevrolet. Dans son rétroviseur latéral puis par la vitre de sa portière, Hannon vit les armes automatiques pointer leur museau noir par les fenêtres baissées de la Cadillac. Il s'employa vivement à baisser sa vitre, mais celle-ci n'était descendue que de quelques centimètres quand la manivelle lui resta dans la main. La guigne. L'incident stupide qui survient toujours au plus mauvais moment ! Avec un juron sauvage, Hannon saisit son revolver essayant de trouver un angle de tir, malgré l'entrebâillement insuffisant de sa vitre.

T'es devenu trop vieux pour ce genre de boulot, se reprocha-t-il intérieurement.

Il avait le doigt crispé sur la détente et adressait au ciel une muette prière quand la Cadillac ouvrit le feu. Le verre aussitôt vola de toutes parts tandis que les balles martelaient la carrosserie et le moteur de la Chevrolet pour revenir à la hauteur de la vitre de la portière. Hannon sentit un projectile lui percuter la cuisse, un autre se ficher dans son flanc, et il perdit le contrôle de la voiture.

Celle-ci fit une violente embardée, cahota sur le bas-côté puis décrivit un tête-à-queue avant de s'immobiliser dans un nuage de poussière.

La Cadillac poursuivit son chemin avec une ultime giclée de mitraille brûlante.

Hannon entendit Evangelina hurler à côté de lui. Puis il n'y eut plus que le rugissement du moteur emballé et le bruit de déchirement des pneus patinant par à-coups sur la terre caillouteuse.

Malgré l'horrible douleur qu'il ressentait, Hannon avait une conscience aiguë de ce qui se passait autour de lui. Il sentait du sang lui dégouliner sur les cuisses, le bas de la poitrine et la hanche.

Ses jambes lui paraissaient complètement bloquées et il réalisa que son bras droit aussi était coincé. Il était également blessé au cuir chevelu et du sang lui coulait dans les yeux.

Evangelina était tombée sur lui au moment où la Chevrolet avait quitté la route. Sa tête reposait maintenant sur les genoux de Hannon tandis que son épaule immobilisait son bras. Au premier regard, l'ancien flic sut que la fille était morte. La balle qui lui avait percuté le front n'avait laissé qu'un petit trou à peine visible sur son visage, mais en ressortant, elle lui avait arraché la moitié de la base du crâne.

Evangelina était morte. Malgré sa souffrance, John Hannon sentit une effroyable culpabilité l'accabler. Il avait promis à Bolan de protéger cette jeune femme et il l'avait tout simplement conduite vers la mort. Il aurait aussi bien pu lui balancer lui-même une balle dans la tête.

Hannon essaya de libérer son bras sans bousculer la fille. Il lui semblait ignoble de la troubler ainsi dans son dernier repos, et pourtant il devait filer tant que ses jambes blessées le portaient encore.

Il essaya de soulever la tête de la jeune femme et s'aperçut que le sang qui lui coulait sur les genoux provenait d'une horrible blessure qu'elle avait sous la mâchoire.

Ecœuré, il se détourna pour saisir la poignée de la portière. C'est alors qu'une ombre trapue apparut derrière la voiture : une grosse masse humaine s'interposait entre le soleil et les yeux douloureux de John Hannon.

Evidemment ! Ils étaient revenus s'assurer que le boulot était propre et sans bavure.

Il essaya de dégager son revolver empêtré dans les vêtements ensanglantés d'Evangelina mais son geste ne fut qu'une ébauche.

Derrière la vitre pulvérisée, Hannon eut à

peine le temps de reconnaître une Uzi. Le canon du pistolet-mitrailleur crachota une rafale.

Hannon, l'ex-flic expérimenté, le vieux dur de la Brigade des Homicides eut la brève sensation que son corps se dissociait en une infinité de particules de chair. Une sorte de gong sonna un coup sourd au-dessus de lui et il se laissa emporter dans les ténèbres.

CHAPITRE XVIII

Lorsqu'il vit les gyrophares illuminer la route loin devant lui, Mack Bolan commença à ralentir, laissant les autres véhicules le dépasser. Son intention était de trouver un endroit discret pour garer la voiture passe-partout qu'il avait louée à la place de celle d'Evangelina, trop voyante.

Dès qu'il avait entendu le flash d'informations à la radio, il avait aussitôt changé de cap. Le speaker avait parlé d'un règlement de compte et mentionné le nom de John Hannon. L'autre victime était une jeune femme non identifiée.

Tout de suite, ses cheveux s'étaient hérissés sur sa nuque.

L'Exécuteur immobilisa sa voiture non loin du lieu de l'accident. De sa position, il voyait une ambulance dont le hayon arrière était relevé. Des voitures de police officielles et d'autres véhicules banalisés étaient à l'arrêt sur le bord de la route et des hommes en uniformes regardaient deux ambulanciers transporter une civière recouverte d'un drap blanc.

Il eut l'impression que son cœur s'arrêtait de battre. Le sang lui tambourinait aux oreilles. Au-delà de l'ambulance, une Chevrolet était immobilisée en travers de l'accotement et Bolan apercevait son flanc criblé de balles.

Un motard de la route s'approcha de lui, levant la main pour l'empêcher d'avancer davantage :

— Vous ne pouvez pas rester ici, monsieur. Circulez !

Bolan lui montra rapidement ses faux papiers qu'il rempocha en expliquant :

— La Mancha, du Département de la Justice. Qui est en charge de l'enquête ?

Aussitôt, le policier eut un air embarrassé et déclara sur un ton d'excuse :

— L'Inspecteur Wilson. Là-bas, ajouta-t-il en indiquant le petit groupe d'officiels près de l'ambulance.

Bolan suivit son geste et vit un homme en complet gris planté un peu à l'écart de ses collègues, en train d'examiner l'épave de la Chevrolet. Le nom de Wilson ne lui était pas inconnu. Il réveillait de vieux souvenirs.

Quand Bolan avait commencé à se lancer contre la Mafia, Wilson travaillait sous les ordres de Hannon, dans la Brigade criminelle. Et voilà qu'aujourd'hui, il était là pour le finish...

Un lugubre finish dont Bolan se sentait, hélas, en partie responsable.

Il s'avança au-devant du flic. Celui-ci tourna la tête à son approche et fronça les sourcils :

— Je puis quelque chose pour vous ?

Bolan lui montra ses faux papiers et annonça pour la seconde fois :

— La Mancha. Département de la Justice.

Sans cesser de froncer les sourcils, Wilson se présenta froidement :

— Bob Wilson de la Police de Miami. Vous avez un intérêt particulier dans cette histoire ?

— J'ai entendu le flash à la radio et le nom de votre collègue.

Quand Wilson parla à nouveau sa voix était lointaine, complètement détachée :

— Vous retardez, dit-il enfin. Hannon avait démissionné depuis longtemps.

— Mais il continuait à travailler.

— Seulement dans le privé, répondit Wilson d'une voix lasse.

— Vous avez identifié la fille ? demanda encore Bolan.

Wilson secoua la tête :

— Latino-américaine. Cubaine probablement. Toute jeune. Elle était armée mais n'avait pas de papiers sur elle. Nous procédons aux vérifications d'usage.

— Vous devriez jeter un œil au Bureau fédéral, lui dit innocemment Bolan.

L'inspecteur leva un sourcil étonné :

— Ah bon ? Qui était-elle, vous le savez ? Un indic ?

Bolan haussa les épaules :

— Ce n'est pas à moi de vous le dire.

— Mais elle vous intéresse, n'est-ce pas ?

— Je m'intéresse à pas mal de choses, répondit évasivement Bolan : à des vols d'armes et de camions, par exemple, et à un certain José 99 aussi.

En entendant prononcer le nom, Wilson sursauta.

— Vous le connaissez ? demanda ingénument Bolan.

— J'ai entendu parler de lui.

— Vous l'avez localisé ?

Wilson eut une grimace écœurée :

— Vous voulez plaisanter... Le FBI assure qu'il a des rapports avec l'ambassade cubaine. Il serait en relation avec l'attaché culturel. Mais pour l'instant personne n'a réussi à mettre la main sur lui.

— Vous croyez qu'il y a un lien entre lui et ce

massacre ? demanda encore Bolan sur un ton détaché.

— Il est trop tôt pour rien affirmer, répondit l'inspecteur qui jeta ensuite un regard à l'ambulance avant de poursuivre : on dirait que John était sur une piste sérieuse.

— On le dirait, en effet, murmura l'Exécuteur.

Brusquement Wilson le regarda avec méfiance, et il hésita avant de demander à voix basse :

— Etes-vous ici pour prendre cette affaire en main ?

— C'est un peu tôt encore, lui répondit Bolan.

— Je vois... Je n'aimerais pas être écarté de cette histoire, La Mancha. Elle me touche de trop près...

Bolan était sûr de sa sincérité. Il préféra changer de sujet et dit :

— Si j'étais vous, j'irais jeter un coup d'œil du côté de Tommy Drake.

— Vous retardez, mon vieux. Tommy Drake appartient à l'histoire depuis cette nuit.

— Je veux dire qu'il avait pas mal d'amis, rétorqua Bolan. Certains s'intéressaient de très près au boulot de Hannon.

— Je suis au courant du guet-apens loupé

organisé par Johnny Stompanato, répliqua brièvement Wilson.

— Vous connaissez un certain Raoul Ornelas, activiste cubain ?

— Tout le monde connaît Ornelas. Il est le chef du groupe Alpha 7.

— Et Alpha 7 a besoin d'armes, enchaîna l'Exécuteur. Hannon reniflait peut-être un peu trop près de la merde au chat. Celle de l'Honorable Société, si vous voyez ce que je veux dire...

— En quoi la Mafia serait-elle liée aux activistes cubains ?

— Sacco et les réfugiés marchent depuis longtemps main dans la main. Vous le savez aussi bien que moi.

— Soit, admit le policier. Mais je ne vois pas pourquoi Sacco chercherait à se procurer des armes.

— Peut-être pour faire une fleur à un ami.

— Ah oui ? Je me demande si Sacco sait qui sont ses amis, actuellement.

Bolan afficha un mince sourire :

— Il va peut-être nous falloir les identifier à sa place.

— C'est possible, répondit l'inspecteur. Où puis-je vous joindre ?

— C'est moi qui vous appellerai demain. Si

je découvrais quelque chose d'intéressant, je vous préviendrais aussitôt.

— Je vous en serai très reconnaissant.

Mais le ton de Wilson trahissait des sentiments moins affables que les mots qu'il avait prononcés. De toute évidence, il voyait en La Mancha un rival téléguidé par Washington pour le supplanter plus ou moins dans son enquête.

Les deux hommes se serrèrent gravement la main comme on le fait à l'enterrement d'un ami commun, et Bolan regagna sa voiture. Dans son dos, il sentait le regard insistant de Wilson.

Il démarra sur les chapeaux de roues, songeur.

Qui avait tué John Hannon ? Qui avait ordonné son meurtre et par la même occasion celui de la petite *Soldada* ?

Il lui fallait trouver une réponse au plus vite.

Puis il pensa à Toro.

Les événements allaient s'accélérer. Les heures à venir allaient connaître le blitz de l'Exécuteur. Miami allait se trouver confrontée à l'effet Bolan.

CHAPITRE XIX

Bolan quitta la route d'Ocean Drive pour se garer sur un rond-point d'où l'on jouissait d'une vue panoramique sur l'océan Pacifique. Au-delà du rivage de sable, l'eau était déjà sombre, impressionnante dans son immensité. Dans son rétroviseur, Bolan voyait le coucher de soleil qui drapait le ciel de rose et de mauve et projetait ses derniers rayons sur les voitures en mouvement sur la route.

Il alluma une cigarette et patienta en consultant souvent sa montre. Sur le siège, à côté de lui, une Ingram Mark-10 était armée et prête à servir.

L'Exécuteur en était à sa seconde cigarette quand la Cadillac quitta en douceur le flot de la circulation pour s'engager sur la bretelle menant au rond-point. Les phares de la grosse voiture illuminèrent quelques instants le rétroviseur de Bolan qui détourna les yeux pour se concentrer sur son miroir latéral. Il écrasa son mégot dans le cendrier et d'un geste automatique, saisit l'Ingram qu'il posa sur ses genoux tandis qu'il observait la Cadillac se ranger à proximité. Quatre hommes étaient à son bord.

Le véhicule était d'un vieux modèle, une sorte de vestige surgi du passé et, d'une certaine manière, elle était assortie à ses occupants : eux aussi étaient des anachronismes vivants, des hommes qui avaient refusé les compromis nécessaires pour s'adapter aux temps nouveaux. Tout comme les Samouraï, ils avaient consacré leur vie à l'honneur et à la loyauté ; des vertus qui n'étaient plus tellement à la mode...

Et pourtant, ils continuaient à se battre et Bolan dans son cœur les admirait car il savait que leur guerre était aussi désespérée que la sienne.

Une des portières arrière de la Cadillac s'ouvrit et l'un des hommes couvrit de sa main le plafonnier pendant que Toro en descendait.

Le Cubain vint s'installer à côté de Bolan et referma doucement la portière.

— J'ai retrouvé le premier lieutenant de Raoul, annonça Toro, sans préambule. Il a parlé. Vous vous intéressez toujours à José 99 ?

Bolan hocha vivement la tête :

— Plus que jamais.

— José 99 et Raoul Ornelas sont un seul et même homme.

L'Exécuteur s'en était douté. Il n'aurait attendu qu'une confirmation.

Subitement, certaines pièces maîtresses du puzzle venaient de se mettre en place. Bolan entendait encore les paroles de Wilson, sur les lieux du carnage où Hannon et Evangelina avaient trouvé la mort :

Le FBI assure qu'il a des rapports avec l'ambassade cubaine. Il serait en relation avec l'attaché culturel.

— OK ! C'est conforme.

Le Cubain fronça les sourcils :

— Ça ne vous surprend pas ?

— Disons que l'on commence à y voir clair.

Il expliqua brièvement à Toro ce que lui avait dit Wilson et le Cubain prit peu à peu une mine sombre. Quand l'Exécuteur eut fini de parler, son interlocuteur avait l'air franchement écœuré.

— En fait de trahison, je crois que celle-ci est la pire de toute, lança-t-il avec dégoût.

Il resta quelques instants sans mot dire, contemplant l'océan devant lui et la lune qui se levait lentement dans le ciel sombre. Enfin quand il parla, sa voix n'était plus qu'un murmure :

— L'attaché culturel dont vous parlez... ce Jorge Ybarra... il est chef de section de la DGI.

Bolan s'enferma dans ses pensées.

La DGI, bien sûr : le service secret de Castro.

Tout devenait clair, brusquement.

Limpide, même...

Toro reprit :

— Voilà des semaines que ce *pensejo* recrute des tueurs. Essentiellement des *Marielitas*. Officiellement ils sont engagés dans les rangs d'Alpha 7, mais ils ont une mission spéciale. Au début, je croyais que Raoul en était le seul instigateur. Je vois maintenant qu'il travaille pour un client.

— Quelle est la combine, Toro ?

— Key Biscayne... Un camion rempli d'explosifs pour faire sauter l'unique route d'accès, OK ? Et trois ou quatre autres camions pour transporter des *Marielitas* armés jusqu'aux dents. Le tout aux petites heures de l'aube pour surprendre la population locale quand elle est encore endormie.

Toro n'eut pas besoin d'en dire davantage. Bolan imaginait facilement le bain de sang dans la petite île...

— Quel est le timing prévu ? s'enquit-il.

— Demain matin, à l'aube. En principe.

— Ça nous laisse peu de temps et pas mal de boulot sur les bras.

Toro se tourna pour regarder son compagnon :

— Mes hommes s'occupent de Raoul, dit-il. Je pense que nous l'aurons sous peu.

Bolan hocha rapidement la tête.

— C'est bon, je te le laisse. De mon côté, j'ai quelques visites à faire. Nous devrions régler nos montres sur la même heure.

Ils passèrent encore quelques minutes à mettre au point les détails opérationnels de la prochaine bataille et il faisait complètement nuit quand ils se séparèrent. Mais dans leurs cœurs la nuit était plus sombre encore.

CHAPITRE XX

L'opération prévue à Key Biscayne, ressemblait à un cauchemar de dément. Pourtant Bolan, en tant que tacticien lui-même, devait bien admettre que le plan était remarquablement monté et parfaitement réalisable d'un bout à l'autre...

De toute évidence, le projet était suicidaire pour les hommes de troupes chargés de sa réalisation, mais ceux qui l'avaient conçu cherchaient sans aucun doute à occasionner le plus de victimes possibles. Et si les soldats d'Ornelas mouraient à Key Biscayne, ils auraient eu le temps de semer la mort, la terreur et le sang parmi l'innoncente population locale.

Oui, le plan était presque parfait...

Bolan ne s'éternisa pas sur les motivations qui le sous-tendaient. En dernière analyse, il importait peu qu'Ornelas soit un opportuniste prêt à se vendre à n'importe qui, ou un anticastriste fanatique voulant aveuglément frapper Castro et le gouvernement américain, ou encore un renégat œuvrant main dans la main avec les agents cubains. Quelle que soit sa couleur et ses mobiles, son plan diabolique se terminerait par un massacre.

Comme hommes de troupes, Ornelas avait recruté les pires criminels, le rebut des exilés et les déchets de la Mafia.

Et la DGI, puis le KGB profiteraient doublement de cet holocauste : d'abord le chaos et la violence perpétrés sur le sol américain porterait un coup immense à la réputation internationale des Etats-Unis.

Mais il y avait pire encore.

En admettant qu'Ornelas apparaisse comme le responsable de cette opération, qu'il soit arrêté puis jugé, tout le blâme serait porté sur le milieu des exilés cubains, et non sur les communistes qui avaient télécommandé l'opération. Et les militants anticastristes innocents mettraient des années à retrouver un semblant de crédibilité parmi la population locale. Sans parler de tous ceux qui seraient emprisonnés, jugés, condamnés...

Mais Mack Bolan pour l'instant ne se préoccupait guère des incidences politiques de ce plan machiavélique. Il avait présent à l'esprit les centaines d'innocents qui mourraient inévitablement s'il ne trouvait pas un moyen de court-circuiter l'opération avant même qu'elle ne commence.

Un autre point se dégageait : les terroristes avaient soigneusement choisi leur cible en fonction de critères géographiques et économiques.

L'île de Key Biscayne comptait plus de 6 300 résidents. Pour la plupart de riches Américains qui avaient adopté ce petit paradis pour s'y installer après qu'un Président des Etats-Unis leur en ait donné l'exemple en y construisant sa résidence d'hiver.

Key Biscayne n'était relié à la péninsule de Floride que par une seule route et si les hommes d'Ornelas la faisaient sauter à coups d'explosifs comme l'avait expliqué Toro, l'île serait isolée pendant plusieurs heures, voire une journée entière. Le renfort et le secours à la population locale ne pourraient arriver que par hélicoptère et la police, en débarquant, se trouverait aux prises avec les terroristes déjà maîtres des lieux.

Une excellente position pour les attaquants. La seule solution envisageable était d'empêcher le convoi de démarrer vers son objectif.

Pour l'instant, l'Exécuteur manquait encore de renseignements sur l'ennemi. Il ignorait son nombre exact, sa puissance de feu, son emplacement de départ. Autant d'informations essentielles s'il voulait frapper juste et au bon moment.

Cependant les conditions géographiques de Key Biscayne, qui étaient un atout pour les terroristes, pouvaient jouer aussi en faveur de Bolan. Puisqu'ils se servaient de camions pour transporter leurs hommes et leur matériel, les terroristes étaient obligés d'emprunter l'unique voie qui conduisait à la petite île : celle qui reliait toutes les îles jusqu'à Key West. Il suffirait donc à Bolan d'étudier attentivement toutes les voies d'accès à cette route depuis Miami. A vue de nez, il y en avait au moins une demi-douzaine...

Et à partir de là ?

Même avec l'aide de Grimaldi, et celle des hommes de Toro, il ne pourrait couvrir toutes les voies d'accès de manière efficace. D'autant qu'il faudrait bloquer les routes sans attirer l'attention de la police, mais avec une puissance de tir suffisante pour décourager les camions d'Ornelas. Décourager était d'ailleurs un euphémisme : il faudrait, en fait, les détruire et exterminer leurs occupants.

Ouais, Bolan avait besoin de renforts, et en vitesse encore, mais...

Brusquement, il lui vint une idée.

Il venait de découvrir où il allait trouver le renfort dont il manquait.

Il lui suffisait pour cela de changer encore une fois d'identité pour s'infiltrer en douceur dans le camp ennemi. Si tout fonctionnait comme il l'envisageait, il n'aurait plus ensuite qu'à attendre pour assister au feu d'artifice final.

Simple, oui. Et efficace.

Sauf que le moindre faux pas, la moindre parole déplacée risquait fort d'être fatale.

Alors... tout serait plus simple encore. L'Exécuteur mourrait et ses amis aussi, laissant les cannibales dévorer leur gâteau.

Mais la défaite était une alternative inacceptable.

CHAPITRE XXI

Philip Sacco n'avait pas son cauchemar habituel, en cette nuit qui suivait la visite d'Omega. Pour avoir des cauchemars, il faut dormir. Or le *capo mafioso* vieillissant était incapable de trouver le sommeil. Pour la première fois de sa vie, il se demandait avec inquiétude s'il contrôlait bien son empire...

Un doute horrible, angoissant.

Après vingt-quatre heures de recherches et de réflexions, il n'avait toujours pas la moindre idée sur l'identité des assassins de Tommy Drake. Omega rôdait toujours dans le coin, et Sacco avait eu beau appeler New York, Chicago et la Côte Ouest, personne n'avait su être précis sur ce mystérieux As noir. On lui cachait la vérité. On tramait une trahison dans son dos.

Pire encore, il circulait dans Miami de sinistres rumeurs.

Des rumeurs sur des médailles de tireur d'élite... des rumeurs sur le retour de cette ordure de Mack Bolan.

Comme tous ses amis de la Mafia, Phil Sacco avait cru dur comme fer que le grand Salopard avait fini par sauter à Central Park, dans New York, en cet après-midi pluvieux où tous s'étaient réjoui. Depuis la vie n'avait pourtant pas été facile pour les membres survivants de l'Organisation décapitée. Bolan avait laissé la Mafia dans un état de ruines achevé et les polices d'Etat ainsi que la police fédérale avaient continué à s'acharner contre les familles résiduelles. Mais cela valait mieux que d'avoir peur de son ombre. Or avec Bolan dans les parages, on était sûr de ne plus jamais trouver le sommeil...

La flicaille avait magouillé un sale coup tordu. Elle s'était servi du Fumier comme d'une arme secrète.

Le Salaud avait pourtant commis une erreur grossière en revant directement à Miami, se dit Sacco. Eh bien, Sacco ferait payer son erreur à Mack Bolan ! Il la lui ferait payer dans le sang !

A condition bien sûr que Bolan soit responsable de la tempête qui s'abattait sur la Floride...
Sinon ?

La sonnerie du téléphone coupa le fil de ses

pensées. Sacco ne bougea pas, laissant à Solly le soin de prendre la communication.

Un coup de fil à cette heure de la nuit n'était pas bon signe ; vraisemblablement une mauvaise nouvelle de plus, à moins que l'un de ses pisteurs ait trouvé la trace des assassins de Tommy Drake...

Au bout d'un assez long moment, le garde du corps frappa doucement à la porte et entra tout de suite, l'air gêné.

— C'est Omega, Patron, fit-il sur un ton d'excuse. Il veut vous parler.

— Bon, je le prends ici.

Cusamano se retira. Sacco prit le téléphone sur sa table de nuit et attendit que son garde du corps ait raccroché dans le bureau.

— Allô ?

La voix de l'As Noir lui parvint, froide comme la mort.

— *Ravi de t'entendre, Phil.*

— Ouais ?

Omega gloussa à l'autre bout avant de reprendre :

— *J'avais peur qu'il ne soit trop tard.*

— Trop tard pour quoi ? rétorqua Sacco sans dissimuler son irritation.

— *Trop tard pour te dire adieu.*

— Moi, je dis qu'il est trop tard pour entendre dire des conneries ! aboya le mafioso.

— *Tommy Drake te doublait,* reprit l'As Noir. *Il essayait de te faire porter le chapeau.*

— Complètement idiot !

— *Tu sais qu'il s'était lié avec les Cubains, Phil ? Et sais-tu quel était leur dernier plan ?*

— Bien sûr, marmonna Sacco. Quelle question...

— *Alors t'es au courant de l'attaque de Key Biscayne ?*

Sacco se tut, éberlué.

— *C'est une histoire dingue, Philip. Apparemment ton homme s'est allié aux Cubains en leur faisant croire tout du long que c'est toi qui es derrière l'opération. Si bien qu'en cas de panique, toutes les pistes convergent sur toi. Tu piges ?*

La main de Sacco était tellement crispée sur l'appareil que ses jointures devenaient blanches.

— Je... je ne comprends pas ce que vous voulez dire, Omega.

Omega-Bolan lui donna alors des détails précis sur le projet. Quand il eut fini, il lui suggéra un moyen de sauver à la fois sa peau et son honneur.

— *A condition que tu agisses vite,* ajouta-t-il. *Tu crois que tu t'en sortiras, Philip ?*

Sacco étouffa un grognement de fureur impuissante ; il haïssait cet Omega qui lui balançait des informations horribles à l'autre bout du fil, mais il haïssait plus encore cet enfoiré de Tommy Drake pour l'avoir mis dans une position aussi insoutenable.

— Je m'en sortirai, oui, marmonna-t-il d'une voix qu'il s'efforçait d'affermir.

— *Je l'espère pour toi. Dis-toi bien que tout le monde compte sur toi. Te laisse pas avoir, Phil...*

Sacco se raidit, bien conscient du revers de la médaille : si l'opération foirait, les vautours se précipiteraient pour se partager son fief, c'était la loi de la jungle et il l'avait choisie...

— Dites aux autres que je m'en occupe, marmonna-t-il encore.

Omega raccrocha sans ajouter un mot et Sacco composa immédiatement un numéro.

Sacco sonnait ses troupes.

Et le *capo mafioso* de Miami n'avait guère de temps devant lui.

L'inspecteur Wilson vida sa tasse de café et la repoussa d'un geste nerveux sur son bureau encombré de paperasses. Il se cala dans son fauteuil tournant et étira ses jambes, refusant de regarder la pendule murale qui affichait une heure bien tardive.

Le dossier Hannon était grand ouvert devant lui. Il commençait à le connaître par cœur mais, cela ne l'avançait pas à grand-chose. Wilson savait exactement comment était mort John Hannon. Le reste demeurait confus dans son esprit.

Il avait bien entendu exploré le filon suggéré par La Mancha pour retrouver l'identité de la fille, morte elle aussi dans l'attentat. Et ce qu'il avait trouvé avait éveillé en lui des souvenirs qu'il croyait à jamais oubliés.

Elle s'appelait Evangelina, le dossier mentionnait d'autres membres de sa famille, et en particulier une sœur...

Une sœur morte dans des circonstances très particulières.

Soudainement, Wilson s'était souvenu de l'époque où Hannon, jeune inspecteur, faisait la chasse à un soldat fraîchement débarqué du Viêt-nam qui s'était lancé comme un dément contre l'empire national de la Cosa Nostra.

Les temps avaient changé, mais la similitude de la situation actuelle avec une autre, bien ancienne avait frappé Wilson. Une évidence lui était apparue et il avait murmuré un nom qui suggérait la tempête, la destruction et la mort des *amici*. Et il venait de recevoir confirmation de ses soupçons. Le FBI lui avait clairement répondu au téléphone. Mack Bolan était vivant.

Une sonnerie le tira de ses pensées.

— Inspecteur Wilson, annonça-t-il automatiquement en décrochant le combiné.

— *Vous travaillez bien tard, inspecteur.*

— Il reconnut instantanément la voix de Frank La Mancha et répondit assez sèchement :

— J'ai pas mal à faire...

— *Je m'en doute. Savez-vous que nous sommes à quelques heures seulement du bouquet final ?*

— Vraiment ?

— *Vous pouvez parier ce que vous voulez. Sacco et Ornelas vont se télescoper. Vous ne voulez pas manquer le spectacle, j'imagine ?*

Wilson s'empara fébrilement d'un bloc et d'un crayon, :

— Où et quand ? aboya-t-il.

— *Ne vous excitez pas, rétorqua paisiblement La Mancha. Il faut que les deux armées prennent position.*

Loin d'apaiser Wilson, cette remarque acheva de le mettre hors de lui :

— Vous ne voulez quand même pas que je reste ici à me croiser les bras !

— *Je vous promets que vous ne manquerez rien. Je vous demande simplement un peu de patience.*

— Et que la morgue de Miami déborde de

cadavres ? Je ne crois pas que je puisse m'offrir ce luxe ?

— *Alors tant pis. Au revoir,* soupira La Mancha.

— Hé ! ne raccrochez pas ! Je vous écoute...

La voix de La Mancha devint méfiante.

— *Je ne peux rien vous dire de précis. Pouvez-vous me faire confiance ?*

— Vous m'en demandez beaucoup, s'insurgea Wilson. J'aime bien savoir où je mets les pieds avant d'avancer.

— *Oui, c'est le jeu,* soupira La Mancha qui donna à l'inspecteur quelques indications précises.

Et brusquement, tout s'éclaira...

La Mancha s'apprêtait à raccrocher quand Wilson explosa :

— Hé, Bolan !

Il eut l'impression de sentir une légère hésitation à l'autre bout du fil, puis la voix à nouveau :

— *Mon nom est bien La Mancha. Vous êtes fatigué, inspecteur ?*

— Oh... OK, balbutia Wilson qui se sentait stupide, ridicule, tout à coup. Ecoutez... euh... merci pour le tuyau.

— *Pas de quoi. Ne soyez pas en retard.*

Et déjà Bolan — La Mancha avait raccroché.

Wilson à son tour composa en vitesse un numéro de téléphone.

Tout comme Phil Sacco à l'autre bout de la ville, l'inspecteur de police sonnait ses troupes.

CHAPITRE XXII

Le chauffeur de Toro arrêta la vieille Cadillac.

L'aube se levait à peine, mais ses premières lueurs n'éclairaient pas encore ce quartier au nord de Miami. Seul l'océan prenait un ton grisâtre qui s'étendait progressivement à la plage, puis aux hôtels en front de mer.

La maison d'Ornelas était une somptueuse villa dans un quartier résidentiel au nord de la ville. En la contemplant, Toro songeait que Raoul n'avait pas seulement trahi la cause de son peuple, il avait aussi déserté ses pairs en s'installant à l'écart d'eux, dans un quartier qu'aucun Cubain ne pouvait s'offrir. Oui, Ornelas était un traître au sens le plus fort du mot.

Mais ce matin, El Toro lui expliquerait son erreur...

La propriété n'avait rien d'une forteresse.

Elle était entourée d'un mur décoratif d'un mètre cinquante de haut à peine et la bâtisse elle-même était implantée à l'extrémité d'une jolie pelouse plantée d'arbres.

En quelques secondes, Toro et ses hommes avaient abandonné la Cadillac et escaladaient sans difficulté le mur d'enceinte. Puis ils se regroupèrent dans l'ombre pour écouter les dernières instructions de leur chef.

Toro ne disposait que de très peu d'hommes. Il devait donc mettre toutes les chances de son côté. Il avait délibérément choisi de frapper aux premières heures de l'aube. C'est à ce moment en effet que les sentinelles sont le moins vigilentes, après la fatigue d'une nuit passée debout.

Les gardes de Raoul Ornelas étaient cantonnés aux abords immédiats de la villa et sommeillaient vaguement.

Toro et ses cinq soldats traversèrent la pelouse comme des ombres rapides. Ce fut Emiliano qui liquida la première sentinelle d'un coup de poignard sous les premières côtes.

Toro s'occupa lui-même du second garde. Il lui passa subrepticement autour du cou une corde à piano pendant que le type fumait paisiblement, les yeux perdus en direction de l'océan. Le fil de métal trancha profondément la chair molle, libérant un fin geyser de sang chaud et le soldat mourut en quelques secondes.

Les six hommes contournèrent la maison sans rencontrer de nouvelle résistance. Ils trouvèrent une porte secondaire sur l'arrière de la maison.

Armé d'un PM Uzi, Juanito entra le premier, les autres le suivant de près. Dans la cuisine, ils tombèrent sur trois nouveaux *pistoleros* occupés à dévorer un solide petit déjeuner avant d'aller prendre la relève de leurs collègues à l'extérieur.

En un flash brutal, la pièce se transforma en chaos. Toro eut juste le temps de reconnaître un de ses hommes qui l'avait trahi pour rejoindre les rangs de Raoul.

Les *pistoleros* étaient armés et tous trois avaient saisi leurs flingues avec une rapidité de professionnels. L'Uzi de Juanito mitrailla la pièce de long en large en une pluie de projectiles fracassants qui se fichèrent dans les chairs hurlantes, transformant les défenseurs de la maison en autant de cadavres.

Ils se ruèrent ensuite hors de la cuisine, sachant qu'ils ne devaient plus compter sur l'effet de surprise. Ils débarquèrent dans un luxueux salon au riche mobilier en bois massif et au fond duquel débutait un escalier.

Presque aussitôt, une arme aboya en haut des

marches. Les six hommes se dispersèrent dans le salon pour se placer à l'abri des meubles. L'un des compagnons de Toro avait réagi un peu trop tard et la seconde balle du tireur embusqué le cueillit en pleine foulée, l'étendant raide sur la moquette.

Apercevant fugacement le bout du corps du tireur, Toro leva son .45 et fit feu au moment précis où l'Uzi de Juanito crachait une nouvelle giclée brûlante en travers de la pièce.

Crucifié au mur, le tueur vomit un flot de sang avant de dégringoler en rebondissant sur les marches.

Enjambant son cadavre, Toro et ses hommes se ruèrent dans l'escalier, l'œil aux aguets, guettant le danger. Mais un nouveau tir de barrage s'abattit sur eux, venu d'en haut.

Juanito prit une première balle entre les deux yeux et une seconde sous la pomme d'Adam, mais son doigt crispé dans un dernier spasme sur la détente de l'Uzi libéra une rafale qui découpa proprement son assaillant en deux.

D'un même élan, les quatre survivants atteignirent l'étage, visitèrent les chambres une à une. A la dernière, Toro fit un signe, recula d'un mètre et fit sauter le battant d'un violent coup de pied. Puis il recula sur le côté, s'attendant à une pluie de balles qui n'arriva jamais.

La chambre était vide. Le lit en bataille et les

vêtements éparpillés sur le sol indiquaient pourtant clairement qu'Ornelas se trouvait là quelques minutes auparavant. Les mâchoires soudées, El Toro fouilla la pièce, vérifia le balcon qui dominait la piscine.

Rien.

Toro était perplexe quand son regard se posa machinalement sur la grande penderie aux portes coulissantes. Il releva le canon de son .45 et tira trois balles dans les côtés des portes du placard.

Un cri étouffé retentit aussitôt dans la penderie et Toro en ouvrit grand les panneaux d'un geste rageur.

Le traître était lamentablement accroupi, planqué derrière une enfilade de costumes luxueux.

Le combattant de la Liberté l'empoigna par les cheveux et le tira brutalement au milieu de la chambre. Toujours accroupi, Raoul Ornelas gémissait, couinait misérablement en se protégeant la figure de son avant-bras. Une grimace de dégoût tendit le visage buriné de Toro.

— Qu'est-ce que tu planquais derrière tes costards, Raoul ? Ta trouille ou ta dégueulasserie ?

Ornelas était livide. Il avait compris que l'heure du règlement de comptes avait définitivement sonné. Commé un glas sinistre.

CHAPITRE XXIII

Don Philip Sacco rêvait d'allumer un cigare mais il était nerveux et craignait que l'on ne remarque le tremblement de ses mains. Ne jamais montrer à ses troupes que l'on était anxieux, surtout à quelques instants de la bataille !

Ils étaient six avec lui dans la Rolls : deux à côté de lui, sur la banquette arrière, deux sur les strapontins et deux devant. Tous étaient armés jusqu'aux dents et l'on voyait à leur regard que l'odeur du sang leur montait déjà à la tête.

De braves gars, ces soldats. Un peu jeunes, peut-être, mais la moyenne d'âge baissait ces temps-ci, chez les hommes de mains. Sacco devait bien s'en contenter.

Deux Lincoln Continentals noires étaient garées de part et d'autre de la Rolls. Chacune d'entre elles contenait six hommes également : dix-huit tireurs en tout. Et voilà près d'une heure et demie que tout le monde attendait sur ce parking de supermarché. On attendait un mot d'une des voitures de pointe annonçant que l'ennemi se profilait à l'horizon...

La stratégie prévue était très simple et c'était en cela qu'elle séduisait Sacco. Pour rejoindre l'autoroute conduisant à Key Biscayne, il existait trois voies et les Cubains dans leur camions volés seraient bien obligés d'emprunter l'une d'elles. Ils pouvaient arriver par Dixie Highway, au sud-ouest, ou par Brickell Avenue, ou encore par Bay Shore Drive, au nord-est. Donc Sacco avait judicieusement fait poster des voitures remplies de tireurs à l'embranchement de chacune des trois voies d'accès, avec ordre à ses hommes de prévenir la Rolls par radio dès que l'ennemi se pointerait.

Lui-même avait choisi pour sa troupe de protection une position à égale distance des trois points stratégiques, de manière à foncer rapidement à l'assaut, d'où que vienne le feu.

Un plan simple. L'ensemble du théâtre opérationnel était couvert.

Sacco ne saisissait pas très bien ce que Tommy Drake avait magouillé avec ces foutus Cubains, mais pour l'instant il s'en foutait comme d'une guigne. Il lui fallait remettre tout le monde dans le droit chemin et régler quelques comptes. C'était le plus important.

Et il était temps aussi de rehausser son prestige un peu chancelant aux yeux de la *Commissione*.

Plus tard, quand il aurait nettoyé le terrain, il aurait bien le temps de voir jusqu'où la vermine s'était infiltrée dans son propre territoire. Alors peut-être se paierait-il le luxe de montrer à un grand connard d'As de Pique que les vieux de la vieille savaient encore contenir une révolution...

Un talkie-walkie à l'avant de la Rolls grésilla et Sacco sursauta. Il arracha l'engin des mains de son chauffeur et l'approcha de son oreille.

— *Ici Digger. Vous m'entendez, Patron ?*

Sacco reconnut la voix de son chef éclaireur posté dans Brickell Avenue.

— Je t'écoute, aboya-t-il. Que se passe-t-il ?

— *Quatre camions à l'horizon. Bourrés de Cubains.*

— Ralentis-les comme tu peux. On rapplique !

— *OK, Patron.*

Sacco contacta aussitôt ses deux autres véhicules éclaireurs sachant qu'il aurait besoin de ses troupes au grand complet.

— Tout le monde rejoint la position numéro trois, rugit-il dans sa radio. Position Brickell ! En avant !

Il n'attendit pas les réponses. Son chauffeur

avait démarré en trombe et sous la brusque accélération, Sacco fut cloué au dossier de la banquette. Autour de lui, ses soldats vérifiaient fébrilement leur artillerie.

Il sortit à son tour son revolver dont il fit tourner le barillet entre ses doigts noueux. Voilà bien des années qu'il n'avait pas tiré un coup de feu, mais il n'avait sûrement pas perdu son toucher.

La circulation était pratiquement nulle dans Brickell Avenue quand les trois voitures en caravane — Rolls en tête — s'y engagèrent pour rejoindre le point de ralliement. Sacco n'eut aucun mal à repérer la cible à plus de deux cents mètres devant lui.

Le contact venait de s'opérer.

La Cadillac de Digger était placée en travers de la route et les tireurs accroupis derrière canardaient déjà en direction d'un camion de déménagement immobilisé. Sur l'asphalte, un des hommes de Sacco gisait inerte dans une mare de sang gluant qui s'écoulait lentement vers le bord de la chaussée.

Derrière la Cady, trois camions étaient également arrêtés au milieu de la route et les Cubains qui en avaient sauté s'étaient déployés en ligne d'attaque. Un quatrième camion avait tenté de contourner le véhicule de la Mafia, la troupe d'intervention l'avait stoppé net. Le pare-brise pulvérisé et la carrosserie criblée de balles disaient clairement que la fusillade avait été rude.

La Rolls et les deux Lincolns freinèrent des quatre roues à grand renfort de crissements de pneus. Malgré le feu qui faisait rage, Sacco, oubliant un instant ses rhumatismes de vieillard, bondit à l'extérieur et courut tête baissée, une rage dévorante au ventre jusqu'au véhicule de Digger, essuya bientôt un feu d'enfer. Du côté ennemi, il semblait qu'une bonne vingtaine d'armes automatiques crépitaient en même temps.

A côté de son patron, Digger se redressa, cherchant un bon angle de tir : une balle furieuse le choppa soudainement dans l'œil gauche, lui ressortit par la nuque dont elle arracha une grosse partie au passage.

Sacco réagit rapidement en bon vieux pro : il se redressa un court instant, repéra le tireur qui avait abattu Digger et visa. La balle souffla le Cubain qui se cabra au-dessus du sol avant d'être plaqué sur l'aile du camion le plus proche.

Le cœur du vieux mafioso battait à toute allure et l'adrénaline affluait dans ses veines. L'odeur de la poudre lui emplissait les narines.

Un autre de ses tueurs s'effondra à côté de lui, mortellement atteint. Son arme tomba avec un bruit sec sur la chaussée. Un peu plus loin, Sacco vit son propre chauffeur s'écrouler, la gorge littéralement tranchée par une énorme balle.

L'excitation qu'éprouvait Sacco se changea bientôt en commencement de trouille. Ses hommes perdaient du terrain devant un ennemi numériquement beaucoup trop fort et il se demanda si lui et ses hommes sortiraient vivants de cette confrontation avec l'enfer !

Il n'avait aucunement imaginé un tel déploiement de force adverse, mais il était beaucoup trop tard pour faire marche arrière.

Un pneu de la Cadillac explosa, puis un second, et la lourde limousine s'abaissa lentement, obligeant Sacco à se courber davantage pour éviter la ligne de tir. Les balles crépitaient comme la grêle sur la carrosserie de la grosse voiture.

Combien de temps allaient-ils pouvoir tenir ainsi ?

Merde et merde ! C'était dingue !...

Il eut soudainement envie de battre en retraite pour chercher refuge dans sa Rolls blindée. Mais il risquait tout simplement de se faire étendre comme un lapin en franchissant seul la distance qui le séparait de son véhicule. Il eut l'image de sa propre mort, se vit allongé sur l'asphalte, en train de saigner, la tête ouverte ou les tripes à l'air. Cette pensée le révolta. Il se souleva à demi, prêt à hurler un ordre de repli général, mais il n'avait pas encore ouvert la bouche qu'un coup de feu énorme tonna quelque part à proximité, le bruit assourdissant couvrant momentanément le crépitement de toutes les autres armes.

Sacco vit de ses yeux l'impact du gros projectile dans l'arrière d'un des camions de déménagement qui explosa avec un grondement monstrueux, projetant des débris de ferraille incandescents dans tous les sens. De la fumée et des flammes gigantesques jaillirent vers le ciel et des corps abominablement mutilés s'envolèrent avant de retomber en masses informes.

La Cadillac se souleva et Sacco trébucha, puis s'affala sur le ventre, le nez dans la poussière. Sous le coup, son revolver lui avait glissé des mains. Mais le *capo* n'eut pas le temps de le récupérer. Une autre explosion puis encore une autre déchirèrent l'atmosphère. Deux nouveaux camions de déménagement venaient de sauter.

Quelqu'un cria tout près de Sacco. Un hurlement terrifiant, inhumain, et il fallut de longues secondes au gros ponte de Miami pour comprendre que cette voix hystérique était la sienne.

**
**

L'hélicoptère Bell survolait l'archipel des Iles. Assis à côté de Grimaldi, Mack Bolan examinait l'autoroute reliant les terres émergées entre elles. Il tenait en main un gros talkie-walkie équipé d'un scanner de recherche.

L'appareil remontait vers la péninsule. Au-dessous d'eux, l'océan d'un bleu intense s'étendait à l'infini.

L'Exécuteur était en tenue de combat, prêt à passer à l'attaque...

Ils survolaient une longue plage déserte quand la radio grésilla :

— *Ici Digger. Vous m'entendez, Patron ?*

— *Je t'écoute. Que se passe-t-il ?*

— *Quatre camions à l'horizon. Bourrés de Cubains.*

— *Ralentis-les comme tu peux. On rapplique !*

— *OK, Patron !*

Un temps d'hésitation puis la voix de Sacco reprit :

— *Tout le monde rejoint la position numéro trois. Position Brickell ! En avant !*

Bolan lança un clin d'œil à Grimaldi qui hocha la tête avec un sourire grinçant tandis qu'il mettait le cap sur Brickell Avenue, tout en suivant la ligne du rivage.

Au bout de quelques minutes, ils repérèrent

le petit convoi : la Rolls gris métallisé en tête, suivie de deux Lincolns noires. Assez loin derrière, mais roulant à toute allure, deux autres chars d'assaut rappliquaient sur les lieux.

A vue de nez, ça faisait quarante tireurs ; plus peut-être, s'ils s'étaient serrés comme des sardines dans leurs grosses limousines. L'Exécuteur se demanda combien de Cubains contenaient les trois camions de déménagement, le quatrième étant probablement rempli d'explosifs et d'armes.

Le Bell piqua vers le champ de bataille où une Cadillac noire avait bloqué les quatre camions. La fusillade avait déjà commencé. Grimaldi vira en perdant de l'altitude pour choisir son point d'atterrissage. Un instant après, il descendait à moins d'un mètre cinquante au-dessus du toit en terrasse d'une laverie automatique, en front de rue.

D'un bond, l'Exécuteur se largua par le sas, plia les jambes en touchant le béton et se dirigea en courant vers l'extrémité du toit surplombant le champ de bataille, à moins de cinquante mètres.

Grimaldi avait aussitôt repris de l'altitude et s'éloignait.

Les renforts de la Mafia étaient parvenus à destination quand Bolan atteignit son poste d'observation. Les tireurs bondissaient hors des grosses caisses rutilantes et la fusillade s'accentua du côté des *Marielitos* éparpillés autour de leurs camions. De sa position, Mack Bolan reconnut la petite silhouette de Phil Sacco, crochetant comme un pantin entre les balles pour se réfugier derrière la Cadillac en travers de la route et déjà transformée en passoire.

De part et d'autre, les hommes tombaient comme des mouches. Bolan détermina son meilleur angle d'approche. Les armes et les explosifs des Cubains se trouvaient probablement dans le dernier camion fermant le convoi. C'était plus prudent et plus simple aussi, quand il faudrait faire sauter l'autoroute de Biscayne, après le passage des trois premiers camions.

L'Exécuteur pointa son lance-grenades XM-18 et s'annonça en balançant une charge explosive dans le quatrième camion. Au départ du coup brutal correspondit presque tout de suite une fantastique déflagration qui déchira le ciel tandis que le sol se mettait à trembler. Les vitres des maisons alentour volèrent en éclat et le champ de bataille lui-même donna l'impression d'être soulevé de terre. Des hommes se relevèrent péniblement, en état de choc.

Le tir des armes automatiques avait cessé d'un seul coup et Bolan profita du répit relatif pour marquer de nouveaux points. Le XM-18 lâcha deux grenades incendiaires et une autre fumigène, puis encore deux explosives sur les véhicules transporteurs de troupes. Les trois camions sautèrent en une succession rapide d'immenses flashes, leurs occupants giclèrent en plein ciel. Quant aux survivants, éberlués, ils se ruaient à l'aveuglette, cherchant un abri contre cette pluie infernale.

Bolan expédia une nouvelle grenade dans la Rolls de Sacco qui prit feu et enflamma presque immédiatement un véhicule voisin. Sur le champ de bataille, c'était maintenant le chaos. Des hommes tiraient encore aveuglément mais aucun, apparemment, n'avait repéré le responsable de ce désastre.

Bolan délégua quelques nouvelles charges meurtrières, tira avec l'AutoMag sur quelques silhouettes qui se mouvaient péniblement en contrebas. Enfin, ce fut le silence. Des flammes gigantesques continuaient de dévorer ce qui restait des camions et des véhicules de la Mafia.

Le minuscule écouteur de sa radio grésilla et la voix bien connue de Jack Grimaldi résonna dans la tête de Bolan. L'Exécuteur se boucha l'autre oreille d'une main pour entendre la voix tombée du ciel.

— *Il est temps de filer, Casseur. La Cavalerie rapplique.*

Bolan eut un sourire grinçant : la cavalerie pouvait arriver...

Il commençait à percevoir le hullulement des sirènes. Bob Wilson et sa brigade d'intervention rapide venaient compter les survivants.

Il leur souhaitait bonne chance !

Le soldat avait encore un rendez-vous urgent : il devait voir Toro et traiter avec lui avant de pouvoir considérer sa mission à Miami comme terminée.

Déjà, le Bell descendait à sa rencontre comme un gros oiseau métallique et grondant.

CHAPITRE XXIV

Raoul Ornelas ne se faisait plus aucune illusion quant à ses chances de survie. Il était assis à l'arrière de l'antique Cadillac, flanqué d'un soldat, tandis que Toro avait pris place à côté du chauffeur.

On ne l'avait pas ligoté et il pouvait bouger, mais le *soldado* assis à côté de lui tenait un Browning 9 mm automatique sur ses genoux, feignant de regarder distraitement par la fenêtre. Ornelas savait trop quelle serait sa réaction s'il tentait de s'enfuir.

Ils avaient tourné en rond dans Miami pendant plus d'une heure et finalement avaient pénétré dans Lummus Park. Le chauffeur avait garé la Cadillac sur un rond-point à l'ombre de grands arbres, juste en face d'une aire à pique-nique déserte.

Un décor paisible, sans aucun doute.

Toro y avait amené son ancien camarade pour le tuer. Du moins Raoul en était persuadé. Il n'y avait pas d'autre explication logique.

Et du coup, Ornelas considéra qu'il n'avait plus rien à perdre. Avec toutes les chances contre lui, pourquoi au moins ne pas tenter le tout pour le tout ?

Et s'il ratait... Eh bien, tant pis... Foutu pour foutu...

Les gars de Toro l'avaient fouillé, mais ils l'avaient palpé rapidement, plus pour la forme qu'autre chose, et ils n'avaient bien entendu pas repéré la dague dont Raoul ne se séparait jamais. La poignée était camouflée en une boucle de ceinture et la fine lame à double tranchant se logeait dans un étui cousu à même la ceinture en crocodile.

Ornelas se tortilla nerveusement sur son siège, croisant les mains sur ses genoux. Le type à côté de lui ne broncha pas mais Raoul surprit le regard du chauffeur dans le rétroviseur. Lentement, il amena sa main droite sur la boucle de ceinture et l'y immobilisa.

S'il était toujours aussi rapide, s'il n'avait pas perdu son adresse, il lui restait une infime chance...

Il prit une profonde inspiration, retint son souffle et banda ses muscles, priant le ciel que le garde à côté de lui ne le sente pas trembler. Une seconde encore... puis une autre...

Le sang qui lui tambourinait aux oreilles l'assourdissait. Raoul craignait de manquer de force et de précision. Il se concentra en s'efforçant de respirer lentement.

Tourner et tirer en remontant...

La lame d'acier se dégagea en même temps qu'Ornelas pivotait sur son siège, et la dague balaya l'air en un éclair étincelant. Le garde à sa droite sentit plus qu'il ne vit arriver le coup mortel mais il contre-attaqua trop tard. La lame s'enfonça sans effort dans la chair de sa gorge, sectionnant au passage l'artère jugulaire qui libéra immédiatement un bouillonnement de sang. D'un geste sauvage, Ornelas retira sa lame et se rua sur Toro qui commençait à se retourner et lui présentait son visage de profil. Le couteau dérapa sur la pommette pour s'enfoncer dans l'orbite gauche et ressortir de l'autre côté du nez. Toro bondit sur son siège et s'empoigna le visage à deux mains.

Sans reprendre son souffle, Ornelas s'attaqua alors au chauffeur, et la lame charcuta fébrilement sa nuque. Le gars hurla et se cabra avec un rictus d'agonisant, comme ses deux mains instinctivement se portaient à son cou pour dégager le couteau solidement fiché entre deux vertèbres.

Ornelas se recula sèchement et plongea pour récupérer le Browning qui avait glissé au sol, l'armant aussitôt, puis se reculant contre la portière qu'il ouvrit frénétiquement.

Le visage en sang, Toro se retournait pour faire face et pointait son arme, mais Ornelas bondit à l'extérieur et commença à mitrailler aveuglément l'habitacle de la vieille voiture.

Toro reçut une balle en pleine poitrine, fit un effort démesuré pour tirer et son dernier coup de feu fit mouche sous le bras gauche de Raoul, déchiquetant sa chemise et provoquant un brusque afflut de sang.

Ornelas resta un moment sur la chaussée, sonné. Puis lentement, prudemment, il se remit sur ses jambes. Il serra son bras contre sa blessure pour ralentir le flot de sang et se pencha vers l'habitacle. Il vida son chargeur dans le cadavre presque froid de Toro, se redressa ensuite et s'éloigna en titubant. Il se sentait rapidement faiblir, mais il était vivant, nom de Dieu ! Et il lui fallait trouver un toubib en vitesse s'il voulait le rester.

Trébuchant, il s'engagea sur l'allée centrale du parc. Sa tête vide enregistra un bruit ou un mouvement plutôt... Quelque chose dont il aurait dû tenir compte... mais son cerveau déjà ne réagissait plus.

***

Au volant de la petite voiture de sport d'Evangelina, Mack Bolan pénétra en trombe dans Lummus Park et ralentit aussitôt, cherchant des yeux la vieille Cadillac. Il avait rendez-vous avec Toro. Avec Ornelas aussi. C'était sa dernière chance d'obtenir des certitudes sur la magouille qu'il soupçonnait à Miami.

Il voulait en effet les preuves tangibles que l'ambassade cubaine et la DGI avaient bel et bien téléguidé le monstrueux projet de Key Biscayne. Après seulement, il repartirait tranquille, sachant que les coupables paieraient la facture de leur ignominie.

Raoul Ornelas était la pièce maîtresse du puzzle démentiel.

Tout en réfléchissant, Bolan continuait de rouler lentement dans le parc désert. Le soleil tropical commençait à percer sous la brume montant de l'océan et bientôt il ferait une superbe journée.

Pour certains, en tout cas...

Il repéra la Cadillac loin devant lui, garée sur le rond-point en face de l'aire de pique-nique. Il accéléra, jura brusquement en distinguant la bataille qui faisait rage à l'intérieur du véhicule.

Il vit un homme sauter à terre, puis faire feu plusieurs fois.

Un seul coup de feu vint en réponse à l'intérieur de la Cadillac. L'homme vacilla, se redressa et commença à fuir.

En un éclair, l'Exécuteur avait compris. Il savait qui était l'homme qui tentait de s'éloigner en se cramponnant le côté, et il savait aussi, hélas, qu'il arrivait trop tard. Une fureur dévastatrice s'empara alors de lui.

Ecrasant l'accélérateur du petit bolide de sport, il fonça droit sur la silhouette titubante qui ne paraissait plus rien voir ni entendre.

Un ultime coup de volant et il percuta l'homme de plein fouet. Sous le choc, celui-ci fut soulevé de terre et son corps retomba lourdement en travers du capot, sa tête se fracassa sur le montant du pare-brise qui vola en éclats.

Ornelas mort, drapé en quelque sorte sur l'avant de la voiture, ressemblait à un horrible trophée sanglant...

Bolan immobilisa son véhicule et courut jusqu'à la Cadillac. Un coup d'œil à l'intérieur lui confirma ses pires craintes. Le carnage était horrible. Toro, le combattant de la liberté, se vidait de son sang et l'un de ses yeux n'était plus qu'un affreux magma pourpre.

L'Exécuteur se redressa et jeta un regard

lourd en direction du cadavre d'Ornelas. Il se sentait soudain faible, vidé de toute son énergie et un goût de bile lui envahissait la bouche. La bataille de Miami avait coûté trop cher en vies humaines inutilement gaspillées.

Mais Mack Bolan savait au moins à qui envoyer la facture.

A pas lents, il regagna sa voiture, repoussa avec rage le corps du traître et se glissa au volant.

EPILOGUE

Jorge Ybarra avala une nouvelle gorgée de champagne en se jurant d'engueuler l'intendant de l'ambassade qui avait acheté une marque aussi dégueulasse. Puis il réprima la grimace écœurée qui lui venait automatiquement au visage pour sourire à la femme de l'ambassadeur d'un petit pays africain.

D'ailleurs Ybarra en avait par-dessus la tête des mondanités diplomatiques. Ce bavardage de salon auquel l'obligeait son rôle d'attaché culturel l'ennuyait profondément. Il détourna momentanément la tête en songeant aux événements.

Le projet de Key Biscayne s'était terminé de manière désastreuse, mais cela n'avait pourtant rien de dramatique. Ybarra avait tout de même déchaîné la violence dans les rues et jeté une ombre incontestable sur le prestige de l'Amérique. Nul, à la Havane ou à Moscou, ne songerait à lui reprocher l'argent investi dans l'opération.

Par contre, il se demandait pourquoi Sacco, le seigneur mafioso de Miami avait décidé de se jeter au milieu de la mêlée. Cela n'avait pas de sens, réellement...

L'attaché culturel prêtait une oreille discrète et un visage souriant à ses hôtes africains quand son garde du corps Esteban apparut pour l'informer qu'on le demandait au téléphone. Le correspondant, un certain José, insistait pour parler immédiatement à Jorge Ybarra en personne.

Il s'excusa poliment auprès de la petite délégation africaine et s'esquiva pour prendre la communication dans son bureau.

Il avait hâte en effet de parler à Raoul Ornelas. L'imbécile s'attendait peut-être à des félicitations. Il lui fixerait un rendez-vous. Une seule conclusion s'imposait à présent que tout était terminé : l'élimination discrète du rénégat.

Il ouvrit la porte de son bureau avec la clé qu'il était le seul à détenir, puis la referma soigneusement derrière lui et dans l'obscurité chercha à tâtons l'interrupteur. La vive clarté lui fit cligner un instant des yeux, et il sentit immédiatement qu'il s'était produit quelque chose d'anormal dans la pièce.

Il cligna encore des yeux, cherchant à comprendre et soudain, il vit : c'était un petit objet rond et métallique posé en évidence près du téléphone. Une croix dans un cercle.

Puis il lui sembla que les doubles rideaux de la fenêtre remuaient imperceptiblement. Soudain, ils s'écartèrent et Ybarra fit un bond en arrière, les yeux exorbités. Un grand type habillé d'un costume coûteux avançait sur lui, braquant sur sa poitrine un automatique au canon interminablement prolongé par un bulbe noir et sinistre. Les yeux de l'intrus étaient fixes et froids comme la mort.

Ybarra eut à peine le temps de distinguer la courte flamme vomie silencieusement par l'arme affreuse. Il ressentit vaguement une vibration dans sa tête et mourut en une fraction de seconde.

— Pour Toro. Pour Evangelina, Hannon et les autres, murmura doucement Bolan. Pour tous ceux que tu as souillés et avilis.

L'Exécuteur s'était introduit dans la place-forte de l'ambassade en profitant de la réception mondaine. Il y avait accompli l'ultime étape de sa mission à Miami.

A présent, il lui restait à en ressortir aussi

tranquillement puis à disparaître, sans laisser derrière lui d'autre trace que le cadavre de Jorge Ybarra. L'homme qui avait manigancé l'infernale magouille de Key Biscayne.

Maintenant, la facture était payée.

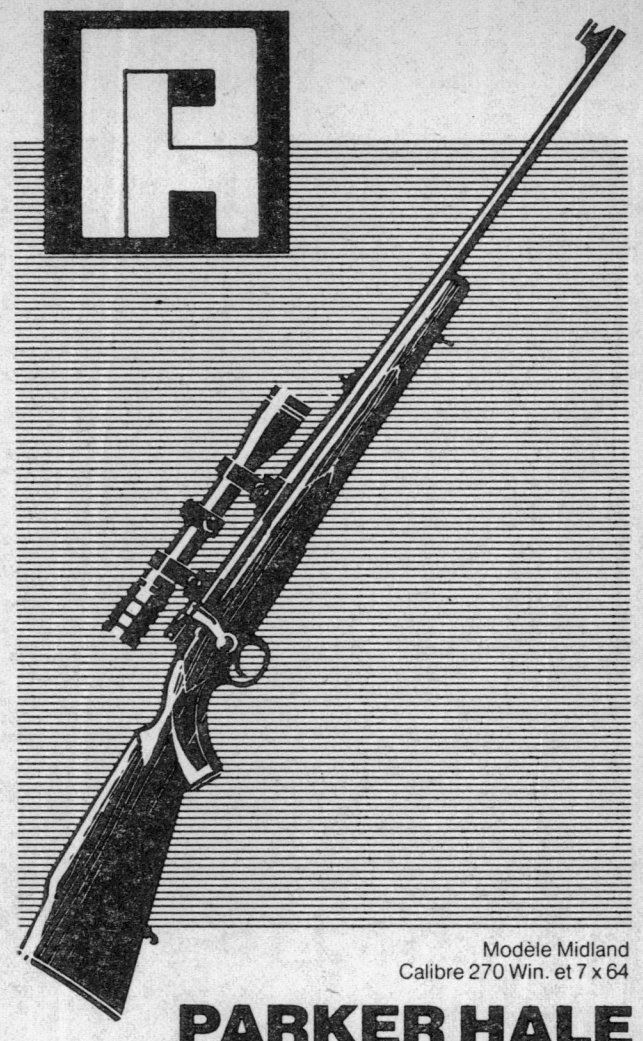

Modèle Midland
Calibre 270 Win. et 7 x 64

PARKER HALE

EN VENTE CHEZ MESSIEURS LES ARMURIERS

Découvrez les enquêtes de la

BRIGADE MONDAINE

qui osent enfin révéler les dossiers indiscrets des policiers pas comme les autres ?

chez votre libraire le n° 56

LES ENVOÛTÉES DU MARABOUT

LES ANTI-GANGS

Les Anti-gangs, une équipe d'hommes durs et implacables qui tuent et se font tuer dans un combat sans merci.

DÉJÀ PARUS :

AUGUSTE le BRETON :

N° 1 : L'AS DES ANTI-GANGS
N° 2 : L'AS ET BELLES CHAUSSURES
N° 3 : L'AS ET LE CASSE DU SIÈCLE
N° 4 : L'AS ET LA MARQUISE
N° 5 : L'AS ET L'ENNEMI PUBLIC
N° 6 : L'AS ET LES TERRORISTES
N° 7 : L'AS AU SÉNÉGAL
N° 8 : L'AS ET LES MALFRATS

GEORGES PIERQUIN :

N° 9 : LE PLUS SALAUD DES TROIS
N° 10 : LA POLKA DES RINGARDS
N° 11 : LE POULET A L'ARMORICAINE
N° 12 : BASTOS À LA VOLÉE
N° 13 : TROIS MÉDUSÉS DANS UN RAFIOT
N° 14 : DES POULETS ET DES HOMMES
N° 15 : CES DAMES AU SALOON
N° 16 : TACATA ET FUGUE EN RÉ
N° 17 : DE L'EAU DANS LE GAZOLE
N° 18 : BARBE-BLEUE, SATAN AND C°
N° 19 : LA POULE AUX YEUX D'OR
N° 20 : RAS-LE-SAC
N° 21 : ÇA BARDE À CAMBRONNE
N° 22 : MISE EN BIÈRE-PRESSION
N° 23 : CAR L'OS C'EST CARLOS
N° 24 : LE PRIX DU SANG
N° 25 : LA PEAU DE LA PANTHÈRE
N° 26 : MAIN BASSE SUR L'AUTOROUTE
N° 27 : MISSION EN TROIS POINTS
N° 28 : QUAND LES SOURIS DANSENT
N° 29 : CINQ MILLIARDS AU BOUT DU COLT
N° 30 : FESTIVAL D'AZUR ET DE SANG

JIMMY GUIEU

Percez le mur de la lumière ! Basculez dans l'hyperespace ! Abordez des mondes nouveaux... ou restez sur la Terre où vous rencontrerez aussi l'Étrange et le Terrifiant...

Chez votre libraire :

- N° 1 AU-DELÀ DE L'INFINI
- N° 2 LES MONSTRES DU NÉANT
- N° 3 L'INVASION DE LA TERRE
- N° 4 LES ÊTRES DE FEU
- N° 5 HANTISE SUR LE MONDE
- N° 6 CONVULSIONS SOLAIRES
- N° 7 L'UNIVERS VIVANT
- N° 8 RÉSEAU DINOSAURE
- N° 9 LA DIMENSION X
- N° 10 CHASSEURS D'HOMMES
- N° 11 LA SPIRALE DU TEMPS
- N° 12 NOUS LES MARTIENS
- N° 13 LE MONDE OUBLIÉ
- N° 14 MISSION « T »
- N° 15 L'HOMME DE L'ESPACE
- N° 16 L'ÈRE DES BIOCYBS
- N° 17 OPÉRATION APHRODITE
- N° 18 EXPÉRIMENTAL X.35
- N° 19 COMMANDOS DE L'ESPACE
- N° 20 PLANÈTE EN PÉRIL
- N° 21 L'AGONIE DU VERRE
- N° 22 UNIVERS PARALLÈLES
- N° 23 LA GRANDE ÉPOUVANTE
- N° 24 NOS ANCÊTRES DE L'AVENIR
- N° 25 L'INVISIBLE ALLIANCE
- N° 26 PRISONNIERS DU PASSÉ
- N° 27 PIÈGE DANS L'ESPACE
- N° 28 LES PORTES DE THULÉ
- N° 29 LE SECRET DE TSHENGZ
- N° 30 REFUGE COSMIQUE
- N° 31 DEMAIN L'APOCALYPSE
- N° 32 LES DESTRUCTEURS
- N° 33 LES FORBANS DE L'ESPACE
- N° 34 LA MORT DE LA VIE
- N° 35 JOKLUN-N'GHAR LA MAUDITE
- N° 36 LE RÈGNE DES MUTANTS
- N° 37 TRAQUENARD SUR KENNDOR
- N° 38 CITÉ NOÉ N° 2
- N° 39 LE GRAND MYTHE

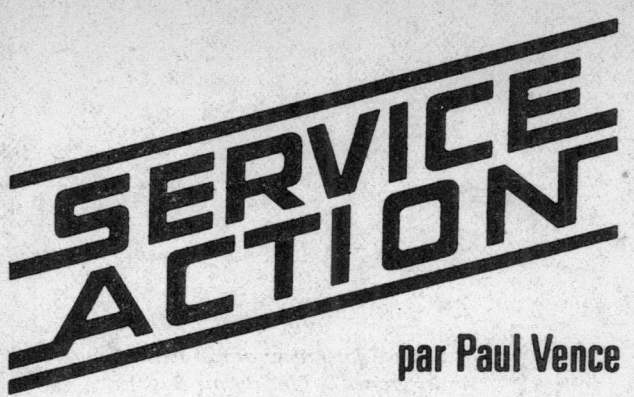

par Paul Vence

**Au Service Action,
tout le monde connaît Robert Skal.
Il appartient au Groupe Ecarlate,
l'élite du contre-espionnage français.
Les hommes apprécient son courage,
les femmes son charme slave...
Mais quand la France est en danger,
il est impitoyable.
Comme un squale.**

Chez votre libraire :

N° 1 K COMME KARNAVAL
N° 2 OPÉRATION JACARANDA
N° 3 TORPILLES SUR LE KGB
N° 4 PLAN GALILÉE
N° 5 CLASH A ZAGORA
N° 6 COUP DUR A KOUROU
N° 7 L'AFFAIRE TIBERMANN
N° 8 CHOC A BRISBANE
N° 9 L'ESPIONNE DE BAGDAD
N° 10 EXÉCUTION A NEW ORLEANS

*Achevé d'imprimer en mai 1984
sur les presses de l'Imprimerie Bussière
à Saint-Amand (Cher)*

— N° d'imprimeur : 927. —
— N° d'éditeur : 11191. —
Dépôt légal : juin 1984
Imprimé en France

HANK FROST,
soldat de fortune.

Par dérision,
l'homme au bandeau noir
s'est surnommé

LE MERCENAIRE

Il est marié avec l'Aventure.
Toutes les aventures.
De l'Afrique Australe à l'Amazonie.
Des déserts du Yémen
aux jungles d'Amérique Centrale.
Sachant qu'un jour,
il aura rendez-vous avec la mort.

AXEL KILGORE

LE MERCENAIRE
ŒIL POUR ŒIL

TRADUCTION DE L'AMÉRICAIN
PAR RENÉ BALDY

ADAPTATION
GÉRARD CAMBRI

PLON

Titre original américain :
THE KILLER GENESIS

Photo de la couverture : VLOO

La loi du 11 mars 1957 n'autorisant, aux termes des alinéas 2 et 3 de l'article 41, d'une part, que les *copies ou reproduction strictement réservées à l'usage privé du copiste et non destinées à une utilisation collective,* et, d'autre part, que les analyses et les courtes citations dans un but d'exemple et d'illustration, *toute représentation ou reproduction intégrale ou partielle, faite sans le consentement de l'auteur ou de ses ayants droit ou ayants cause, est illicite* (alinéa 1er de l'article 40). Cette représentation ou reproduction, par quelque procédé que ce soit, constituerait donc une contrefaçon sanctionnée par les articles 425 et suivants du Code pénal.

© 1980, by Azel Kilgore
© Plon, Gecep 1984 pour la présente édition
ISBN original : 0-8217-1151-2
ISBN 2-259-01173-X

CHAPITRE PREMIER

Hank Frost détacha son regard du gros chronomètre fixé à son poignet. Le moment était venu, c'était à lui de jouer.

— Garde mon flingue et attends le signal, grogna-t-il en observant les remparts dont le sommet était visible au-dessus des arbres.

Le visage tendu, les mains crispées sur le volant de la jeep, le jeune caporal passa sa langue sur ses lèvres desséchées, hésita, puis se lança d'un trait :

— Laissez-moi aller avec vous, Capitaine.

Comme s'il n'avait rien entendu, Frost lui plaça le M 16 dans les mains, sauta du véhicule tout terrain et entreprit de vérifier le Browning High Power nickelé qu'il venait de sortir de son holster de ceinture. Il retira le chargeur garni de cartouches 9 mm de 115 grains à pointes creuses, le replaça dans la crosse, fit coulisser la culasse et engagea une balle dans le canon. Enfin, il fit face au jeune gars et lui sourit amicalement :

— Ton tour viendra bien assez tôt, Selman.

— Je sais me battre.
— Ouais. D'accord. Mais pour l'instant, il ne s'agit pas de monter à l'assaut. C'est une manœuvre en sourdine, une opération où il n'est pas permis de se faire bousiller bêtement.
— Je sais être vicieux, rétorqua le caporal.
Frost le contempla un instant et sourit. Selman mesurait près d'un mètre quatre-vingt-dix et pesait dans les cent dix kilos. Il eut une vision fugace de cette immense masse de muscles progressant à travers les taillis pour surprendre les sentinelles postées aux points vulnérables. Redevenu brusquement sérieux, il lâcha entre ses dents :
— Tu gardes mon flingue et tu restes ici en couverture avec Stockton et Montenegro ! OK ?
L'autre acquiesça de la tête, renfrogné. Frost passa la main sur le petit émetteur-récepteur accroché à son ceinturon, comme pour en vérifier la présence, eut un dernier regard vers le jeune mercenaire :
— OK, bonhomme ?
— OK, Capitaine. J'assure la couverture.
Frost quitta la protection des arbres et s'insinua à travers les massifs d'épineux en direction du mur de pisé et de rocaille qui protégeait le village. Embusqués dans la jungle, plus de cent cinquante mercenaires attendaient qu'il ait dégagé un passage avant de se lancer à l'attaque. Deux sentinelles seulement avaient été repérées, mais il y en avait peut-être plus. C'était difficile à estimer.
Dernier retranchement du tristement célèbre

Jaime Felendez, le village constituait un camp fortifié qu'il eut été dangereux et maladroit d'attaquer de front sans en avoir préalablement nettoyé les abords. Felendez n'était pas un novice. Il était rompu depuis de nombreuses années à la guérilla et se tenait forcément sur ses gardes, surtout depuis qu'il avait perdu le tiers de ses effectifs dans des raids pas toujours très heureux et qu'il s'était vu contraint de se replier dans ce coin perdu du Venezuela. Certains le considéraient comme un fauve vieillissant mais toujours aussi féroce et cupide qu'à l'époque où il régnait en maître occulte sur plusieurs milliers de kilomètres carrés de territoire. D'autres le voyaient comme une hyène puante assoiffée de sang. Hank Frost le connaissait. Il savait de quelle façon Jaime Felendez et ses hommes pratiquaient leurs raids dans les villages isolés et la plupart du temps sans défense, pillant, violant, torturant et tuant sans discrimination femmes et enfants. C'était une ordure de la pire espèce ignorant l'existence même du mot pitié et dont les seuls ressorts étaient la sauvagerie et la rapacité.

La place devait donc tomber. Coûte que coûte.

Dès leur arrivée à proximité du camp retranché, de nombreux hommes s'étaient proposés pour la manœuvre de nettoyage préliminaire. Le commandant Grist, le responsable des opérations, avait fait son choix sans l'ombre d'une hésitation : Hank Frost.

— Il est le plus apte à réussir, avait-il exposé au colonel Tarleton.

Frost avait passé les plus dures épreuves de sa vie pendant la guerre du Vietnam : opérations de pénétration, missions sensibles et combat de harcèlement. Il avait mené à l'intérieur des lignes ennemies des actions durant parfois plusieurs semaines d'affilée. « Un combattant intelligent, précis et rapide », disaient de lui ses chefs à l'époque.

Le commandant Grist avait ensuite désigné Selman et deux autres volontaires pour l'accompagner et assurer sa couverture.

A présent, Frost progressait en souplesse à quelques mètres du mur d'enceinte, se dissimulant sous la chevelure des arbres enchevêtrés d'où sourdaient les bruits ténus d'une multitude d'insectes invisibles. Il fit halte et s'accroupit pour examiner l'obstacle. Les rayons du soleil levant, rasant l'arête supérieure du mur, y dessinaient une frange éblouissante.

Le Mercenaire plissa l'œil droit. Le gauche était masqué par un bandeau noir maintenu par un fin lacet de cuir ceignant son front en oblique et qui lui donnait une allure de flibustier. L'impression en était encore renforcée par sa moustache drue et sa peau tannée par le soleil.

Après avoir observé les possibilités de prise, il entama l'escalade. Les nombreuses fissures et les lianes qui couvraient la construction rudimentaire lui rendaient la tâche assez facile. A la place de Felendez, il aurait fait débroussailler l'endroit pour assurer un maximum de sécurité, mais peut-être le guérillero se sentait-il à l'abri du danger dans ce camp isolé du reste du monde. La peinture de camouflage dont Frost s'était enduit le visage et les mains commençait à lui causer des tiraillements et des démangeaisons, surtout aux joues. Il avait toujours eu une sainte horreur du maquillage, mais en pareil cas ce désagrément constituait une nécessité de survie.

Au faîte du mur, il risqua un coup d'œil puis baissa immédiatement la tête. Il venait d'apercevoir une silhouette approcher dans la lumière grise du petit jour. L'homme marchait sur le chemin de ronde de fortune, au point culminant de la butte de terre tassée contre le mur. Bloquant sa respiration, Frost attendit que le guérillero parvienne à sa portée. Encore quelques mètres... Le type avançait lentement, un Kalachnikov AK 47 nonchalamment suspendu par la bretelle à son épaule. Le Mercenaire estima la proximité de l'autre au bruit de ses pas sur la terre sèche. Brusquement, il lança la main, empoignant une cheville qu'il tira avec force en exerçant une torsion rapide. Déséquilibré, l'homme s'écroula en avant en émettant un curieux hoquet. Aussitôt, Frost sauta sur le chemin de ronde, et immobilisa la sentinelle qui gesticulait. Un bras passé autour de son cou, le genou enfoncé dans les reins, Frost dégagea son poignard de combat qu'il enfonça dans le dos du type, lui traversant le cœur. Il ressentit le sursaut d'agonie et la réaction nerveuse qui cambra sa victime, puis il retira la lame et l'essuya sur la veste de treillis que le sang commençait à maculer.

Allongé sur le cadavre, Frost resta un instant immobile, tous les sens aux aguets, s'attendant à devoir faire face à la seconde sentinelle. Mais il n'y eut aucune alerte. Alors, il fourra vivement son béret noir dans le col de sa combinaison léopard et se coiffa de la casquette de camouflage du guérillero. Ensuite, il le délesta de son AK 47, le traîna jusqu'au bord du mur et le poussa dans le vide.

Frost se crispa imperceptiblement en entendant le bruit mat du corps qui se disloquait six mètres en contrebas. Une nouvelle fois, il guetta les réactions possibles. Toujours rien. Il se releva prudemment, plaça le fusil d'assaut à son épaule et reprit la ronde d'un pas tranquille. Ce ne fut qu'une dizaine de secondes plus tard qu'il distingua dans la brume de l'aube une forme floue avançant à sa rencontre. Sans rien changer à sa démarche, il fit diminuer la distance.

Le garde n'était plus maintenant qu'à une vingtaine de pas. Quinze. Puis dix. Le guérillero venait de s'arrêter. Cela ne faisait pas partie de la routine, Frost le savait. Il avait observé les sentinelles pendant plus d'une heure ; elles étaient censées se croiser sans interrompre leur ronde. L'homme de Felendez paraissait intrigué, mais il ne bougeait toujours pas, immobilisé dans une curieuse position d'attente, le buste légèrement penché sur le côté. Frost continua d'avancer, espérant que la visière de sa casquette dissimulerait assez son bandeau. A deux mètres de distance, le guérillero écarquilla les yeux et porta la main sur la crosse de son fusil.

« Trop tard, mon vieux ! », pensa le Mercenaire en se projetant en avant. D'un coup de tête à la poitrine, assorti d'un fauchage inférieur de la cuisse, il fit basculer le guérillero et, ensemble, ils s'écroulèrent sur le chemin de ronde. L'AK 47 bloquait l'épaule droite de Frost. D'une secousse, il se dégagea du fusil d'assaut, et lança son poing en direction de la gorge de son adversaire, lui enfonçant la pomme d'Adam. Puis, sans lui laisser le temps de reprendre son souffle, Frost lui saisit les cheveux à pleine main et lui frappa la tête contre une pierre en saillie dans le mur. L'impact produisit un bruit écœurant de nuque fracassée. Il le projeta une nouvelle fois avec force pour être sûr de son fait, et alors le visage de l'homme se détendit d'un seul coup. Sa bouche s'ouvrit sur un râle d'agonie et ses yeux se révulsèrent.

Frost se redressa lentement, jeta un regard sur les abords, puis il décrocha le mini-transceiver de son ceinturon et pressa le bouton d'appel.

— Early bird à Blue-fox ! prononça-t-il doucement.

Aussitôt, la voix du colonel Tarleton grésilla dans l'appareil :

— *Reçu, Blue-fox ! Position ?*

— Sur place. La voie est libre.

— *Banco, nous arrivons. Over.*

Frost raccrocha l'appareil à sa ceinture. L'assaut allait être donné dans quelques secondes. S'asseyant à même le sol, à l'abri d'une touffe de hautes herbes denses, il tira de sa poche un foulard dont il se servit pour nettoyer le maquillage qui lui couvrait le visage et les mains. Les irritations lui donnèrent l'impression d'avoir attrapé un coup de soleil, mais il se sentit beaucoup mieux. Puis il ôta la casquette bariolée de jaune et de vert et s'en débarrassa en l'enfouissant dans l'herbe.

Bientôt, il perçut des bruits confus et relativement proches, quelques grincements, des cris étouffés et des frottements contre les branches feuillues. La section que Tarleton avait désignée pour ouvrir la barrière d'enceinte entrait en action. Tout se passa très vite ensuite. Une longue traînée de fumée et de feu monta vertigineusement à l'assaut du ciel. Le second signal. La fusée éclata en une multitude de projections lumineuses vertes. Et ce fut la ruée.

Le Mercenaire entendit la clameur poussée par ses compagnons qui s'élançaient dans l'enceinte du camp. Les premières rafales d'armes automatiques crépitèrent rageusement. Il s'allongea à plat ventre, la crosse de l'AK 47 calée au creux de son épaule. Des hommes de Felendez commençaient à sortir de leur tanière, se précipitant hors de bâtiments précaires en bois, ou s'éjectant de tentes kakies, la plupart à demi-nus ou essayant d'enfiler quelques vêtements à la hâte. Certains encore à moitié endormis, avaient empoigné leurs armes mais ne comprenaient pas encore dans quelle direction ils devaient tirer.

L'attaque surprise réussissait pleinement. Frost pointa le fusil d'assaut sur un groupe de braillards en train de tirer dans tous les sens et leur expédia une giclée de balles de 7,62. Des silhouettes se cassèrent, des hommes hurlèrent des cris d'agonie en tournoyant sur eux-mêmes avant de s'abattre dans la poussière du camp qui devenait peu à peu un charnier.

Quand il eut épuisé les trente cartouches du chargeur, Frost jeta le Kalachnikov et dégaina son Browning. En contrebas, dans certaines zones de l'enceinte, on en était déjà au corps à corps.

De la position qu'il occupait, Frost, n'avait pas d'autre solution pour rejoindre ses compagnons que de sauter les cinq à six mètres de dénivellation du remblai de terre. Bloquant son souffle, il se ramassa sur lui-même et bondit dans le vide, se sentant pendant un court instant en état d'apesanteur. Malgré ses épaisses semelles de caoutchouc, l'atterrissage fut rude et il dut épuiser l'élan de la chute par un long roulé-boulé au terme duquel il se redressa pour faire face à un guérillero qui le chargeait en hurlant. Instinctivement, Frost releva le Browning et appuya deux fois sur la détente. Deux ogives brûlantes s'enfoncèrent dans la face grimaçante qui se transforma en un magma sanguinolent. Mais déjà, deux autres guérilleros accouraient vers lui, tiraillant sans discontinuer. Il se plaqua au sol, fit feu sur le plus proche, l'atteignant à la poitrine. Le second devait avoir épuisé ses munitions ; Frost entendit distinctement le percuteur claquer à vide dans le boîtier de culasse de l'AK 47. Mais l'arme était équipée d'une baïonnette dont la lame large et acérée pointait à présent sur son ventre.

Instinctivement, il banda ses abdominaux, dérisoire rempart qui le séparait de la mort. Puis son regard se porta sur l'acier brillant, acéré comme un bistouri qui allait l'embrocher. Cherchant une parade.

CHAPITRE II

Le regard du guérillero croisa celui de l'œil unique de Hank Frost. Cela suffit à le paralyser une fraction de seconde.

D'un pied de pivot, le Mercenaire évita la charge, lança un coup de latte retourné dans les reins de son adversaire. Un sinistre craquement de vertèbres lui fit comprendre qu'il n'avait plus rien à craindre de ce côté. Son mouvement tournant achevé, il se laissa tomber à genoux à l'instant où un autre guérillero le mettait en joue. Sans même avoir à réfléchir, Frost bascula sur le côté, évitant d'extrême justesse une rafale hargneuse qui lui meurtrit les tympans. Dans le mouvement, il expédia une balle à pointe creuse qui déchiqueta le sommet du crâne du tireur forcené. Tandis que celui-ci s'effondrait en arrière, Frost se releva et dépêcha un coup de grâce dans la nuque du guérillero aux reins brisés.

Replaçant l'automatique dans son holster, le Mercenaire ramassa l'AK 47 et s'élança vers le centre du camp. Il avait à peine franchi une trentaine de mètres qu'il se heurta presque à un type chevelu et hirsute, complètement nu, qui venait de quitter l'abri d'une tente à moitié effondrée. Dès qu'il l'aperçut, l'énergumène pointa la baïonnette de son Kalachnikov et chargea.

« Pauvre mec ! », marmonna Frost en crispant son index sur la détente de son arme. Le sélecteur était en position de tir automatique. La rafale de projectiles s'enfonça dans la cage thoracique de l'homme nu, provoquant immédiatement une explosion multiple de chair et de sang qui souillèrent devant lui la terre poussiéreuse.

Puis ce fut soudain le silence. Un silence total et significatif bientôt rompu par les appels des mercenaires qui avaient définitivement investi la place.

Hank Frost pivota lentement pour observer la zone de combat. Une odeur piquante de cordite flottait dans l'air. Près de lui, à sa gauche, la façade d'un baraquement en bois, criblée d'impacts, éventrée ; le toit à moitié soufflé par une grenade, donnaient l'impression qu'un cyclone s'était abattu sur les lieux.

Il laissa tomber l'AK 47 devenu inutile, soupira et rejoignit lentement ses compagnons.

La chaleur allait vite devenir accablante. Haut dans le ciel, des rapaces commençaient à décrire des cercles au-dessus de l'ancien refuge de Jaime Felendez.

Le Mercenaire avait sorti son Browning du holster et le nettoyait avec son foulard. Il ôta les traces noirâtres de poudre qui maculaient le canon, puis il rengaina son arme avec un petit sourire satisfait. Il souleva ensuite le bandeau qui lui couvrait l'œil gauche, essuya la transpiration d'un revers de la main et remit le bandeau en place.

— Où avez-vous décroché ça, Capitaine ?

Frost tourna la tête et sourit. Sa peau boucanée se plissa en un faisceau de fines rides aux coins des yeux et de la bouche. Une lueur amusée passa dans sa prunelle gris-vert.

— Le Browning ? Je l'ai acheté à Dallas. Ensuite, je l'ai envoyé à Metalife aux bons soins de Ron Mahovsky qui me l'a chromé en dur. Ça lui donne une sacrée gueule, non ?

Assis au volant de la jeep à l'arrêt, le M 16 sur les genoux, le béret sur la nuque révélant un front luisant de sueur, Selman lui lança un regard ahuri.

— C'est pas de votre pistolet que je parle, Capitaine. C'est de ça, dit-il en montrant du doigt le bandeau noir.

Frost était habitué à cette question. Toujours souriant, il prit le temps d'allumer une cigarette avant de répondre.

— Ah ! Le bandeau... finit-il par rigoler.

D'une pichenette, il referma le couvercle de son briquet tempête un vieux Zippo bosselé, le fit sauter plusieurs fois dans sa main et le fourra au fond d'une poche.

— Le premier, enchaîna-t-il, je l'ai eu à l'œil. Enfin... gratis. Un cadeau du toubib. Après, j'ai pris l'habitude de les acheter par lots dans les magasins spécialisés. J'en ai toujours une demi-douzaine dans mes bagages.

— Le bandeau, bien sûr. Mais...

Le jeune caporal n'acheva par sa phrase. Frost ne l'écoutait plus. Il avait quitté son siège et se dirigeait vers deux officiers qui marchaient à sa rencontre. Il ébaucha un geste qui, avec une bonne dose d'imagination, pouvait être pris pour un salut militaire.

— Ça va pour les formalités, Hank ! plaisanta le plus grand des deux hommes en répondant à son salut.

L'autre officier, de petite taille mais solidement charpenté, cracha dans la poussière puis fixa le capitaine borgne. Il hocha la tête et lui serra chaleureusement la main.

— Du tonnerre, mon vieux ! fit-il en lui assénant une claque vigoureuse sur l'épaule. C'était un boulot de première que vous nous avez ficelé. Vous et votre groupe, ajouta-t-il en se tournant vers Selman.

Frost aspira une longue bouffée de fumée qu'il souffla négligemment vers le commandant Grist. Il eut soudain un rictus qui pouvait signifier de la tristesse et répondit sans regarder son interlocuteur :

— Je suis payé pour ça. Bien payé. Alors, je fais mon possible.

— Ne jouez pas les écœurés, Hank. Je sais que vous ne faites pas ça seulement pour l'argent. Je connais les ressorts qui sont en vous, ce qui vous pousse à vous battre contre des salauds tels que Felendez. Sans compter ceux qui se parent de prétextes politiques pour trucider ceux qui les gênent. Il ne s'agit pas seulement de justice ou d'injustice, c'est beaucoup plus que...

— Hé merde ! marmonna Frost en soupirant.
— Pardon ? fit Grist.
— Rien, Commandant. J'étais en train de penser à ma vieille grand-mère qui ressassait toujours les mêmes histoires. Excusez-moi.

Il leur tourna carrément le dos, revint à la jeep, et s'accouda machinalement sur une aile. Il se redressa aussitôt en étouffant un juron. Le métal était surchauffé par le soleil.

Grist éclata de rire. C'était sans doute une réaction nerveuse après le combat.

— Hé ! lança-t-il. Personne ici n'a l'intention de participer à un barbecue. Vous vous en êtes sorti jusque-là sans une égratignure...

Le colonel Tarleton était en train de palper son treillis de combat avec des gestes de plus en plus nerveux. Frost savait ce qu'il cherchait. Perpétuellement à court de cigarettes, Tarleton passait son temps à taper ses hommes. Hank pêcha son paquet froissé au fond d'une poche et le tapota pour en extraire une Camel tordue qu'il tendit à l'officier.

— Merci, Hank. Je ne sais vraiment plus ce que j'ai foutu de mon paquet...

— Et Felendez ? questionna Frost en allumant son Zippo.

Tarleton n'avait jamais de feu non plus.

— Il est empaqueté.

— Donc, le contrat est complètement rempli ?

— Sans l'ombre d'un doute. J'ai lancé un message radio à Chapmann, il doit arriver d'un instant à l'autre.

— Le colonel Chapmann, sur le terrain ? s'étonna Frost.

— Avec l'argent qu'il doit nous verser.

— On peut effectivement dire que c'est un fait sans précédent, fit observer le commandant Grist. Habituellement, il reste toujours contre la porte de son coffre-fort, même pour dormir.

Se passant la main sur la barbe de son menton, Frost approuva :

— C'est un type bizarre, Chapmann. Il passe les contrats, embauche les hommes pour aller au casse-pipe et reste ensuite les bras croisés sur ses liasses de billets en attendant que tout soit terminé. Je me demande de quelle manière il s'y prend pour obtenir autant de contrats.

— C'est beaucoup plus un politicien qu'un soldat, expliqua Tarleton.

— Oui, sans aucun doute, ajouta Frost dubitatif.

— Mais ses petits secrets ne vous regardent pas, Hank. Pas plus que moi ni personne d'autre.

— Heu... pour en revenir à Felendez, que va-t-il se passer ?

— Il a tenté de se faire sauter la cervelle, expliqua Grist. Une comédie, histoire de se fabriquer une image de martyre aux idées pures, je suppose. Il sera traduit devant les tribunaux vénézuéliens... Personnellement, je me chargerais de son exécution gratuitement et avec la plus grande joie si on me le demandait.

Frost plaça une seconde cigarette qu'il alluma au mégot de la précédente.

— Ces types prétendent toujours défendre les intérêts du peuple mais se font un devoir de le massacrer systématiquement.

L'œil du Mercenaire s'était éclairé d'une lueur sauvage, tout à coup. Il y eut un instant de silence. Tarleton écrasa sa cigarette d'un coup de talon, salua d'un signe de tête et s'éloigna, accompagné par Grist. Frost se tourna vers la jeep.

— Selman !

— Oui, Capitaine.

— Rassemble la compagnie. Que tous les hommes soient réunis dans moins de dix minutes autour de cette fontaine.

Il désignait le puits sommairement construit à l'aide de terre et de fragments de rochers. Le jeune mercenaire redressa son immense carcasse et sauta de la jeep. Frost ne le connaissait que depuis quelques jours, depuis qu'il avait été recruté pour traquer Jaime Felendez à travers la jungle vénézuélienne jusqu'à cette retraite perdue entre la Cordillère Caraïbe et le rio El Tigre à une centaine de kilomètres de la côte. Le « Petit Caporal ». C'était le surnom ironique qu'on avait donné à Selman dans la compagnie. Il était originaire du sud-est de la Georgie, râlait fréquemment des plaisanteries de ses camarades de combat et les rabrouait en leur promettant des représailles que sa masse musculaire laissait facilement imaginer, mais il avait un cœur gros comme une maison et était toujours prêt à rendre service. Frost l'aimait bien, de même que tous ses autres compagnons lancés comme lui sur le sentier particulièrement aléatoire de la guerre d'occasion. Certains, seulement, se battent pour de l'argent, car le danger encouru était disproportionné aux gains. Les médias ne l'ont pas encore compris. Ces hommes font ça, surtout par goût du risque ; ils brûlent d'envie d'aller au bout de quelque chose, d'eux-mêmes... dans cette société où rien ne va au bout de quoi que ce soit, où on constate, à la rigueur, un cheminement vers une autodestruction douillette. D'autres ne connaissent que le métier des armes. Le monde les a rejetés après s'être servi d'eux pour protéger la patrie contre « l'ennemi ». D'autres encore, fuient un passé trouble, tentant d'échapper à la justice de leur pays ; mais ceux-là sont peu nombreux et généralement mal considérés par leurs compagnons d'armes.

Les motivations de Hank Frost étaient notablement différentes. Il en avait trop vu durant la guerre du Vietnam. Les massacres avaient fait partie intégrante de sa vie de soldat au point qu'il avait pensé, à sa mise en disponibilité, que jamais plus il ne redeviendrait comme avant :

un être normal regardant « normalement » la vie à travers le filtre des lois, des tabous et des engrenages civiques de la brillante société américaine. Il savait maintenant que la misère, l'humiliation, la corruption s'étendaient sur le monde comme un cancer multiple que certains hommes s'ingéniaient à faire proliférer afin d'affermir leur puissance et leur richesse. Frost avait trouvé une voie d'acheminement dans sa propre destinée. Ce n'était peut-être pas la meilleure, mais c'était en tout cas la seule qui satisfasse l'essentiel de ses aspirations. Mais il reconnaissait, pour lui-même qu'il y avait *aussi* l'appel de l'aventure. Avec un A. Chaque mission avait une part de roulette russe où il misait sa vie. C'était si bon après...

Un léger sourire flottant sur ses lèvres, il alla récupérer son M 16 dans la jeep et traversa l'esplanade poussiéreuse pour gagner le point de ralliement. Près de la fontaine centrale, il cala le fusil contre la margelle et s'assit par terre, puis il ôta son béret de style Montgomery et alluma une autre cigarette. Une grande mèche de cheveux noirs, mouillée de sueur, restait collée sur son front. Des gouttelettes lui coulaient sur les joues, suivant le tracé des deux rides d'expression qui lui enfermaient la bouche comme dans une parenthèse et s'accrochaient aux pointes de sa moustache à la gauloise où elles formaient de petites perles scintillantes. Il déboutonna le haut de sa veste léopard, tira les pans hors de son pantalon et retroussa ses manches. Puis, adossé à la margelle, il ferma son unique paupière et se laissa aller aux souvenirs des derniers jours écoulés.

Il avait franchi d'incalculables kilomètres en plein territoire hostile, à la recherche de Felendez. Ses hommes et lui l'avaient finalement traqué jusqu'à son repaire. Une progression exténuante, puis une approche silencieuse. La touffeur du climat, les insectes et parfois la dysenterie avaient infligé mille maux au bataillon de mercenaires. La plupart des villages qu'ils avaient rencontrés n'étaient plus que cendres fumantes et monceaux de cadavres torturés, mutilés. De rares rescapés enfuis à temps dans la forêt leur avaient fait le récit des traitements prodigués par les guérilleros : viols, massacre d'enfants, pillage et incendie. En d'autres temps, les Etats-Unis n'auraient pas hésité à envoyer des troupes à la rescousse d'un gouvernement ami. Mais ces temps-là étaient révolus. Chacun pour soi et le Diable pour tous...

Au bruit que faisaient les hommes de sa compagnie en se rassemblant, il sortit de ses réflexions et se leva, les considérant avec chaleur. D'un ton décontracté, il leur adressa quelques paroles de félicitation en songeant que les mots n'avaient qu'une bien piètre valeur en regard de l'action qu'ils avaient tous menée. Il conclut avec un vague signe de la main :

— Maintenant, cassez les rangs, mais restez dans l'enceinte du camp. Le colonel Chapmann est en route vers nous avec la solde. Ensuite...

ŒIL POUR ŒIL

vous pourrez rentrer chez vous les poches pleines.

Un murmure de satisfaction roula sur l'esplanade. Il y eut aussi quelques paroles d'étonnement et plusieurs cris de sioux.

« Chez vous », répéta intérieurement Frost en regardant la compagnie se disperser. Tu parles... Pour beaucoup d'hommes, la courte phrase était surtout synonyme de chômage. Pour certains, cependant, elle signifiait les retrouvailles avec une femme, des enfants, et un petit travail sans lendemain. Car le seuil de saturation arrivait vite et ils se remettaient à chercher un « vrai job » — à la mesure de leurs compétences. Il y avait parmi eux beaucoup d'Américains, plusieurs Anglais, quatre Allemands, un Corse, ancien légionnaire, et même deux Noirs africains. Un ramassis hétéroclite d'hommes qui pour la plupart n'étaient rien lorsqu'ils n'avaient pas de fusil ni de combat à mener.

Frost joua un instant avec son M 16 qu'il considérait comme la meilleure arme individuelle dont il se soit servi. Valable aussi bien dans les combats rapprochés qu'à plus grande distance. Une munition de calibre 222, légère mais extrêmement rapide — neuf cent vingt mètres par seconde à la sortie du canon — et qui produisait un effet quasi explosif au moment de l'impact ; un chargeur type « banane » de trente cartouches et une cadence de tir de huit cents coups/minute. D'autres fois, c'était un pistolet mitrailleur Uzi, un FN/FAL ou encore un SIG 243. Cela dépendait du commanditaire. Mais dans tous les cas il avait son fidèle Browning P 35 High Power. Celui-là, il n'était pas question de s'en séparer.

L'homme au bandeau noir se sentait fourbu. Il n'avait plus qu'un désir : voir arriver Chapmann, régler la solde de ses hommes, prendre sa part et filer.

Un avertissement fut lancé à quelque distance :

— Rassemblement général de toutes les unités ! Le colonel Chapmann arrive !

D'autres ordres retentirent. Les mercenaires commencèrent à se regrouper. Frost se leva à contrecœur, avec l'impression qu'une armée de vampires invisibles venaient de pomper toutes ses forces. Il boutonna sa chemise en prenant tout son temps, rajusta sa tenue et lança enfin l'ordre de rassemblement pour sa compagnie. En moins d'une minute, ses hommes furent alignés approximativement. Il les parcourut du regard, ne pouvant s'empêcher de penser qu'ils manquaient singulièrement d'allure pour une revue. Mais c'était tout sauf des soldats de parade.

La matinée touchait à sa fin. La chaleur devenait torride. Tarleton se tenait à distance, face aux rangs et Frost eut l'impression que le summum du ridicule était atteint lorsque Chapmann descendit de son hélicoptère et que le chef du bataillon aboya un « garde-à-vous » tonitruant.

D'un pas martial, flanqué de Tarleton à sa

droite et de Grist à sa gauche, Chapmann commença la revue des troupes. Il avait revêtu un uniforme de parade, mais portait curieusement un foulard de camouflage. Le vêtement semblait sortir de chez un grand couturier plus que d'un magasin militaire. L'homme portait un pistolet automatique dans un baudrier en cuir flambant neuf. Une arme qui ne le quittait jamais et pouvait être mentionnée au nombre de ses signes particuliers. Comme celle de Frost, c'était un Browning High Power ouvragé artistiquement et comportant des plaques de crosse en ivoire ciselé. Il lui avait été offert par un officier katangais à l'époque où il faisait encore le coup de feu. On racontait que Chapmann ne s'en séparait jamais, même pour dormir, et que malgré l'aspect clinquant de l'arme, il s'en servait avec une précision d'expert.

Tarleton faisait le bilan de l'opération. Grâce à l'effet de surprise, les pertes avaient été minimes et c'était toujours quelque cent cinquante hommes qui se tenaient au garde-à-vous devant l'officier supérieur. Ce n'était que la seconde fois que Frost voyait Chapmann, mais il n'éprouvait aucun sentiment de sympathie pour lui, bien que ce dernier fut une légende vivante dans le monde du mercenariat. Il pouvait avoir la cinquantaine bien avancée, voire même une petite soixantaine d'années. Pourtant, sa démarche et sa prestance n'autorisaient aucun doute : c'était un homme en excellente condition physique. Il toisait les divers groupes comme s'il voulait s'assurer qu'ils étaient au complet, l'œil vif et calculateur.

Soudain, un aide de camp qui ressemblait plus à un valet de chambre qu'à un officier sortit précipitamment de l'hélicoptère et courut vers Chapmann. De brèves paroles furent échangées, puis Grist et Tarleton saluèrent. Chapmann leur renvoya un salut très réglementaire avant de regagner l'hélicoptère au pas de course sur les talons de son homme de confiance. Frost fronça les sourcils en s'efforçant de comprendre. Quinze secondes plus tard, l'appareil décolla et disparut bientôt dans le ciel.

Grist et Tarleton se concertèrent un instant, puis Grist cria aux commandants d'unités de faire rompre les rangs et de venir les rejoindre. Frost qui n'était pas spécialement porté sur la discipline militaire se contenta de tourner la tête vers sa compagnie et lança :

— Vous avez entendu, les gars ? On fait un *break* !

L'apostrophe fut accueillie par un brouhaha général ponctué d'éclats de rire et les hommes se dispersèrent. Lorsque Frost eut rejoint le groupe des officiers, Tarleton avait déjà commencé les explications :

— Chapmann a été rappelé d'urgence à Caracas, il ne nous a pas dit pourquoi. De toute façon, l'argent doit arriver par hélicoptère dans... — il consulta sa montre — dans cinq, six minutes d'après ce qu'il a précisé. Il a été formel sur ce point, alors pas de panique dans la troupe, faites le savoir. Chapmann est très satisfait de notre action. Je vous transmettrai tout à l'heure ses appréciations. Il a aussi ajouté qu'il aurait encore besoin de nous dans très peu de temps.

Frost s'apprêtait à poser une question quand de nombreux regards se levèrent vers le ciel. Un gros bourdonnement naissait dans l'atmosphère surchauffée. Il aperçut un hélicoptère évoluant à assez basse altitude, presque à toucher les cimes des plus grands arbres. Au bout de quelques secondes, il en vit un second, en retrait et décalé par rapport au premier appareil. Puis un troisième. Un quatrième et d'autres encore.

— C'est bizarre, fit Grist soudain inquiet.

Le bourdonnement prenait de la force. Les gros insectes approchaient en formation serrée, affolant de loin des oiseaux qui s'enfuyaient des arbres en piaillant. Il y eut un instant de flottement tandis que tous les visages étaient levés en direction du soleil, des mains abritant les yeux qui s'efforçaient de discerner les points mobiles en approche.

— C'est quand même pas normal, tous ces zincs ! émit un officier qui se tenait près de Tarleton. Chapmann a parlé d'un seul hélico pour amener la solde. Je me demande...

A présent, ils pouvaient tous voir les contours sombres des monstres d'acier qui se profilaient dans la luminosité du ciel. C'étaient des hélicoptères d'assaut Huey équipés d'armes lourdes.

— Nom de Dieu ! hurla soudain Frost. Foutez-vous tous à couvert. Planquez-vous, bon Dieu !

Il venait de comprendre.

CHAPITRE III

Grist cria quelque chose mais Frost ne l'écoutait plus. Il courait vers la fontaine en interpellant quelques-uns de ses hommes qui demeuraient encore immobiles et indécis en pleine zone dégagée. Dans sa course, il entrevit des types qui se précipitaient vers des baraquements ou des constructions en pisé, essayant de se placer à l'abri, ou qui s'allongeaient à même le sol pour diminuer leurs silhouettes.

Il avait presque atteint la margelle du puits lorsqu'une première rafale de mitrailleuse lourde crépita. Des impacts jaillirent sur le terrain, arrachant rageusement des mottes de terre, des lambeaux de chair, et miaulant à l'infini. Puis ce fut l'enfer. Les M 60 de 7,62 mm qui équipaient les Huey entamèrent leur œuvre de mort. Le M 16 de Frost était resté hors de sa portée. Il se maudit de cette négligence tout en courant et dégaina son Browning en pensant que l'arme était bien illusoire contre de tels assaillants, mais il agissait par pure réflexe de survie. Des hommes s'écroulaient autour de lui, fauchés par la mitraille impitoyable, au milieu de la poussière subitement soulevée et des projections de toutes sortes. Quelques-uns s'arrêtaient de brefs instants pour tirailler en direction des monstrueuses carcasses métalliques dont les ombres parcouraient rapidement le sol avant d'entamer des virages ascendants pour se replacer en position de tir.

  Frost buta sur un obstacle, s'étala violemment à terre. Lorsqu'il reprit un semblant d'équilibre, il eut la sensation que les ténèbres s'abattaient sur lui. Une ombre immense le recouvrit, glissa sur son corps en une mortelle caresse. Jurant contre son handicap visuel, il tendit la tête pour apercevoir le Huey volant à sa rencontre à quelques mètres de hauteur. L'homme au bandeau noir enregistra l'image fugace de la mitrailleuse qui arrosait l'esplanade et se dirigeait graduellement vers lui. Brusquement, une douleur atroce le transperça. Il lui parut qu'on lui embrochait les jambes avec des pointes de fer rougies à blanc. Il tomba à plat ventre, le front butant contre la terre. Le puits était à moins de cinq mètres. Il fallait l'atteindre... Mais ses jambes ne répondaient plus. Et cette foutue douleur... Frost respirait par saccades. L'air chaud et vicié par les émanations de cordite lui brûlait les poumons. La main droite crispée sur la crosse de son pistolet, il commença à ramper, à se traîner misérablement comme s'il n'était plus qu'un vague tas de chair humaine encore mue par des soubresauts purement fonctionnels. Il ne sentait plus ses jambes, craignait de tourner la tête pour voir si elles suivaient son corps. Puis le High Power buta contre un obstacle. Il releva la tête. C'était l'un des rochers qui formaient la margelle du puits. Encore un effort et il parvint à s'y adosser. Cette fois, il regarda ses jambes. Elles étaient là mais son pantalon de treillis ressemblait à une loque imbibée de sang.

La tête calée contre le roc, au bord de la syncope, il leva son Browning et s'obligea à observer les hélicoptères qui dansaient une sarabande effrénée, au-dessus du village, semblables à des vautours géants. Il en compta six. L'un des appareils arrivait sur lui, arrosant le terrain avec une minutie diabolique. Le mot « holocauste » tourbillonna dans la tête de Frost comme un leitmotiv incessant. Le Huey passa une première fois dans un effroyable vacarme, pulvérisant une portion de la margelle. Une pluie de rocaille et de gravats s'abattit, rapidement nettoyée par le flot d'eau boueuse qui se déversa sur l'esplanade. Frost était aveuglé. Il leva le bras gauche pour s'essuyer le visage. L'appareil virait sec dans la clarté éblouissante du soleil et revenait en piqué.

Le Browning en position de tir, il attendit, comptant mentalement les secondes fatidiques. Lorsque les rafales de mitrailleuse soulevèrent des gerbes de terre à trois ou quatre mètres de ses pieds, le Mercenaire tira deux cartouches coup sur coup. Le Huey parut marquer une hésitation, se déstabilisa soudain et se transforma brutalement en une grosse boule de feu.

— C'est pas vrai ! grogna Frost incrédule en fixant avec ahurissement le canon de son arme. C'est pas possible...

Il n'y avait pas cru, il n'avait fait que tirer par pure habitude de répondre au feu adverse avec un flingue qu'il croyait bien incapable de faire le moindre mal à un tel adversaire. Et pourtant, la carcasse démantibulée du Huey retombait dans une explosion sinistre. Le plus rapidement qu'il put, Frost se traîna de l'autre côté du puits en ruines pour échapper aux flammes. Ce fut à cet instant qu'il vit Selman accourant vers lui.

— Restez tranquille, Capitaine ! Je vais vous tirer de là...

Frost n'entendit pas la suite. Un staccato démentiel couvrit les dernières paroles du « Petit Caporal ». Sans pouvoir intervenir, il eut la vision du corps soudain déchiqueté par la rafale, projeté violemment au sol à une vingtaine de mètres de lui. Avec l'obscur sentiment qu'il n'y parviendrait jamais, Frost se mit à ramper en direction du corps. Le « Petit Caporal »... Un humour lugubre tordit sa bouche tandis qu'il s'évertuait à traîner ses jambes derrière lui. De quel bled paumé de la Georgie Selman était-il originaire ? Il n'aurait su dire pourquoi, mais à cet instant précis, au cœur de cette tuerie, il lui semblait essentiel de retrouver le nom du village où était né Selman.

Il redressa la tête en grimaçant. Une bouffée de soulagement, presque d'euphorie, lui envahit le cœur. Selman n'était pas mort. Le grand gaillard se redressait avec peine, se remettait à courir dans sa direction. Mais brusquement la joie fit place à l'inquiétude. Frost voulut crier à Selman de s'éloigner, de s'élancer à l'abri. Il n'y parvint pas. Ses lèvres étaient desséchées et sa gorge pleine de poussière. Utilisant son M 16 comme une canne, le « Petit Caporal » continuait d'avancer.

L'un des engins de guerre revenait en rase-mottes au-dessus de l'esplanade, sa mitrailleuse pivotante crachant continuellement le feu. Frost trouva la force de rouler sur le dos. Dans un immense effort de volonté, la tête remplie d'insectes lumineux, il ajusta cette nouvelle cible avec son Browning et pressa la détente. Il perçut à peine le départ du coup dans le vacarme effrayant, comme s'il s'agissait seulement d'un petit pet ridicule et inopérant. Impitoyable, méthodique, l'hélicoptère poursuivait sa hideuse besogne. L'interminable silhouette de Selman se dressait maintenant au-dessus de lui. Il se sentit happé par une grosse pogne qui commença à le traîner hors de l'axe sanglant.

— Vous en faites pas, Capitaine, on va s'en tirer...

Ce furent les dernières paroles du « Petit Caporal ». Sa carcasse de colosse fut agitée de soubresauts violents qui l'arquèrent comme un ressort trop tendu. Frost tourna la tête vers lui, rencontra un regard déjà vitreux puis le grand escogriffe s'écroula en avant, l'écrasant de sa masse. De nouveaux projectiles s'enfoncèrent dans sa chair. La rage au ventre, Frost se débattit pour échapper à l'insupportable étreinte mais le cadavre de Selman était trop lourd. Il eut une nausée et s'évanouit.

La chaleur abominable, la sécheresse au fond de la gorge... Et cette douleur infernale qui lui vrillait les nerfs, à la limite du seuil de tolérance. Il émergea de son coma et se trouva nez à nez avec Selman, vit son visage crispé dans la mort, le sang qui s'était écoulé de sa bouche et qui avait coagulé. Il se souvint. Le massacre. Les Huey envoyés par Chapmann. Les gars qui tombaient par dizaines à la fois. Il réussit péniblement à repousser le cadavre dont les yeux grands ouverts et encore figés sur une vision d'horreur étaient déjà assaillis par les mouches. D'une main exangue, il abaissa les paupières du mort, se tourna ensuite vers le ciel éblouissant.

— Fumier de Chapmann! cracha-t-il d'une voix à peine audible. Tu peux te planquer n'importe où, je te retrouverai! Je le jure, Chapmann! Je suivrai ta trace puante et je te ferai bouffer tes tripes!

Sa voix se cassa sur des dernières paroles. La tête lui bourdonnait et son sang pulsait par saccades douloureuses à ses tempes. Il se demanda s'il y avait des survivants. Mobilisant ses dernières forces, il appela, cria jusqu'à n'en plus pouvoir mais ne reçut aucune réponse.

Le jour commençait à décliner. Ou était-ce sa vue qui s'obscurcissait ? Des essaims de mouches bourdonnantes tourbillonnaient autour de lui, s'abreuvant à ses blessures. Il entendit un flappement d'ailes, vit une chauve-souris qui s'abattait à peu de distance et commençait à s'approcher prudemment en se dandinant sur ses pattes griffues. Mais ici, les chauves-souris étaient des vampires ; ils buvaient le sang des animaux blessés et colportaient la rage.

Oui, c'en était un. Frost l'observa en train de sauter sur le dos de Selman pour entamer son sinistre festin. Pour le pauvre bougre, cela n'avait plus guère d'importance, mais pour lui le spectacle était intolérable.

Son cerveau s'engourdissait. Il se sentait partir, songeant vaguement que son serment de se venger de Chapmann devenait vain à mesure qu'il se vidait de son sang. Sa main griffa le sol, découvrit enfin le Browning qu'il empoigna désespérément et il visa la forme brune en train de s'affairer avidement sur le cadavre. Le coup de feu claqua et résonna comme une déflagration titanesque entre les parois de son crâne. Puis, de nouveau, il sombra dans l'inconscience.

CHAPITRE IV

Un rayon de soleil dansait dans les feuillages et jouait sur l'œil valide de Frost. Il s'éveilla. Avant même d'avoir examiné les alentours, il fut frappé par une étrange sensation. Comme un manque. Levant aussitôt son poignet gauche, il s'aperçut qu'il n'avait plus de montre. Il se palpa le visage du bout des doigts. Plus de bandeau. Alors seulement, il fixa son attention sur le décor. Malgré l'odeur de médicament qui imprégnait les lieux, il ne s'agissait pas d'une chambre d'hôpital. Il n'aurait pu dire exactement pourquoi, mais au second tour d'horizon, il en fut convaincu. L'atmosphère ne correspondait pas vraiment. Son chrono était disposé sur une petite table de chevet près du lit qu'il occupait, la trotteuse à l'arrêt.

Une douleur brutale lui déchira les pectauraux et s'irradia dans son ventre. Le visage tordu par une grimace, il ramena le bras le long de son corps à l'instant où la porte s'ouvrit. Une femme entra, vêtue d'une longue robe et d'un tablier blanc; une petite cornette amidonnée la coiffait. Une jeune religieuse.

Elle lui adressa un sourire attentionné :

— Comment vous sentez-vous, Capitaine ?

Frost la regarda un moment.

— Dois-je vous poser les questions d'usage ? finit-il par demander. Ou êtes-vous d'accord pour transgresser le protocole et me donner directement les réponses ?

La religieuse sourit de nouveau et il remarqua qu'elle avait un très joli visage.

— Vous êtes vivant et entier. Je n'irai pas jusqu'à dire que vous êtes en pleine forme mais quelques semaines de soins et de repos vous remettront complètement sur pied.

— Quelques semaines ! Hé, dites, c'est une blague ?

— C'est indispensable, assura la sœur. Et ne commencez pas à vous agiter, j'aimerais beaucoup entendre le son de votre voix autrement que sous forme de cris et d'exclamations.

Le Mercenaire soupira :

— Vous avez probablement raison, excusez-moi.

— Et si cela peut vous éviter des questions stupides, sachez que vous êtes ici depuis six jours. A part le nom d'un certain Chamann ou Chapmann que vous avez hurlé pendant vos crises de délire, vous n'avez pas prononcé une parole. Vous aviez perdu beaucoup de sang. Vos jambes étaient criblées de balles et de piqûres d'insectes au point que nous avons craint les morsures de *murcielagos*.

— De quoi ?

— De chauves-souris. Vous garderez certainement des cicatrices sur les jambes. Vous aviez également des contusions multiples sur la poitrine.

Il laissa échapper un petit sifflement dubitatif.

— Je pense que vous avez eu une chance phénoménale, Capitaine, reprit la religieuse. Le Seigneur avait certainement un œil sur vous.

— Ça, je le crois volontiers, répliqua Frost peu enclin à débattre le sujet. Et... heu... vous a-t-on amené d'autres hommes ?

Pendant un instant, les images du carnage dansèrent dans sa tête. Il serra douloureusement les mâchoires.

— C'est une équipe de zoologistes qui vous a découvert à la tombée de la nuit. Ils étudiaient les chauves-souris afin de tenter d'enrayer leur prolifération car elles constituent un véritable fléau pour les animaux domestiques. Pour vous, par contre, elles ont été une bénédiction car c'est en abattant l'une d'elles que vous avez attiré l'attention de l'équipe de spécialistes. Ils ont fouillé entièrement le village mais hélas sans découvrir autre chose que des morts. Tout de suite après, ils vous ont transporté ici... Le lendemain matin, notre aumônier est retourné sur les lieux. Le *padre* Anselmo... Les soldats étaient là. Ils avaient creusé une immense fosse dans laquelle ils entassaient les corps. C'était une vision d'horreur, nous a-t-il raconté.

A nouveau, le mot « holocauste » se mit à

bourdonner dans la tête de Frost. La sœur s'assit sur un tabouret pour consulter la feuille de surveillance accrochée au pied du lit, puis elle enchaîna :

— Le *padre* Anselmo a cru comprendre que les soldats recherchaient les survivants pour ne laisser aucun témoin sur place. Nous avons donc gardé le silence sur votre présence dans notre mission. J'espère que cela ne va pas à l'encontre de vos souhaits.

— Je vous dois un immense remerciement, dit Frost en souriant pour la première fois depuis son réveil.

Puis ses traits se figèrent.

— Je dois vous préciser que les responsables de ce massacre ne sont pas les autorités de votre pays. Mais peut-être préférez-vous ne pas en savoir davantage ?...

La jeune religieuse parut troublée.

— Je... peut-être... enfin, nous en reparlerons plus tard. Maintenant, vous devez vous reposer. Quoi qu'il en soit, cela ne change rien à nos yeux, nous vous soignerons de toute manière. Dieu est miséricorde, il nous a enseigné la charité envers le pécheur comme envers l'innocent.

Frost lui coupa la parole d'un ton un peu plus tranchant qu'il ne l'aurait voulu.

— Ecoutez-moi bien, ma sœur... J'ignore dans quelle catégorie exactement je dois me ranger, mais ne me parlez plus de charité ni de miséricorde. Allez plutôt raconter ça à l'ordure qui a préféré massacrer mes camarades afin de pouvoir conserver l'argent qui leur était destiné.

Un silence s'installa entre eux, lourd de signification. Il la regarda fixement. Il n'en aurait pas juré, mais il crut voir un soupçon de rouge lui monter aux joues.

— Ce type-là traîne derrière lui une odeur de soufre. Tant qu'il vivra, il trouvera toujours des pauvres gars qui croiront en lui, qui se laisseront enrôler, pour se faire tuer ensuite de la manière la plus dégueulasse qui soit. Alors, ne me parlez pas de la vieille rangaine de la joue droite et de la joue gauche. C'est un langage que je ne comprends pas.

— Vous n'app...tenez pas à une armée régulière, constata-t-elle. Vous êtes un...

— Un mercenaire. Oui. Le mot fait mal, et je n'ai rien à dire pour me justifier sinon que j'ai toujours cru à une certaine forme de justice même si je ne la pratique pas sous le couvert d'un drapeau national. Je n'ai rien à dissimuler. Je m'appelle Hank Frost, nationalité américaine et j'ai attrapé officiellement mon grade de capitaine au Viet-nam. Est-ce suffisant ou désirez-vous connaître d'autres détails ?

— Je ne vous ai rien demandé de la sorte, répliqua la religieuse en se mordillant les lèvres. Ce n'est pas à cela que je pensais. Je voulais dire... la vengeance n'est pas un sentiment très noble. Car c'est bien ce que vous envisagez ?

Frost ne répondit pas tout de suite. A grand-peine, il se redressa entre les oreillers et tendit la main vers la table de nuit où il venait de repérer son Zippo et son paquet de Camel tout froissé. Voyant qu'il ne parvenait pas à faire rouler la mollette du briquet sous son pouce ankylosé, la religieuse le lui prit et l'alluma à sa place. Il la remercia d'un hochement de tête puis tira une longue bouffée de sa cigarette. Presque instantanément, il eut un vertige et se sentit flotter. Mais la sensation s'estompa aussi vite qu'elle était venue.

— Je voudrais du papier et un crayon, ma sœur. Sans vouloir abuser de votre gentillesse. J'aimerais noter les noms de mes camarades avant de les oublier.

— Vous avez l'intention de prévenir les familles...

— Les familles ? Oui, c'est ça...

— Voilà au moins une pensée chrétienne.

— Je ne sais pas vraiment si ma pensée est chrétienne, grommela-t-il, en tout cas elle est sûrement pratique.

Elle comprit le sens de sa réflexion et son regard s'assombrit.

— Vous ne renoncerez pas à votre idée de vengeance, n'est-ce pas ?

Frost détourna la tête et se plongea dans la contemplation des feuilles agitées par la brise derrière la fenêtre.

— Vous devez comprendre, expliqua-t-il d'une voix rauque après un long silence. Cent cinquante soldats de métier sont morts dans ce traquenard. Et pourquoi ?... Parce qu'un homme qui leur devait de l'argent a trouvé plus commode de les éliminer que de les payer. Cet homme s'appelle Chapmann. Colonel Chapmann... Il faudra bien qu'il rende des comptes. Si c'est vraiment Dieu qui a voulu que je ne sois pas tué, comme vous le pensez, je n'y trouve qu'une explication. Il voulait que je vive pour faire payer Chapmann !

***

Le jardin de la mission était soigneusement entretenu, garni d'arbres verdoyants, de plantes grasses et de massifs fleuris qui composaient des taches multicolores en harmonie avec la tranquillité des lieux. Quelque part, un oiseau envoya un trille en direction du ciel limpide, s'envola dans un bruissement d'ailes rapide.

Hank Frost était devenu un habitué de l'endroit. Il le connaissait maintenant dans les moindres recoins. Il s'était aussi lié d'amitié avec le *padre* Anselmo, l'aumônier, et la *hermana* Genoveva, la sœur-infirmière qui s'occupait de lui.

Quatre semaines, déjà... Cela lui semblait une éternité.

Assis sur un banc de pierre en face d'un grand massif de rhododendrons mauves, le Mercenaire grillait cigarette sur cigarette, puisant allégrement dans la provision que lui avait apportée le *padre*. Vêtu d'un pantalon kaki et d'une veste saharienne, un bandeau tout neuf sur l'œil, Frost réfléchissait. Ses préoccupations étaient centrées sur un objectif unique : Chapmann. Il avait eu tout le temps, au cours de ses longues méditations, de dégager trois raisons essentielles à ses futurs projets. D'abord, le colonel félon devait de l'argent aux familles de ses victimes ; cela, c'était la raison moins motivante bien qu'il la considérât comme un élément indispensable à son action. Ensuite, lorsque Chapmann apprendrait qu'il s'en était sorti — il n'y avait nulle doute à ce sujet — Frost ne serait plus jamais en sécurité en quelque lieu qu'il aille. Le salaud possédait des filières de renseignements et des appuis partout dans le monde. Le meilleur exemple en était cette tuerie qu'il était parvenu à faire accepter à un gouvernement aussi peu belliqueux que celui du Venezuela. Sans doute avait-il légitimé son acte en échafaudant une sombre histoire de rébellion, mais cela ne changeait rien au problème. Chapmann ne se trouvait jamais à court de moyens. La troisième raison était la plus évidente et la plus forte, celle qui faisait bouillir le sang du Mercenaire chaque fois qu'il y songeait. Chapmann devait payer le prix fort pour ses actes. Il allait payer de sa vie, même si pour cela Frost devait y laisser la sienne.

Un bruissement d'étoffe se fit entendre, accompagné d'un pas léger sur la terre battue de l'allée. Une démarche souple, rapide, qu'il aurait reconnue entre mille. La *hermana* Genoveva fut soudain devant lui, souriante. Il se leva, frappé une fois de plus par la finesse de ses traits et la limpidité de ses yeux pervenche.

— J'ai cru comprendre que vous nous quittez ?...

Le Mercenaire hocha affirmativement la tête en songeant qu'elle cachait vraisemblablement de magnifiques cheveux blonds sous sa cornette.

— Dites-moi, heu... ma sœur...

Il ne put réprimer un sourire ironique.

— Oui ?

— Puis-je vous poser une question ?

Posément, elle lui renvoya son sourire en faisant une petite mimique amusée.

— Rien ne vous empêche. Je ne vous promets pas forcément d'y répondre.

— Vos cheveux...

Il devint un peu gauche, subitement, s'apesantissant sur une jambe.

— Eh bien, dites ?...

— Je sais que dans certains ordres religieux, on rase la tête des... Enfin, il paraît que ça se pratique. J'ai parié avec moi-même que vous les avez gardés longs.

Elle eut son habituelle petite pointe de rougeur aux joues, répliqua le plus sérieusement du monde :

— Pari gagné, monsieur Frost. Je peux aussi vous dire qu'ils sont blonds et que je les entretiens régulièrement, c'est tout à fait compatible avec ma mission envers Dieu et les hommes.

— Fantastique ! assura-t-il en la regardant comme s'il la voyait pour la première fois. Ai-je droit à une seconde question ?

— Puisque vous allez nous quitter et que

vous ne risquerez pas d'aller trop loin dans la tentation du péché, je vous l'accorde.

Elle conservait toujours son sourire, malgré tout sur ses gardes.

— Pourquoi êtes-vous entrée dans les ordres ?

Cette fois, elle fit un pas en arrière et le considéra avec une moue mi-contrariée, mi-amusée.

— Je vous voyais venir de très loin, Capitaine. Pour un habitué de la jungle, vous manquez d'agilité.

— Le terrain ne m'est pas favorable, plaisanta-t-il en se massant la nuque.

— Au fond, puisque vous tenez vraiment à savoir... Vous souvenez-vous de cet après-midi où vous m'avez confié vos débuts dans le métier de mercenaire et les raisons qui vous avaient poussé dans cette voie ?

— Je me souviens surtout de vos yeux. Vous savez qu'ils sont magnifiques ?

— Cessez d'ânoner des stupidités, monsieur Frost. Hé bien...

Un coup de klaxon enroué se fit entendre au-dehors. Le *padre* Anselmo arrivait avec son 4 × 4. La *hermana* Genoveva s'éclaircit la voix.

— Hé bien, reprit-elle, les mauvaises pensées mises à part, disons que mes motivations à devenir religieuse sont à peu près semblables à celles qui ont fait de vous un mercenaire. Mais ne faites surtout pas de conclusions trop hâtives. Gardez confiance.

— C'est ce qu'on appelle une parabole,

non ? Merci pour la leçon, je crois en avoir compris le sens.

Il prit la main que lui tendait la sœur et la tint serrée un instant dans la sienne.

— Merci aussi pour tout le reste. Je voudrais vous dire combien...

— Le *padre* vous attend, dépêchez-vous.

Il la regarda une dernière fois, puis cueillit sa valise près du banc et s'éloigna dans l'allée. Lorsqu'il arriva à la grille de fer forgé, il la vit qui lui adressait un signe d'adieu. Frost agita la main, sortit et sauta à bord du vieux 4 × 4 décapoté.

Le *padre* Anselmo lui tendit un paquet enveloppé de toile grossière.

— J'ai pensé que vous aurez peut-être besoin de ceci, commenta-t-il en embrayant.

Frost dénoua la ficelle qui fermait le ballot, y trouva son Browning chromé, ses chargeurs de rechange, son couteau de combat Colt M 7 avec son fourreau.

— Désolé pour la gaine de votre pistolet, expliqua le prêtre, elle était tellement imprégnée de sang que nous avons dû la brûler avec vos vêtements.

— Je m'en passerai, dit Frost qui dut s'accrocher à son siège pour résister aux cahots. La sœur et vous avez été très chics avec moi.

— J'ai été dans l'armée moi aussi, éluda le *padre*. J'ai démonté votre pistolet et je l'ai nettoyé. C'est une belle arme. J'espère que vous ne l'utiliserez qu'à bon escient.

Le Mercenaire garda le silence, portant son

attention sur la route tortueuse et défoncée. Presque chaque virage était jalonné de croix en mémoire des conducteurs imprudents qui n'avaient pas vu à temps les courbes en épingles à cheveux en bordure des ravins. Certaines se composaient seulement de deux morceaux de bois entrecroisés et assujettis avec du fil de fer. D'autres, surchargées comme des monuments baroques, étaient bardées de colifichets criards et d'articles de pacotille les plus incongrus. Le père Anselmo n'avait pas le pied léger sur l'accélérateur. Compte tennu de l'état de la chaussée, sa conduite constituait un véritable défi à la providence divine. A la sortie d'un virage serré, il se tourna vers Frost :

— Puis-je vous poser une question, *señor* Hank ?

Frost rigola :

— Après toutes celles dont je vous ai accablé, c'est bien votre tour... Hé ! Vous devriez peut-être regarder devant vous.

— Ne vous faites pas de souci, assura l'aumônier, lâchant le volant pour tapoter d'une main la carrosserie bosselée du 4 × 4. Il connaît la route par cœur.

Et il partit d'un éclat de rire tonitruant. Le Mercenaire jugea plus prudent d'abandonner la leçon de conduite. Le visage fouetté par le vent, il dut élever la voix pour reprendre la conversation.

— Vous vouliez me demander quelque chose, *padre ?*

— Comment comptez-vous quitter le pays ?

— Par la mer.
— Ah oui ? De quelle façon ?
— A la nage.
— Sérieusement...
— Si je vous le disais, vous pourriez croire que vous vous êtes trompé de bonhomme en me remettant sur pied.

Le reste du trajet se déroula sans qu'ils relancent la conversation. Frost se fit déposer entre Puerto de la Cruz et Barcelona, à un kilomètre d'un petit port de plaisance. Les deux hommes se saluèrent, le cœur un peu serré en échangeant quelques paroles conventionnelles d'adieu. Il faillit dire qu'il écrirait, mais se tut, sachant qu'il ne tiendrait probablement pas cette promesse. Il était six heures de l'après-midi.

Son intention n'était pas de flâner dans les environs où il courait le risque de se faire repérer. Le port était relativement loin de Caracas, à environ trois cents kilomètres, mais si Chapmann avait pu dresser un état des effectifs et constater que Frost ne figurait pas au nombre des victimes, ses hommes surveillaient forcément la côte. Il restait aussi les soldats de l'armée régulière qui sillonnaient le secteur en raison des récents troubles. Ceux-ci possédaient vraisemblablement son signalement.

Il fallait quitter le territoire aussi rapidement et discrètement que possible et rejoindre la Colombie. Il connaissait quelqu'un à Barran-quilla. Un type bien informé qui pourrait peut-être lui fournir des renseignements susceptibles de lui faire recouper la filière de Chapmann. Mais le trajet par mer serait long : Il choisit d'attendre la tombée de la nuit, planqué dans le creux d'un rocher, à l'abri de broussailles qui le séparaient de la mauvaise route de terre, et s'endormit très vite. Un cauchemar hanta ses rêves. Chapmann apparaissait en habit de prêtre une bible à la main et psalmodiant des incantations sataniques. A ses pieds, des êtres humains minuscules gesticulaient et se tordaient de douleur. Frost était attaché sur une dalle de pierre glaciale tandis que le colonel en robe noire s'approchait de lui, piétinant sans attention les corps lilliputiens dont les clameurs de souffrance s'élevaient en une brume tourbillonnante au-dessus de laquelle planaient des monstres grondants et rageurs. Un couteau rouge de sang s'éleva à l'aplomb de la poitrine de Frost, tenu par une main aux doigts griffus et maquillés avec de la peinture de camouflage. Les cris s'amplifiaient, montaient dans un décor de pandémonium.

Il s'éveilla à l'instant où le couteau allait s'enfoncer dans sa gorge et s'aperçut qu'il tremblait des pieds à la tête. Son front était en sueur. Au-dessus de lui, la nuit s'étendait comme un immense drap bleu sombre piqué de petites lumières scintillantes. Son chrono indiquait minuit quinze.

Il se leva, ramassa le ballot de toile dont il tira le Browning chromé qu'il passa dans sa ceinture, sous la saharienne, mit les chargeurs de

ŒIL POUR ŒIL 53

rechange dans une poche et s'achemina vers la route terreuse.

Il atteignit bientôt le port qu'il longea d'une allure de flâneur. L'endroit était presque désert. A part une zone faiblement éclairée par les lumières de pont d'un bateau de plaisance, le quai et les pontons d'arrimage restaient dans une pénombre propice à ses projets.

A une heure du matin, il vola un cabin-cruiser dont il avait préalablement vérifié le niveau d'essence, le fit naviguer moteur au ralenti jusqu'à près d'un kilomètre du rivage, puis poussa l'accélération en mettant le cap à l'ouest. L'embarcation, rapide, était équipée d'un matériel de navigation assez sophistiqué : compas électronique, jauge de profondeur, mini-radar et radio longue portée. Elle comportait en outre quelques provisions, boîtes de conserves, boîtes de lait, deux plaques de chocolat et une bouteille de bourbon ainsi qu'une cartouche de cigarettes Lucky Strike. Jusque-là, les dieux étaient avec lui. Il allait en avoir sacrément besoin, songea-t-il en modifiant légèrement le cap au sud-ouest.

La feuille de papier couverte de noms qu'il avait placée dans une poche intérieure de sa saharienne pesait lourd et irradiait des ondes brûlantes dans sa poitrine. Il allait la négocier. Au prix du sang.

CHAPITRE V

Après l'air conditionné du Boeing 747, l'aéroport international d'Hartsfield ressemblait à une étuve. Il faisait près de 38°. Frost marcha dans la colonne des passagers, en direction des bâtiments de l'aérogare. Le voyage s'était passé sans incident.

Une trentaine d'heures de navigation à bord du cabin-cruiser dérobé dans le petit port vénézuélien lui avaient permis de gagner Barranquilla. Il n'avait fait qu'une escale à l'approche de la frontière colombienne pour se réapprovisionner en carburant. Et aucun garde-côte n'avait tenté de l'intercepter. Il est vrai qu'il avait pris un maximum de distance pendant la nuit qui avait marqué son départ, et le propriétaire du bateau s'était sans doute aperçu beaucoup plus tard de sa disparition. Son contact de Barranquilla lui avait procuré une somme d'argent suffisante pour qu'il puisse louer un avion-taxi qui l'avait emmené à Bogota. Là, il se retrouvait en terrain de connaissance. Il avait des amis qui travaillaient pour les services secrets et qui étaient plus particulièrement chargés de la lutte contre le trafic de drogue entre la Colombie et les Etats-Unis. Ceux-ci lui avaient fait établir un passeport neuf par l'ambassade américaine. En outre, ils l'avaient renseigné sur la position de Chapmann après une recherche relativement rapide à coups de messages radio et de télex. Chapmann avait quitté l'Amérique latine et se trouvait à présent au Burundi ; non loin du Congo, son ancien terrain de prédilection.

A Bogota, Frost avait pris un avion pour Miami où il avait eu juste le temps de passer un coup de téléphone avant de prendre un dernier vol à destination d'Atlanta, en Georgie.

Devant l'aérogare, les taxis étaient pris d'assaut par une foule de touristes exubérants. Il s'était résolu à attendre quand une Ford LTD bleu nuit s'arrêta devant lui dans un crissement de pneus. Le conducteur se pencha par la portière :

— Hank Frost ?

Le Mercenaire acquiesça d'un mouvement de tête en considérant le jeune type blond à la moustache soigneusement taillée. Il jeta un coup d'œil machinal à l'arrière de la Ford, y balança sa valise et prit place à l'avant. La Ford s'inséra dans le flot de la circulation avec souplesse.

— Mon nom est Jed Kominski, se présenta le

jeune homme blond à la mise impeccable. Je travaille avec le commandant Hensen.

Frost garda ses distances. Un peu plus tard, il annonça :

— Ce n'est pas la bonne direction. Hensen n'habite pas dans South Atlanta.

L'autre lui envoya un regard latéral, aperçut la crosse du Browning qui dépassait d'un pan de la veste de Frost.

— N'ayez pas d'inquiétude, affirma-t-il d'un ton incertain. Hensen a jugé préférable de vous rencontrer en dehors de son domicile.

— OK, vieux. Je souhaite pour vous que ce ne soit pas une sale blague.

Un quart d'heure plus tard, Kominski quitta l'expressway et prit Memorial Drive en direction de Stone Mountain. Bien avant d'y être, il freina devant une grande pizzeria et s'engagea sur le parking.

— Le commandant Hensen a pensé que vous aviez sans doute faim, dit Kominski.

L'endroit était tranquille, l'intérieur sombre et presque désert. Frost aperçut Hensen au fond de la salle. Un instant plus tard, il s'asseyait en face de celui qui avait été son chef de bataillon au Vietnam. Membres des forces spéciales, les deux hommes avaient travaillé tantôt comme Bérets verts, tantôt comme employés contractuels pour la CIA.

— Salut Hank ! fit Hensen. Content d'apprendre que tu t'es tiré de ce merdier.

Ils se serrèrent chaleureusement la main.

— Salut, Steve, renvoya le Mercenaire. Ce qui m'ennuie, c'est d'être le seul...

— Ouais... C'est bien la première fois que j'entends parler d'une histoire pareille. As-tu faim, Hank ?

Frost n'avait pas faim, mais il accepta de prendre une pizza pour accompagner Hensen, puis attaqua aussitôt :

— J'ai appris que Chapmann est au Burundi et qu'il travaille pour le général Kubinda. J'ai besoin de tuyaux complémentaires, Steve.

— Ça, je m'en doute.

Kominski se leva pour aller insérer quelques pièces de monnaie dans le juke-box. Une chanson country remplit la salle quand il revint s'asseoir à côté d'eux.

— C'est mauvais, ça, fit Hensen. Très mauvais.

— Qu'est-ce qui est mauvais ?

— Kubinda. Heu... pour en revenir à Marcus Chapmann, j'en suis tombé sur le cul quand j'ai appris la nouvelle. Ça a été la grande surprise pour tout le monde dans le milieu.

— C'est pour ça qu'il a réussi son coup, commenta le jeune homme blond. Je ne l'ai jamais approché, mais j'ai souvent entendu parler de lui.

Il allait ajouter quelque chose quand la serveuse vint apporter les pizzas. Elle portait un jean serré et un corsage blanc moulant qui ne dissimulait pratiquement rien de ses seins épanouis. Frost la détaillait sans vergogne.

— Il y a des moments où je regrette vraiment

de ne plus avoir mes deux yeux, dit-il avec mélancolie.

Elle le regarda d'un air étonné, s'attachant une seconde au bandeau noir, et laissa échapper un gloussement de collégienne. Dès qu'elle se fut éloignée, Kominski tourna la tête vers Frost et s'éclaircit la gorge.

— Est-ce que... est-ce que je peux vous demander comment ça vous est arrivé ? questionna-t-il maladroitement.

— Demandez toujours, vieux.

— Je voulais parler de votre œil. A moins que ça vous gêne...

— Pas le moins du monde, répliqua le Mercenaire qui s'attendait depuis le début à la question. Ça n'a rien de très original. Ça m'ennuyait de voir double les soirs où j'avais trop bu. Alors, je me suis mis devant ma glace et je me suis fait le coup du chien andalou.

Il échangea un regard avec Hensen qui riait silencieusement, observa un court instant Kominski dont le visage venait subitement de se fermer et enchaîna :

— Dis-moi, Steve, pourquoi est-ce que c'est mauvais ?

— Kubinda a pratiquement renversé le gouvernement du Burundi. Et comme il est en compétition avec des guérilleros d'obédience cubaine, il a l'appui tacite du Département d'Etat. Il y a une guerre triangulaire, là-bas. L'armée régulière qui s'est pas mal remembrée ces derniers temps, les guérilleros marxistes, et Kubinda qui a conservé l'appui d'une petite fraction de l'armée et a embauché Chapmann. Voilà les trois pointes du triangle. Au sommet, la fraction de l'armée restée fidèle au gouvernement de Bagaza, à gauche les rebelles pro-cubains et à droite les putschistes de Kubinda aidés par Chapmann. Tout le monde se bat contre tout le monde. C'est le gros carnage.

— Ouais, réfléchit Frost. Marcus est très fort à ce jeu.

— Plutôt. Voilà grossièrement le tableau, Hank. Tu vas te lancer dans une situation empoisonnée et salement merdique. Autre chose : je me suis laissé également dire que la CIA a des vues différentes de celles du Département d'Etat ; elle soutiendrait l'armée gouvernementale. Tout ça officieusement, bien sûr, et dans la plus grande discrétion. Ce qui n'empêche pas le fait... Ce qui me navre, c'est que je ne peux rien faire pour toi. Du moins personnellement. Interdiction de quitter le territoire, je me suis fait sucrer mon passeport.

— Ennui politique ? interrogea Frost.

— Même pas. Un truc tout bête... J'avais acheté quelques armes à un type qu'on m'avait indiqué. Il s'est avéré que l'une d'elles avait été trafiquée, convertie pour le tir automatique et je n'ai pas de licence pour cette catégorie. C'était seulement pour mon usage personnel. Est-ce que tu te rends compte ? Couillonné pour une histoire pareille !

— On voulait te coincer.

— C'est l'évidence. Quelques-uns ne m'ont pas pardonné d'afficher ouvertement certaines opinions politiques. Je vais passer en jugement. Oh, je ne me fais pas trop de souci, mais en attendant, je n'ai même pas le droit de franchir les frontières de la Georgie. Heu... par contre, si tu as besoin d'argent ?

— J'ai environ sept mille dollars en banque, le coupa Frost. Ça devrait suffire pour l'instant, merci. Et je compte bien en faire cracher pas mal à Chapmann.

— En parlant d'argent, dit Hensen, je peux te donner une information. Il a un compte numéroté en Suisse. Je connais sa banque. Si tu le rates au Burundi, tu pourras toujours aller l'attendre là-bas après son opération. Sois sûr qu'il sera au rendez-vous. Il ne rate jamais une occasion. Ça me rend malade de ne pas pouvoir faire plus pour vous...

— Ne te casse pas, Steve. Cette conversation a été intéressante.

Il y avait eu un temps où Frost s'était appelé Henry Stimson Frost. C'était l'époque de son adolescence. Il était alors un brillant élève, l'école constituait toute sa vie. Ses parents avaient divorcé quelques années après sa naissance et l'on avait confié le jeune Henri à la garde du père, un militaire de carrière en perpétuel déplacement, d'affectation en affectation. Certains bruits qui circulaient discrètement insinuaient que sa mère avait été de mœurs légères.

Henry n'aurait pas eu l'idée, ainsi que la plupart de ses camarades, de dire « la maison » en parlant de son domicile ; il n'y séjournait jamais assez longtemps pour s'y habituer. Dès son plus jeune âge — il n'était alors qu'en classe de quatrième — Henry Frost prit son nom en grippe et commença à faire tout son possible pour s'en débarrasser. Il n'en concevait pas moins une grande admiration pour celui dont il l'avait hérité, son grand-père, un homme d'une grande intégrité qui avait été instituteur puis directeur de journal dans le Middle West.

Au collège, Henry Stimson Frost excellait en sport et en littérature anglaise, mais les mathématiques étaient sa bête noire ; il n'en comprenait que très difficilement l'abstraction, préférant de loin les matières plus concrètes, à part l'histoire européenne qu'il ne parvenait pas à retenir à cause des dates. Par le fait, il rata le concours d'entrée à l'Académie militaire de West Point. Peu après, le général de brigade Kenneth Henry Frost fut emporté par une crise cardiaque. Dès lors, le jeune homme changea radicalement d'orientation. Refusant que sa vie soit une copie conforme de celle de son père, il entra à l'université où il étudia la littérature anglo-saxonne et le journalisme. Au moment où il obtint sa licence d'anglais, la guerre faisait rage au Vietnam. Par esprit patriotique, et sans trop y réfléchir, il s'engagea dans les troupes aéroportées et partit pour le Sud-Est asiatique où il se retrouva rapidement au sein des forces spéciales d'intervention. Ses aptitudes sportives et certaines prédispositions héréditaires firent rapidement de lui un combattant exceptionnel au point qu'il fut bientôt promu au grade de capitaine, puis inscrit au tableau d'avancement pour celui de commandant. Il déclina l'avancement, refusant de quitter le terrain et surtout peu désireux d'avoir une responsabilité d'organisation, aussi infime fut-elle, dans cette guerre qu'il jugeait mal conduite.

Durant cette période, deux éléments fondamentaux marquèrent la vie de Frost bien qu'il n'en parla jamais sérieusement par la suite. D'abord, il tua un nombre incalculable de gens. En service commandé, bien évidemment, mais il n'en conçut pas moins une sorte de profond dégoût pour ceux qui donnaient les ordres depuis leurs confortables positions politiques à Washington aussi bien qu'à Moscou. Il avait pensé à l'époque qu'il ne serait jamais plus un homme comme les autres, capable de se réintégrer dans la société. Ensuite, il perdit un œil au combat.

Rapatrié aux Etats-Unis, d'abord accueilli en héros, puis démobilisé, il réalisa très vite qu'il n'était qu'un handicapé en quête de travail, comme des milliers d'autres démobilisés. Hank Frost, le héros du Vietnam, se retrouva au volant d'un taxi. Un été passa ainsi puis, il parvint à obtenir un certificat d'enseignant et atterrit dans un collège du Middle West où il ne tarda pas à constater qu'il était plus facile d'apprendre l'anglais aux petits Vietnamiens. Ses élèves, de jeunes Noirs pour la plupart, étaient plein de bonne volonté mais traînaient leurs origines socio-culturelles comme un véritable boulet. Dès le départ, leur avenir était hypothéqué. C'est à cette époque que Frost commença à plaisanter au sujet de son bandeau. Les enfants voulaient toujours savoir et lui ne voulait rien dire. Il s'était alors constitué un répertoire de pirouettes dont il savait qu'elles n'étaient pas toujours de très bon goût...

Son expérience dans l'enseignement fut de courte durée. Il avait une collègue noire dont il n'avait retenu que le prénom : Viola. Viola faisait partie de cette nouvelle génération d'enseignants qui considèrent que leur mission éducative doit déborder le cadre de l'école, et menait de nombreuses actions dans le ghetto. Frost s'était toujours demandé si c'était la bonne solution. Un jour, Viola n'apparut pas à la table de déjeuner où les professeurs avaient coutume de se retrouver à heures fixes. Frost monta dans la salle de classe où elle donnait ses cours. Il entendit des cris, des gémissements, et fonça dans la classe où il vit une douzaine d'enfants, Noirs et Blancs, rassemblés en cercle. Certains paraissaient pétrifiés sur place, muets d'horreur et de dégoût. D'autres semblaient fascinés par une curiosité malsaine. Il les bouscula alors qu'un hurlement s'élevait dans la salle. Viola était roulée en boule dans un coin de la classe, le visage en sang, la robe déchirée. Deux élèves de terminale s'acharnaient sur elle, de jeunes costauds dont l'un était en train d'arracher le slip de la jeune femme. Quand

Frost empoigna le plus menaçant par l'épaule pour l'écarter, l'autre lui tomba dessus et essaya de le frapper. Il s'en débarrassa facilement d'un revers de la main à la mâchoire, mais l'autre avait sorti un couteau à cran d'arrêt. C'était un colosse, malgré ses dix-neuf ans, et il devait bien lui rendre une vingtaine de kilos. Alors, ses réflexes de combattant prirent le dessus. Le couteau vola, ses mains et ses pieds entrèrent en action et le jeune voyou se retrouva avec la trachée artère partiellement écrasée et une fracture du bras. On dut l'hospitaliser.

Frost passa en conseil de discipline. Son attitude « inqualifiable » lui valut une plainte en justice, qui fut aussitôt retirée dès qu'il accepta de remettre sa démission. C'est alors qu'il commença à boire un peu plus que de raison. Puis il décida de devenir chauffeur routier. En attendant la validation de ses permis militaires, il travailla un moment comme moniteur d'auto-école. Ensuite, il travailla pour le compte d'une compagnie de transport qui exigeait de lui de prendre parfois en charge certaines marchandises de contrebande. Il demanda finalement son compte, prit un emploi de vigile et réussit à obtenir une licence de détective privé (il possédait d'ailleurs cette licence qu'il faisait constamment renouveler et s'en servait comme couverture officielle). Mais il apprit très vite que le job de « privé » était une tout autre histoire que ce qu'en racontaient les films. Filatures de petits fraudeurs, constats d'adultères et autres affaires de bidet achevèrent de le démoraliser.

Un matin, Hank Frost s'éveilla avec une gueule de bois fantastique. Il marcha au radar jusqu'à sa boîte à lettres, hanté par l'idée des factures qui commençaient à s'accumuler, et tomba sur le courrier d'un « ancien » du Vietnam. Le gars était maintenant dans la police rhodésienne. En fait, il s'agissait d'un groupe paramilitaire essentiellement composé de mercenaires et chargé de traquer les opposants dans la brousse. Le terme « police » était une mesure de facilité à l'usage des Occidentaux qui risquaient presque automatiquement de perdre leur citoyenneté en s'engageant dans l'armée rhodésienne.

Pendant les quelques jours qui suivirent sa monumentale cuite, Frost réfléchit longuement à la lettre de son ami. Il décida d'abandonner le scotch et se refit une forme en fréquentant assidûment le gymnase de son quartier.

Aucun homme sain d'esprit ne peut prendre plaisir à tuer et malgré l'entraînement intensif qu'il avait suivi dans cette voie, Frost ne s'était pas laissé prendre à ce vice.

Seulement, il ne savait faire qu'une chose dans la vie : la guerre.

Son œil perdu lui interdisait d'être engagé dans une armée régulière. Il voulait pourtant vivre décemment, sans rien devoir à personne, la tête haute. Donc, il n'y avait plus qu'une solution : devenir un Soldat de Fortune, comme les Samouraï japonais du passé qui louaient leur sabre à de nobles causes.

Ce n'était pas les causes qui manquaient ! Comme Hank Frost aimait bien se moquer de lui-même, il se surnomma « Le Mercenaire » bien que la plupart de ses aventures ne lui rapportent guère. Il avait toujours été d'une grande pudeur morale et n'aimait pas étaler son idéal de redresseur de torts. Pourtant, il se consacra à son nouveau métier comme un sacerdoce, choisissant ses engagements avec soin, éliminant ceux qu'ils jugeaient trop éloignés de son éthique.

Le 747 commençait sa descente sur Kinshasa, au-dessus du tapis vert de la jungle.

Hank Frost tâta machinalement son bandeau. Sans ce stupide « accident », il serait peut-être bureaucrate ou représentant de commerce. Maintenant, il était marié avec l'Aventure. Même s'il risquait sa peau à chaque mission. Il se pencha au hublot, la gorge un peu serrée. C'était la première fois qu'il retournait en Afrique depuis la guerre civile d'Angola. Qu'allait-il y trouver ?

CHAPITRE VI

Hank Frost respira presque avec volupté l'air suintant d'humidité et se dirigea vers la salle des bagages.

Avant de quitter les Etats-Unis, il avait acheté d'occasion une carabine Weatherby Magnum équipée d'une lunette de visée. L'arme était usagée. Il n'avait nullement l'intention de traquer l'éléphant ou le rhinocéros, la grosse pièce faisait partie de sa couverture. Une couverture qui lui permettait de justifier la présence de son Browning en tant qu'arme d'appoint. Ce qui adviendrait de la Weatherby après son atterrissage lui importait peu.

Quelqu'un lui fit signe de l'autre côté de la barrière de l'Immigration. Un vieux copain, Derek Kingston, un chasseur professionnel qui allait lui fournir des armes plus appropriées à ses projets. Dans son genre, l'homme était un apôtre de la liberté et se battait officieusement contre toutes les formes de dictatures, qu'elles soient de droite ou de gauche. Certains prétendaient qu'il travaillait pour l'Intelligence Service, ce qui avait été vrai quelques années auparavant. Leur amitié remontait à l'époque de la Rhodésie et ils avaient également travaillé ensemble en Angola.

Les interminables formalités accomplies, ils prirent un verre à l'aéroport avant de rejoindre la résidence de Kingston à Kinshasa. Ce dernier sortit de sa poche un petit étui d'argent patiné, proposa une cigarette à Frost et alluma un briquet Cartier. Le Mercenaire l'observait. Il avait une trentaine d'années, un costume blanc certainement très coûteux, des cheveux extraordinairement blonds, une curieuse moustache en guidon de vélo et un automatique sous l'aisselle gauche qui bosselait légèrement sa veste. Une Jaguar décapotable de l'année apportait la touche finale au tableau.

— Quelque chose ne va pas dans mon nœud de cravate, Hank ? s'amusa-t-il en remarquant l'attention que lui portait Frost.

Son accent était très britannique, un peu forcé. Le Mercenaire rigola :

— Je me demandais comment tu fais pour être aussi impeccable en pleine Afrique. T'as une recette spéciale ?

— C'est ça la classe, vieux. Les sales Yankees de ton espèce ne comprendront jamais... Bon, j'ai réuni l'attirail que tu m'as demandé, ou à peu près. Un poignard de combat Gerber, un fusil d'assaut HK à crosse métallique rétractable, une provision de cartouches 308 FMJ et huit chargeurs de rechange. J'ai supposé que tu avais ton propre pistolet.

— Je l'ai, confirma Frost. C'est presque devenu une partie de moi-même.

— J'ai aussi pensé que tu es complètement dingue de vouloir partir seul sur ce terrain et je t'ai trouvé un guide. Un homme parfaitement sûr à qui je confierais ma femme si j'en avais une.

— C'est chic de ta part de penser à ma peau. Je voudrais surtout savoir si tu as recueilli des tuyaux au sujet de Chapmann.

— On dirait que ce nom te brûle les lèvres, hein ?

— C'est un baril de pétrole en flammes, vieux. Et je dois l'éteindre.

— J'ai eu quelques renseignements. Il semble qu'il ait pratiquement pris le contrôle du pays, y compris la capitale. La seule zone qui ne soit pas encore investie fait l'objet de bagarres entre les guérilleros marxistes et les soldats de l'armée régulière. Pour l'instant, on n'en entend pas encore beaucoup parler par ici, à l'exception de raids occasionnels organisés de l'autre côté de la frontière.

— De mon côté, dit Frost, j'ai eu quelques échos quand je suis repassé aux States. Il paraît que le Département d'Etat soutient le putsch de Kubinda alors que la CIA serait plutôt favorable au gouvernement en place. Qu'est-ce que tu en penses ?

— Je ne suis qu'un chasseur ! plaisanta Kingston.

— Arrête tes conneries. C'est sérieux.

— Bon... Je crois que tout ça est vrai. Si tu

veux approfondir la question, tu pourrais peut-être voir Curtis. Tu te souviens de lui ?

Frost acquiesça.

— Il aura sans doute des tuyaux plus intéressants que les miens. Curtis est vraiment dans le bain...

Lorsqu'ils prirent la route de Kinshasa, le soleil commençait à décliner dans le ciel. Ils atteignirent la résidence de Kingston une heure plus tard. La bâtisse tenait plus du palais que de la maison. Le dîner fut excellent et servi non pas par un boy comme au précédent passage de Frost, mais par une jeune Noire d'une grande beauté qui n'était autre que la maîtresse de Kingston. Lorsque le guide lui fut présenté, Hank comprit pourquoi l'Anglais lui aurait sans crainte confié sa femme. C'était le frère de la jeune beauté. Ils terminèrent le dîner, puis Frost monta à sa chambre et vérifia ses armes.

Le Mercenaire s'éveilla en sursaut, trempé de sueur. Il était 4 h 30 du matin, la température atteignait 35° et c'était l'heure de se lever. Il fit ses adieux à Kingston, casa son paquetage à l'arrière d'une Land Rover de location et prit place sur le siège passager. Son guide était déjà au volant, rigide et sec comme un tronc d'ébène. Il s'appelait Joe-Joe et prenait son rôle très au sérieux.

La première partie de la piste était très praticable ; ils purent maintenir une honnête moyenne. Ce ne fut qu'au bout d'une vingtaine de kilomètres que Joe-Joe desserra les dents :

— M'sieur Derek m'a dit que vous vous connaissiez depuis longtemps, Capitaine.

— Depuis environ deux cents ans, plaisanta Frost sans y attacher beaucoup d'importance, essayant d'allumer une cigarette dans le vent.

La Rover était ouverte sur les côtés, mais par bonheur, elle possédait un hard-top qui allait les protéger du soleil quand la température commencerait à devenir insupportable.

Ils roulèrent toute la journée, ne faisant qu'une halte vers onze heures pour un repas vite expédié. Le Noir était peu loquace et le Mercenaire ne fit pas le moindre effort pour alimenter la conversation. Il était tout entier plongé dans ses réflexions.

Le lendemain, après une nuit passée dans des sacs de couchage en bordure de piste, ils repartirent, roulant sur un sol de plus en plus criblé d'ornières et d'énormes cailloux qui obligeait Joe-Joe à un incessant slalom. Dans l'après-midi, Frost remarqua un panache de poussière à environ cinq kilomètres derrière eux.

— Qu'est-ce que ça peut être, à ton avis, Joe-Joe ? questionna-t-il.

Le Noir grimaça :

— Sûrement pas quelque chose de bon. Ça fait dix minutes que je les vois dans le rétroviseur. La piste est pas tellement fréquentée par les touristes en ce moment. C'est surtout les guérilleros du Burundi qui s'en servent.

Instinctivement, Frost jeta un coup d'œil sur

la banquette arrière où étaient posés son fusil d'assaut et le Remington 700 BDL de Joe-Joe.

Le crépuscule arriva et le nuage de poussière disparut progressivement. Ils roulèrent encore un peu, puis le guide stoppa près d'un ruisseau, sous le couvert d'arbres qui leur offraient un abri pour la nuit. Celle-ci tomba d'un seul coup, comme si quelqu'un avait brusquement fermé un interrupteur. Ils installèrent le camp précaire, ouvrirent des boîtes de conserves dont ils mangèrent le contenu à froid car il n'était pas question de faire du feu ; trop de risques de se faire repérer. Alentour, frémissements et bruits d'animaux emplissaient la nuit. A une distance difficilement appréciable, la petite lueur d'un feu de camp troua les ténèbres. Il fallait une certaine dose d'inconscience pour allumer un tel fanal à proximité de la frontière du Burundi vraisemblablement parcourue par des cohortes rebelles de toutes sortes. A moins que ces gens n'aient rien à craindre des guérilleros... Quoi qu'il en soit, Frost était décidé à rester constamment sur ses gardes. A ne dormir que d'un œil, rigola-t-il silencieusement dans l'obscurité.

Joe-Joe venait d'engloutir le contenu d'une boîte de corned beef et buvait au goulot d'une bouteille d'eau minérale. Il s'essuya la bouche d'un revers de main.

— Capitaine... Est-ce que je serais impoli si je vous demandais ce qui vous est arrivé à l'œil ?

— Pas du tout, mon vieux. Tu n'en a sûrement pas entendu parler, mais le Président des Etats-Unis a eu un accident l'année dernière.

Le service de Santé de la Maison-Blanche a fait des recherches dans tous les dossiers sanitaires du pays, notamment dans l'armée, et on a fini par découvrir que je possède des caractéristiques génétiques communes avec lui. La suite est toute simple. Je n'ai fait que mon devoir.

Le plus sérieusement possible, Frost poursuivit :

— T'aurais pas fait la même chose, Joe-Joe ?

Joe-Joe semblait plongé dans un abîme de réflexions. Au bout d'un certain temps, il se gratta la nuque, regarda en direction du Mercenaire et éclata subitement d'un rire tonitruant.

Soudain, Frost s'immobilisa et tendit l'oreille, faisant un geste pour intimer le silence. Aucune erreur : un crépitement caractéristique venait de déchirer la nuit. Il y eut presque aussitôt après une seconde rafale plus appuyée. Il se leva d'un bond et cueillit son fusil, imité par le Noir qui souffla à voix basse :

— Les canibales ont débordé la frontière !

— Ne bouge pas, dit Frost, je vais voir ce qui se passe.

— Attention, Capitaine, ces gars-là sont dangereux.

— Je m'en doute. Je sifflerai trois fois en revenant. Ne reste pas à proximité de la Rover...

Sans plus attendre, il s'éloigna dans l'obscurité. L'environnement n'était pas une jungle, mais une forêt sub-tropicale aux arbres relativement espacés. Progressant sur un tapis d'humus gras, Frost couvrit silencieusement la distance qui le séparait de l'autre camp et se posta à l'affût derrière un gros buisson. La scène qu'il découvrit dans la lumière dansante du feu, n'était hélas qu'un classique dans les annales de la barberie humaine. Il vit une Land Rover semblable à la sienne mais décapotée, en stationnement à peu de distance. En avant plan, trois Blancs et une femme aux prises avec sept guérilleros en tenue de camouflage et armées de Kalachnikov. Deux d'entre eux mitraillaient des caisses métalliques contenant du matériel cinématographique. Caméras et bobines de film volaient sous l'impact des rafales. L'un des Africains déroula une longue bande de pellicule qu'il accrocha en riant au pare-brise de la Land Rover, comme une guirlande de Noël.

Frost reporta son attention sur les Blancs. La femme avait les mains liées derrière le dos. Un grand diable hirsute et ricanant l'empoigna par les cheveux, qu'elle portait très longs, et les noua aux liens qui lui encerclaient les poignets, lui enfonçant un genou dans les reins. Elle avait la bouche ouverte, mais il n'en sortait que des râles de plus en plus faibles. A trois mètres de là, l'un des trois hommes blancs hurlait en se cognant la tête de toutes ses forces contre un rocher, visiblement dans le but de se tuer ou tout au moins de s'assommer. On lui avait coupé les lèvres et le bas de son visage n'était plus qu'une plaie dégoulinant de sang. Il se tut subitement quand une crosse de fusil l'atteignit violemment à la nuque, l'étendant comme un pantin sur le sol.

Ce que le deuxième homme était en train de subir, Frost le savait, était en quelque sorte le traitement standard infligé par les terroristes de la région à leurs prisonniers. On l'avait immobilisé au sol par des pieux fichés dans la chair de ses bras et de ses jambes et il se faisait lentement couper en morceaux à coups de machette. Quant au troisième homme, il était encore entier. On lui avait lié les mains dans le dos par une longue corde fixée au pare-chocs de la Land Rover. L'un des tortionnaires était en train de l'asseoir de force au pied d'un arbre auquel il lui avait ligoté les chevilles. Un autre sauta au volant du véhicule tout terrain.

— Fumiers ! grogna sourdement Frost.

Le sélecteur de son HK était en position automatique. Il jaillit du fourré, s'accroupit, un genou à terre, et commença à arroser le groupe par de courtes rafales. Il commença par cisailler les guérilleros armés, puis ceux qui se précipitaient vers leurs Kalashnikov, pour ensuite ajuster celui qui faisait ronfler à grands coups le moteur de la Land Rover. Il fit mouche, d'un triple impact à la poitrine, mais son intervention survenait une seconde trop tard. Pédale d'embrayage brusquement relâchée, accélérateur à fond, le 4×4 fit un bond en avant qui tendit violemment la corde. Comme dans une vision cauchemardesque au ralenti, Frost assista impuissant à l'horrible spectacle. Les bras du prisonnier se relevèrent dans son dos, les épaules craquèrent et les membres arrachés s'éloignèrent au bout de la corde. Puis la Rover perdit de son élan et s'arrêta contre un arbre.

Il restait encore deux guérilleros. Le plus proche, en position agenouillée, tirait dans la direction du Mercenaire. Mais Frost s'était déplacé constamment depuis son entrée en scène. Il lui expédia trois projectiles qui le projetèrent sur le dos, reportant tout de suite son attention sur le dernier survivant. Celui-ci rampait sournoisement vers la jeune femme blonde, une machette rouge de sang à la main. Frost l'aligna, pressa la détente, mais il eut la désagréable surprise d'entendre le percuteur claquer à vide. Pas le temps de changer de chargeur. D'un geste automatique, il dégaina son Browning qui vint se placer en position de tir à l'instant où la sinistre lame se levait au-dessus de la gorge totalement exposée de la jeune femme. Le tir était délicat. Même touché à mort, le salaud pouvait encore abattre sa lourde lame. Les bras tendus devant lui, la crosse du Browning bien calée dans sa paume, Frost visa le poignet du type et commença son carton. Dès la seconde balle, il eut la satisfaction de voir la main nouée sur l'arme blanche se transformer en un magma sanguinolent. Le troisième coup claqua sur l'acier de la machette qui fut projetée à plusieurs mètres. Ensuite, il prit le temps de lui loger trois autres ogives creuses dans la poitrine et dans la gorge, puis s'élança vers la prisonnière.

La fille ne respirait plus que par courtes saccades rauques; elle s'asphyxiait. Il n'était pas question de démêler les nœuds. Frost dégaina le poignard Gerber, passa la lame derrière la nuque de la fille et trancha sèchement la crinière blonde. Brusquement déséquilibrée, elle plongea vers l'avant et il la retint de justesse. Une toux étranglée l'agita quelques instants et enfin elle sembla retrouver sa respiration. D'un second coup de lame, il lui libéra les poignets, la dégagea des débris de corde, et se recula pour la regarder.

— Ça ira ? questionna-t-il.

Il n'obtint aucune réponse. Son regard paraissait vide, dénué de toute expression. Manifestement, elle était en état de choc. Après une rapide inspection des alentours, le Mercenaire rechargea son pistolet, engagea un nouveau chargeur de trente cartouches dans le HK et alla contrôler l'efficacité de son intervention. Il ne vit aucun survivant parmi les assaillants dont les corps déchiquetés et éparpillés un peu partout commençaient à répandre une odeur écœurante de sang et de viscères éclatées.

Il s'agissait à présent de quitter très vite cette zone chaude. D'autres rebelles pouvaient arriver. Il empoigna un bras de la fille et l'entraîna dans la nuit. D'une démarche mécanique, elle se mit à le suivre, sans prononcer une seule parole et respirant par petits coups nerveux. Le Mercenaire avait l'impression de remorquer un automate.

Après une progression qui lui parut interminable, il aperçut l'emplacement de son camp. Au dernier moment, il se retint d'envoyer le signal prévu de reconnaissance, fit accroupir la fille et entreprit un mouvement circulaire prudent. Lorsqu'il eut accompli un demi-tour, il comprit que ses relations avec Joe-Joe étaient définitivement interrompues. Son regard habitué à la nuit venait de se poser sur le corps inerte de son guide étendu en travers des deux sièges avant de la Land Rover. Restant aux aguets, il s'en approcha, se baissa pour une inspection attentive. C'était bien ce qu'il soupçonnait. Le cadavre de Joe-Joe était piégé. On avait placé une grenade dégoupillée entre son dos et le siège passager. Sans doute un guérillero laissé en arrière garde et qui avait ensuite filé, peu désireux de se relancer seul dans la bagarre. Mais il avait laissé un cadeau empoisonné.

Frost s'éloigna d'une vingtaine de mètres. Avec une moue d'écœurement, il leva le HK et tira en visant l'emplacement de la grenade. L'explosion éclipsa la détonation du fusil d'assaut. Une grosse boule de feu enveloppa la Land Rover, portant à son sommet le corps désarticulé de Joe-Joe. C'était moche pour le pauvre type, mais il n'existait pas d'alternative. L'assassin vraisemblablement posté à bonne distance d'observation penserait que son piège avait fonctionné efficacement.

Il retrouva la fille à l'endroit exact où il l'avait laissée, dans le même état de semi-conscience morbide, le visage figé et le regard vide. La relevant, il la poussa en direction du camp assailli par les guérilleros, constatant qu'elle s'arrêtait dès qu'il cessait d'entretenir le mouvement. Il jura intérieurement, passa un bras autour de sa taille pour accélérer leur marche.

En arrivant sur les lieux du massacre, la première chose qu'il entendit, distinctement, fut le bruissement d'une multitude d'insectes qui s'affairaient déjà après les cadavres. Il fit asseoir la fille sur une grosse pierre.

— Je reviens tout de suite, expliqua-t-il brièvement en se dirigeant vers le 4 × 4.

Elle ne leva même pas les yeux vers lui. A la lueur faiblissante du feu de camp, il examina l'intérieur du véhicule, trouva à l'arrière des jerrycans pleins d'essence, un bidon en plastique contenant de l'eau, quelques provisions, et une lampe torche qu'il prit pour aller inspecter le dessous de la Rover. Il ne découvrit aucune fuite de liquide, essence, eau ou huile, malgré les nombreux impacts qui marquaient la carrosserie. Il fit ensuite tourner le moteur pendant quelques minutes, tendant l'oreille à l'affût d'un bruit anormal. Ça collait. Sautant à terre, il entreprit de sectionner la corde à laquelle étaient encore attachés les deux bras du supplicié, ramassa quelques Kalashnikov qu'il plaça à l'arrière de la Rover, puis alla chercher la fille et lui fit prendre place sur le fauteuil passager, lui passant la ceinture de sécurité.

Bientôt, il roula tous feux éteints, quittant la forêt pour la savane. La lune était presque pleine, aucun nuage ne souillait le ciel nocturne. Il y voyait suffisamment clair pour suivre la piste dans des conditions acceptables. Encore une douzaine d'heures à cette allure et il pourrait passer la frontière.

CHAPITRE VII

A plat ventre au sommet d'une butte, dissimulé par les hautes herbes, Hank Frost observait le village qui s'étendait en contrebas. Il abaissa ses jumelles pour s'essuyer le front avec son avant-bras. Il était 9 h 30 du matin et il faisait déjà très chaud.

La route de Bujumbura, capitale du Burundi, passait par cette petite agglomération qu'il leur avait été impossible de contourner. Très vite, le terrain était devenu montagneux. En pleine nuit, il eût été dangereux de s'écarter de la voie normale, surtout qu'un des essieux avant de la Rover avait été légèrement faussé par le choc contre le tronc d'arbre. Le seul endroit où Frost s'en était écarté se situait à une trentaine de kilomètres du lac Tanganyika, au passage de la rivière Ruzini. Un half-track bloquait le petit pont de fer. Il s'était donc résolu à longer le cours d'eau pour chercher un gué. Mais le franchissement n'en avait pas été aisé. Sans l'aide des phares, avec le seul éclairage de la lune, il avait craint un bon nombre de fois de se retrouver bloqué sur place et de devoir continuer à pied. Pestant constamment contre son handicap visuel, il avait finalement réussi à récupérer la piste montagneuse qui l'avait conduit jusqu'au village.

Ce qu'il voyait à environ deux cents mètres était moche. De nombreux cadavres gisaient par terre. Un nouveau massacre s'était déroulé. Hank avait évalué la situation. Une troupe de mercenaires s'était emparée de la place après avoir éliminé les soldats de l'armée régulière qui en avaient défendu l'accès.

Il fallait donc attendre avant de pouvoir reprendre la piste vers Bujumbura et cette attente risquait d'être longue. Frost promena un regard sur la fille allongée à côté de lui. Elle semblait être complètement étrangère à ce qui se passait, comme en état d'hypnose. Depuis qu'il la traînait avec lui, il n'avait pas une seule fois entendu le son de sa voix. Par instants, il se demandait s'il lui avait réellement rendu service en la sauvant de la mort. Il eut envie de la ramener à l'endroit où il avait dissimulé la Land Rover, haussa les épaules en songeant que livrée à elle-même elle était capable de n'importe quelle imprudence et surtout de les faire repérer.

Depuis trois quarts d'heure qu'il était en observation, le Mercenaire n'avait aperçu ni avion ni hélicoptère. Cela signifiait que Chapmann ne disposait que d'un budget très moyen ou bien qu'il limitait les dépenses au maximum pour mieux se remplir les poches — car il s'agissait à coup sûr d'une troupe du colonel, accompagnée par des soldats Bantous. A moins que Chapmann ait mobilisé le gros de ses forces pour une opération de plus grande envergure. Cette dernière hypothèse convenait à Frost car elle signifiait qu'au moins une partie de la troupe n'allait pas tarder à dégager le village.

Vers 10 h 30, en effet, les mercenaires se rassemblèrent et quittèrent rapidement les lieux, ne laissant sur place qu'une vingtaine de soldats Bantous, probablement des sbires de Kubinda.

Il était presque midi lorsque les soldats indigènes commencèrent à faire sortir des cases les femmes et les enfants. Aucun homme valide n'était visible, sans doute avaient-ils été tués au même titre que les défenseurs de l'armée régulière. Comprenant ce qui allait se passer, Hank prit la fille blonde par le bras, décidé à l'entraîner à l'écart. Cette fois, elle se raidit, toujours sans desserrer les lèvres, et le repoussa. Frost hésita, légèrement dérouté. C'était la première fois qu'il la voyait réagir et il jugea prudent de ne pas insister, reportant son attention sur le village en contrebas. Tandis que la plupart des spadassins se soûlaient consciencieusement, assis à même le sol ou déambulant avec des rires excités, quatre d'entre eux faisaient le tri des femmes. Ecartant les plus âgées, ils regroupèrent les jeunes dont beaucoup portaient des enfants en bas âge. L'homme au bandeau noir savait qu'aucun témoin ne serait laissé en vie. Une méthode simple et radicale ; celle que

Chapmann semblait avoir adoptée depuis quelque temps. Mais la tuerie n'allait pas intervenir immédiatement, c'était manifeste. Un grand Bantou portant des galons de lieutenant commença à se pavaner devant les femmes terrorisées. Il jeta son dévolu sur une jeune, presque encore une enfant, l'amena au milieu de la place et d'un geste violent lui arracha son boubou. Puis il tourna autour d'elle en l'examinant d'un air appréciateur, lui appliqua une grande claque sur les fesses, ce qui déclencha l'hilarité de ses hommes. L'instant suivant, il lui pinça le bout d'un sein et les éclats de rire redoublèrent. Visiblement satisfait de lui et jugeant que le numéro était suffisant, il la saisit par le poignet et la traîna vers une case. Quelques secondes plus tard, un hurlement s'éleva de la petite construction en pisé. Comme s'il s'agissait d'un signal, les autres Noirs se précipitèrent en vociférant sur les femmes épouvantées. Certains les saisissaient par les cheveux ou les poussaient à coups de crosses pour les conduire dans les cases dont la plupart étaient délabrées ; d'autres, plus impatients, leur déchiraient les vêtements et les faisaient tomber pour les violer à même le sol.

Frost serrait les mâchoires, la rage au ventre, impuissant devant l'ignoble spectacle. Il se dit un instant qu'il devait intervenir, mais il risquait ce faisant de totalement compromettre sa mission. L'esprit en proie au dilemme, il tourna la tête vers sa compagne d'infortune et poussa aussitôt un juron en voyant que la place était vide. Il regarda derrière lui. Aucun trace.

— Merde, merde ! lâcha-t-il entre ses dents en se laissant glisser le long de la pente.

Elle ne pouvait s'être éloignée qu'en passant à travers les broussailles, en direction de l'endroit où il avait laissée la Land Rover. Dès qu'il le jugea judicieux, il se redressa et se mit à courir. Bientôt, il l'aperçut à côté du véhicule, penchée sur la banquette arrière.

— Ne faites pas de conneries ! cracha-t-il sourdement.

Elle avait déjà saisi l'un des AK 47. Il se dressa devant elle, tendant la main pour saisir le fusil et ce ne fut vraiment qu'à cet instant qu'il s'aperçut comme elle était belle. Ses yeux avaient repris tout leur éclat et malgré la poussière qui lui salissait par endroits le visage, malgré ses cheveux coupés à l'emporte-pièce par le poignard de Frost, elle était infiniment désirable. Un souffle nouveau lui tendait la poitrine, sous la chemise dont les pans étaient noués autour de sa taille. Son jean très moulant lui donnait une allure de cow-girl que renforçait le gros flingue tenu d'une main ferme.

— Donnez-moi ça, fit-il sans pouvoir décrocher son regard de l'excitante silhouette.

Il n'eut pas le temps d'ajouter quoi que ce soit pour la convaincre. La crosse de l'AK 47 pivota sèchement et le frappa au bas-ventre. Une douleur fulgurante monta jusqu'à son estomac. Il entrevit une multitude de points lumineux qui dansèrent une farandole autour de lui, ayant vaguement conscience qu'elle s'élançait dans la direction de la butte. De longues secondes s'écoulèrent avant qu'il retrouve une vision normale et que s'atténue quelque peu la douleur. La garce n'avait pas frappé très fort, mais elle avait été précise. Il s'obligea à respirer lentement, à pleins poumons. Quand il fut à peu près valide, la situation s'imposa crûment à son esprit. Elle allait se faire bousiller par la bande de sauvages en rut, même si elle parvenait à en liquider quelques-uns. Et il doutait fort de ses aptitudes au tir. Qui plus est, lui-même serait repéré ; ils lui tomberaient dessus comme la vérole sur le bas clergé.

— Hé, merde! vociféra-t-il en actionnant le démarreur du 4 × 4.

La seconde suivante, il entendait le crépitement sporadique de l'AK 47. Apparemment, elle ne se comportait pas avec stupidité comme l'aurait fait n'importe quel débutant qui eût immanquablement vidé tout le chargeur d'une seule traite, mais tirait par petites rafales. Il avait repéré un passage entre la butte et des arbres rachitiques. Il lança le tout-terrain sur la pente, utilisant le crabotage et faisant hurler le moteur, déboucha brusquement en vue du terrain de combat et la vit tout de suite. Elle s'était accroupie derrière un gros rocher d'où elle expédiait ses rafales. Stoppant à son niveau dans un nuage de poussière, il cria :

— Montez! On fonce dans le tas!

Elle comprit au quart de tour et sauta à côté

de lui. Il embraya sèchement, prit aussitôt de la vitesse pour piquer droit devant lui en dégainant son Browning. Une bonne partie des soldats avaient interrompu leurs activités frénétiques et tiraient dans leur direction ; il louvoya pour échapper aux rafales. La jeune femme s'était dressée, debout contre le pare-brise et commençait à faire crépiter le Kalashnikov.

— Bande de pourris ! hurlait-elle dans le concert de mort qu'elle distribuait rageusement. Crevez tous, bon Dieu !

Assez facilement, ils en abattirent environ une dizaine, Frost se réservant ceux qui étaient les plus proches et les plus menaçants. Il plaça coup sur coup trois balles à pointes creuses dans les têtes de soldats déculottés qui ne semblaient pas encore avoir compris ce qui se passait et qui se relevaient maladroitement. La Land Rover traçait un sillage sinueux et rapide à travers le groupe en débandade, roulant parfois en cahotant sur des cadavres. Profitant de la confusion, les femmes encore vivantes s'enfuyaient, d'autres se jetaient sur leurs enfants pour les protéger.

— Accrochez-vous ! cria-t-il en virant sec pour revenir sur son parcours après avoir dépassé le périmètre de combat.

C'était ce qu'elle faisait depuis que son chargeur était vide. Dès qu'il eut redressé, elle enjamba le dossier de son siège pour s'emparer d'un autre AK 47 qu'elle mit en batterie, les genoux bloqués contre le dossier pour conserver son équilibre. Avec un rictus de froide détermination, elle arrosa deux types qui s'élançaient vers eux en tiraillant, l'arme à la hanche. Un autre tenta de s'accrocher au véhicule et reçut une balle de 9 mm qui lui fracassa la mâchoire. Il n'en restait que deux qui se redressaient pour s'enfuir avec une vélocité extrême vers une case. Frost poussa le moteur à fond, pointant le capot dans leur sillage. Le moins rapide reçut le pare-chocs dans le haut des cuisses, s'effondra et passa sous la carrosserie dans un hurlement démentiel. Le dernier survivant avait presque atteint la petite bâtisse et se retournait, complètement affolé. La grosse calandre lui arriva dessus comme une gueule monstrueuse, le percuta de plein fouet, l'écrasant contre le mur de pisé où il éclata dans un abominable jaillissement de viscères et d'os brisés qui pointèrent à travers son treillis.

Le Mercenaire passa la marche arrière, manœuvra pour prendre du champ et accéléra vers la piste transversale, en direction de l'est. L'œil rivé droit devant lui, il poussa le véhicule à l'extrême limite de ses moyens.

— On nous suit! lança la jeune femme qui s'était retournée.

En effet, une jeep chargée de quatre types en tenue de camouflage s'élançait sur leurs traces. Hank quitta brutalement le chemin rocailleux pour faire rouler la Rover sur un plateau, à travers une savane assez dense. C'est à cet instant qu'il vit dans le rétroviseur une masse métallique qui se déplaçait pour prendre l'axe suivi par la jeep.

— Un char US/M 48 ! grogna-t-il dans un souffle.

C'était un engin réformé de 1950, un vieux tacot racheté sans doute à bas prix par l'Etat-Major de Kubinda, mais certainement encore très capable de leur porter un coup définitif. Il n'aurait su dire de quelle cachette il avait jailli. Le blindé était probablement embusqué à la sortie est du village, en couverture, à moins qu'il soit arrivé au moment où ils commençaient à s'enfuir. Mais le résultat était le même. Il tendit le bras pour attirer l'attention de la jeune femme.

— Prenez le volant !

— Qu'est-ce que vous allez faire ? répliqua-t-elle en élevant la voix dans le grondement du moteur poussé en sur-régime.

— Ne vous occupez pas. Préparez-vous et foncez en slalom dès que j'aurai sauté !

Tandis qu'elle enjambait une nouvelle fois le dossier du siège, il se plaça au bord de la carrosserie et s'assura que sa compagne était en bonne position.

— Gaffe ! C'est à vous !

Tout de suite après, il sauta dans les hautes herbes, roulant sur lui-même pour amortir le choc. Dès qu'il put se stabiliser, il prit du recul. Il avait rapidement choisi le lieu de son intervention. A cet endroit, le sol était bosselé sur une vingtaine de mètres ; des masses rocheuses sortaient de la terre. Lui-même avait dû ralentir pour franchir le mauvais passage.

Immobile, invisible dans les herbes, il écouta

le bruit des véhicules en approche. Il entendit distinctement le changement de régime du moteur de la jeep qui devait freiner en cahotant sur le terrain difficile. Il en distingua vaguement les contours lorsqu'elle dépassa sa position, à basse vitesse. Le char aurait pu franchir les obstacles à allure constante, mais la jeep avait obligé son pilote à ralentir également. L'énorme masse arriva dans un tintamarre de bruits mécaniques, dansa dans les ornières et sur les bosses.

Frost s'élança en un mouvement tournant, courut derrière le char s'y accrocha et fit un rétablissement qui l'amena sur le blindage. Comme il le craignait, la tourelle était fermée. Machinalement, il se remémora un film dans lequel les chars d'assaut se promenaient toujours avec la tourelle ouverte, de manière que le bon héros puisse lancer sa grenade pour tuer les méchants et prendre possession de l'engin. Il se promit qu'un jour, si toutefois il survivait jusqu'à cette échéance, il écrirait un scénario de guerre où la séquence serait un peu plus compliquée. Mais dans le cas présent, le blindé semblait à peu près aussi étanche qu'un bathyscaphe et il n'avait pas de grenade sous la main.

Equipé d'un moteur de 810 chevaux, le lourd véhicule grignotait rapidement la distance qui le séparait de la jeep, dans l'intention évidente de la dépasser. Et puis soudain, Hank se jura de ne plus jamais douter de la technique des films hollywoodiens. Comme si un metteur en scène avait subitement décidé de lui donner un coup de pouce, la tourelle se rabattit vers l'extérieur. Une tête casquée apparut — probablement celle du commandant de bord — tournée vers la jeep. Une main fermement accrochée après une poignée métallique, le Mercenaire dégaina son Browning et colla une balle à travers la tête qui disparut dans la gueule du monstre. Frost s'engouffra dans l'ouverture, se lâcha des mains et atterrit sur le corps de sa victime. A l'intérieur, deux hommes s'activaient, l'un aux commandes de direction, l'autre devant la culasse du canon. Tout se passa très vite. Il tira deux fois, presque à bout portant sur les visages ahuris qui se tournaient vers lui. Puis, écartant le pilote, il prit les commandes du blindé, accéléra jusqu'à se trouver très près de la jeep et freina tout ce qu'il put. Avant même l'arrêt définitif, il avait abandonné les commandes et s'emparait de la double poignée du canon de 90 mm. Un obus était engagé dans la culasse. Il perdit trois ou quatre secondes à batailler avec le système de mise en ligne, ajusta le tir sur le véhicule qui s'éloignait et pressa le bouton de percussion. Il y eut un recul sec de la culasse montée sur coussin hydraulique, accompagné d'un grondement rauque. La jeep se volatilisa d'un seul coup, éparpillant des débris de métal et des corps démembrés.

— Je suis sacrément bon ! grinça Hank, les lèvres étirées dans un rictus sardonique.

Escaladant la petite échelle verticale, il passa le haut de son buste par la tourelle et regarda devant lui. Au bout d'un sillage laissé dans les hautes herbes, la Land Rover était en train de s'arrêter. La jeune femme lui adressait un signe avec le bras, puis virait pour revenir vers le char. Il prit le temps d'allumer une cigarette tordue dont il tira voluptueusement quelques bouffées. A la quatrième, le 4 × 4 stoppa à son niveau. La silhouette en jean et chemise défraîchie sauta au sol, fit quelques pas rapides dans sa direction. Les mains sur les hanches, elle s'arrêta et leva la tête :

— Joli coup, monsieur Frost !
— Ouais, rétorqua-t-il. Je crois maintenant que le terrain est vraiment dégagé.

Il réalisa soudain.

— Hé ! Vous m'avez bien appelé Frost ?
— Vous n'êtes pas Frost ? Hank Frost...

Il tira une nouvelle fois sur sa cigarette pour prendre le temps de réfléchir, dégringola du char et la considéra avec attention. Elle le regardait comme si elle le voyait pour la première fois, fixant sans vergogne son bandeau noir.

— Si nous faisions les présentations en ce qui vous concerne ? proposa-t-il.
— Répondez-moi d'abord. J'ai déjà posé la question.
— Et la question est bonne. Vous y avez très bien répondu. A vous.
— Je m'appelle Bess Stallman. Je suis reporter à l'INB Telecommunications Service.

Une petite moue anima son visage.

— Je crois que la moindre des choses serait que je vous remercie, monsieur Frost. Je me souviens vaguement que vous m'avez tirée d'un très mauvais pas...

— Un peu, oui ! Ça m'aurait ennuyé de laisser massacrer une si jolie frimousse.

Elle eut un sourire qu'elle réprima aussitôt. Ses traits se fermèrent.

— Soyons sérieux, fit-elle avec une lueur de mécontentement dans les yeux.

Hank suspendit le geste qu'il faisait pour porter la cigarette à ses lèvres.

— Ahurissant ! murmura-t-il.
— Pardon ?
— Je dis que vous êtes une drôle de fille. Vous échappez d'extrême justesse à une bande de cannibales, vous me suivez en restant totalement silencieuse pendant plus de quinze heures, ensuite vous participez à une bataille démente en vous comportant comme une furie en pleine crise et maintenant, tout ce que vous trouvez à dire c'est : « soyons sérieux »... Est-ce que tout est bien en place dans votre tête ?

Eludant la question, elle répliqua d'une manière toujours aussi heurtée :

— Pouvez-vous m'expliquer pourquoi mes cheveux sont dans cet état, monsieur Frost ?

Il sentit qu'il n'allait pas tarder à s'énerver, se contint à grand-peine.

— Je les ai coupés pour vous empêcher de mourir asphyxiée, madame Stallman. Est-ce que la réponse est satisfaisante ?

— Je ne vois pas ce que mes cheveux ont à voir avec l'asphyxie !

Il détourna la tête, écœuré.

— Ça ne fait rien. On va repartir, le coin pourrait devenir malsain.

Elle lui sourit soudain et changea radicalement d'attitude.

— Je vous suivrai, Frost. Mon intention était de faire un reportage sur les mercenaires. Et le projet tient toujours. C'est bien ainsi qu'on vous appelle, les mercenaires ?...

— Ouais. C'est tout ce que les gens ont trouvé comme nom, même si ça ne vous plaît pas.

— Je n'ai pas dit ça... Encore une question, si vous n'êtes pas trop pressé.

— Je le suis.

— Alors partons d'ici avec la Rover, nous parlerons en cours de trajet.

D'un pas décidé, elle alla s'installer sur le siège avant. Frost s'installa au volant avec résignation et démarra. Il lui fallait bien une journaliste dans les jambes pour continuer sa mission ! Et quelle journaliste ! Il songea que ses emmerdements ne faisaient que commencer.

Tout en sondant du regard le terrain devant lui, il fit un détour pour rejoindre la piste à une position éloignée du champ de bataille, au cas où le vacarme aurait attiré des curieux. Trois ou quatre kilomètres plus loin, la jeune femme blonde s'appuya du dos contre la portière pour le regarder, posa le coude sur le haut de son dossier et entama :

— Si je ne me trompe pas, vous êtes en chasse après un certain Marcus Chapmann.

— Qui vous a dit ça ?
— Je suis journaliste.
— Ah bon ? riposta Frost. Je croyais que vous étiez surtout un peu cinglée.

Pour la première fois depuis qu'il la connaissait, elle partit d'un éclat de rire.

— Les deux ne sont pas incompatibles. Je voulais dire que le métier de journaliste consiste avant tout à apprendre un maximum de choses. Et j'ai pas mal d'informateurs. J'ai appris ce qui s'est passé pour vous au Venezuela. J'ai su aussi que le colonel Chapmann était soupçonné d'avoir fait le coup, dans votre milieu. A la suite de ça, je me suis débrouillée pour avoir des renseignements sur vous, je me suis renseignée sur la position actuelle de Chapmann et j'ai tout de suite imaginé que vous étiez sur ses traces. La confirmation s'est imposée d'elle-même quand je vous ai reconnu tout à l'heure.

— Comment saviez-vous que j'avais survécu au coup fourré ?

— C'est presque un secret de polichinelle quand on est du métier.

« Donc Chapmann sait que je suis en vie, songea Hank. Il sera difficile de le surprendre. »

— Vous avez l'intention de le tuer, poursuivit-elle. N'est-ce pas ?

— Sans aucun doute. Peut-être trouvez-vous que j'en fais trop. Que je suis un type sanguinaire...

— Je n'en sais encore rien. Mais je suis sur place pour vous étudier, monsieur Frost.

CHAPITRE VIII

Ils avaient trouvé un refuge à une quarantaine de kilomètres de Bujumbura. Une grotte dont l'entrée était dissimulée par une petite cascade. L'endroit était humide et froid mais la chute d'eau formait un rideau rassurant et Frost avait allumé un feu. Il avait fait à la journaliste un récit succinct des événements, glissant rapidement sur la mort de ses compagnons. Elle ne se souvenait presque de rien concernant la période entre son agression et leur arrivée près du village indigène.

— Le seul embryon de souvenir qui me reste, avoua-t-elle, c'est vous. Je vous vois, l'air préoccupé, en train de me traîner un peu partout et d'essayer de me réconforter. Je crois que vous n'êtes pas vraiment un sale type en fin de compte. Vous seriez plutôt du genre mère poule.

Le Mercenaire sourit dans la pénombre. La clarté des flammes jouait au fond de sa prunelle gris-vert en lui donnant un éclat insolite. Il alluma une Camel et questionna :

— Comment avez-vous fait pour retrouver ma piste avec autant de précision ?

— C'est un de mes compagnons qui vous a repéré à Kinshasa. Ça n'a pas été trop difficile de vous suivre à distance.

— Et personne ne vous a conseillé d'être prudents en arrivant dans la zone sensible ?

— Vous parlez du feu ?

— On le voyait à des kilomètres. C'était purement suicidaire.

— Personne n'aurait imaginé ce qui s'est passé. Nous pensions que nous aurions peut-être affaire à des guérilleros, mais pas sauvages à ce point. Nous avions seulement un fusil de chasse, le mien. Le cameraman, le preneur de son et le réalisateur détestaient les armes à feu, d'ailleurs ils ne savaient pas s'en servir... Quand j'étais gamine, j'adorais accompagner mon père à la chasse. Il m'a appris à manier un fusil. Mais ça n'a pas servi à grand-chose...

Les derniers mots s'étranglèrent au fond de sa gorge.

— Je ne voudrais pas vous accabler, dit-il, mais c'était de la pure inconscience. Même les chasseurs les plus expérimentés ne s'aventurent jamais dans les secteurs fréquentés par les rebelles. Les missionnaires sont les seuls Européens qu'on trouve dans ces régions, et croyez-moi, ils sont armés et savent se défendre. A l'époque de la Rhodésie, on n'aurait jamais vu une femme aller faire ses courses sans emporter au moins une vraie carabine. J'ai même vu des gens faire leur partie de golf avec un fusil dans leur sac à clubs. Et pourquoi n'aviez-vous pas pris de guide ?

— Je vous ai dit que nous vous suivions. Nous n'en avons pas eu le temps et nous ne pensions pas en avoir besoin. Et puis... Oh, écoutez Frost, je n'ai pas envie de poursuivre cette discussion. Je ne me sens pas très bien...

La jeune femme se leva subitement. Tournant le dos au Mercenaire, elle alla se planter devant la chute d'eau. Il se leva aussi, envoya d'une pichenette son mégot dans le feu.

— Savez-vous faire la cuisine ou faites-vous partie des femmes trop libérées pour accepter ce genre de tâche, mademoiselle Stallman ? lança-t-il d'un ton légèrement agressif.

— D'abord, je m'appelle Bess, rétorqua-t-elle sans se retourner. Ensuite, je suis très capable de préparer un repas et enfin je suis d'accord pour le faire. Qu'est-ce que vous avez de comestible ?

Il lui montra le carton qu'il avait prélevé dans la Land Rover avant de la camoufler sous le couvert d'un bosquet à environ cinq cents mètres de la grotte.

— Ce sont les provisions que vous aviez amenées.

Pendant que la jeune femme se plongeait dans les préparatifs du dîner, Frost ouvrit son paquetage et en retira une carte à grande échelle de Bujumbura. Il la déplia à la lueur du feu et entreprit de l'étudier soigneusement, gravant la topographie de la ville dans sa mémoire. Absorbé par sa tâche, il perdit la notion du temps et fut soudain tiré de ses préoccupations par la voix de Bess Stallman :

— Hé ! Frost ! Vous devriez venir manger cette boustifaille avant qu'elle soit complètement figée.

Elle était à genoux près du petit réchaud à butane, une casserole à la main. Il alla la rejoindre, s'assit par terre en disant :

— Ça ne fait pas très longtemps que je vous connais, Bess. Mais il y a déjà une chose qui me plaît terriblement en vous. C'est... comment dire ? Cette féminité, cette délicatesse inimitables...

Sans répondre, elle lui tendit une écuelle pleine d'une mixture dont il ne parvint pas à identifier les divers composants. Il fit une grimace.

— Oh, ça va comme ça, Frost ! Si vous n'avez pas faim, personne ne vous force. Je vous conseille quand même de goûter, moi je trouve ça très bon.

Il goûta au brouet et crut reconnaître un mélange de bœuf en gelée et de haricots blancs à la sauce tomate. C'était à peine passable.

— Fantastique ! déclara-t-il. Pour tout vous avouer, c'est la première fois que je déguste un mets aussi exquis dans cette grotte.

Elle releva tout de suite :

— Parce que vous êtes déjà venu ici ?

— J'y viens chaque mois en week-end, répondit-il sérieusement, replongeant sa cuillère dans la mixture.

Avec sa curieuse habitude de changer de sujet sans préavis, elle demanda :

— Dites-moi, Frost, qu'est-ce qui s'est passé exactement avec mes cheveux ?

— Vous savez que je me prénomme Hank ?

— Je sais, fit-elle la bouche pleine. Mais je n'aime pas, ça fait nazi. Frost vous va beaucoup mieux.

— OK, Stallman ! rigola-t-il.

Puis il lui donna des détails sur sa coupe de cheveux express, ajoutant :

— Je vous préfère comme vous êtes maintenant.

— Comment ça ? se cabra-t-elle.

— Les cheveux courts et passablement agressive. L'ensemble s'harmonise parfaitement.

— Merci du compliment. Comment faites-vous pour être à la fois un gentleman et un homme des cavernes ?

— J'ai été élevé à cheval sur la ville et la campagne.

Ils terminèrent le repas en silence. Ensuite, elle prépara du café en poudre qu'elle mélangea avec une petite cuillère tordue par un ricochet de balle et relança la conversation :

— Dites-moi encore, Frost... Vous êtes un mercenaire, un dur à cuire. Vous tuez des gens à la pelle au point qu'on se demande si vous avez un quota hebdomadaire à assurer.

— Je vous ai vue aussi à l'œuvre, assura-t-il.

— Ça n'a rien à voir. J'étais sous le choc et je me rendais à peine compte de ce que je faisais.

Le Mercenaire trempa ses lèvres dans le café à peine chaud.

— Mais vous le faisiez sacrément bien. Est-ce que vous cherchez un enrôlement ?

— Il est question de vous pour l'instant. Comment êtes-vous à l'intérieur ?

— Qu'est-ce que peut bien représenter pour vous l'intérieur d'un mercenaire ? Quel intérêt y a-t-il ?

— Je m'instruis. Vous semblez oublier que vous avez devant vous un reporter.

— Ça oui ! Je m'efforçais vraiment de l'oublier.

— Quelle est votre vraie mentalité ? s'obstina-t-elle. Comment entrevoyez-vous les autres ?

— J'ai énormément de considération pour le sexe féminin, surtout quand il est aussi joliment représenté.

Elle soupira d'un air agacé.

— Je finis par croire que je n'arriverai à rien avec un type de votre espèce, affirma-t-elle.

— Tout dépend de ce que vous avez en tête ! sourit Frost.

Il sut qu'il venait de gagner un point en la voyant partir d'un éclat de rire.

— Vous êtes vraiment incroyable ! Sommes-nous dans un pique-nique et me faites-vous la cour, ou doit-on considérer que vous dites n'importe quelle stupidité pour détendre votre esprit exacerbé par l'odeur du sang ?

— Je vous fais vraiment la cour, Bess. Même si ce pique-nique n'est pas très bon.

— Ah bon ! acquiesça-t-elle d'un ton résigné. En fait, je pense que vous n'êtes pas aussi rustre et aussi salaud qu'on pourrait le croire en entendant parler de vous.

— Merci pour le compliment, il me va droit au cœur.

— Ce... heu... ce bandeau que vous portez, c'est dû à quoi ?

— C'est bidon. Je porte ça pour épater les copains et attirer les bonnes femmes fortunées qui ont envie de s'encanailler. Et puis, c'est pratique pour viser avec un flingue, on n'a pas besoin de fermer un œil.

— Pffftt ! Vous avez vraiment les réponses à toutes les questions. Comment faites-vous ?

— Je les prépare un mois à l'avance et je me les envoie par la poste pour être certain de ne pas les oublier.

A présent, elle le considérait avec attention, cherchant constamment à interpréter ses réactions. Dans un crochet verbal dont elle était coutumière, elle lança :

— Vous êtes malgré tout un type normal sur le plan physique. Pourquoi n'avez-vous pas tenté d'abuser de moi quand j'étais en plein cirage ? Ça aurait été facile.

— Si vous pensez qu'un type normalement constitué doit forcément profiter d'une fille parce qu'elle n'a passagèrement plus toute sa raison, alors je ne suis pas tout à fait normal. Bon, je crois qu'on devrait se reposer, le dernier trajet sera dur...

Elle se leva, vint près de lui et posa les mains à plat sur sa poitrine.

— Maintenant, j'ai toute ma raison, affirma-t-elle. Ça change un peu, non ?

— Hé bien... Est-ce vraiment le...

— Arrête ton cinéma et fais-moi l'amour, Frost. J'en ai besoin.

Une multitude de fourmillements agréables s'emparèrent de lui. Il sourit et baissa la tête pour l'embrasser sur le front, tendrement. Elle frissonna, puis se dégagea et alla ouvrir son sac de couchage dont elle étala les deux pans à proximité du feu. Ensuite, elle fit de même avec celui de Frost, le plaçant par-dessus. Un instant plus tard, elle commençait à se déshabiller rapidement. Il accompagna le mouvement et lorsqu'ils se retrouvèrent ensemble dans le lit improvisé, elle se lova aussitôt contre lui, l'embrassant farouchement. Ils laissèrent leurs corps faire connaissance. Puis la main de Bess descendit lentement pour explorer le terrain. Celle de Hank lui massait doucement la poitrine. Elle émit un petit râle de plaisir, souleva légèrement la tête pour le regarder et il vit son expression se figer.

— Frost !...

— Oui ?

— T'as pas les mains très propres.

Il eut la sensation subite que toute sa bonne volonté s'évadait d'un seul coup et qu'il allait récupérer son duvet pour dormir ailleurs. Puis un rire muet l'agita quelques instants.

— Bess ? fit-il lorsqu'il eut retrouvé un peu de sérieux.
— Oui ?
— Tu es toujours aussi romantique quand tu fais l'amour ?
— Tais-toi, Frost. C'est le manque d'habitude.
— Ne me dis pas que c'est la première fois.
— C'est la première fois que je suis dans un lit en compagnie d'un homme avec des mains pareilles. Tu...

Il lui ferma la bouche d'un baiser en continuant de la caresser et bientôt il sentit ses ongles s'enfoncer dans sa nuque et ses épaules. Cambrant brusquement les reins, elle prit possession de lui, le souffle court, puis commença à onduler en émettant un ronronnement de tigresse amoureuse. Les instants suivants ressemblèrent plus à une démonstration de lutte japonaise qu'à des ébats amoureux. Enfin, le corps de Bess Stallman s'arqua impétueusement ; elle poussa un gémissement interminable, écarta les bras et se laissa retomber en arrière, complètement inerte.

— Je crois que je suis cassée de partout, dit-elle en ouvrant les yeux.

Ils restèrent quelque temps ainsi à reprendre leur souffle, puis elle releva la tête.

— Tu pèses combien, Frost ?
— Je ne sais pas exactement. Dans les quatre-vingts kilos peut-être.
— Tu ne piges pas mon problème ?

Il grimaça et se laissa rouler sur le côté,

ramena sur lui un pan du duvet. L'intensité du feu diminuait. Les flammèches dansantes dessinaient des bandes sinueuses et rapides sur les parois de la grotte. Il pensa à ce qu'allait être la journée de demain, rejeta sa préoccupation en se disant qu'il serait bien temps d'y songer à son réveil et commença doucement à s'endormir. Il ressentait douloureusement le manque de sommeil de la nuit passée et surtout les contusions qui l'avaient marqué au cours de ses deux combats.

— Bonne nuit, Frost! dit Bess en se pelotonnant contre lui.

Il faisait déjà jour lorsqu'il s'éveilla. A quatre pattes sur le sac de couchage, Bess tendait le bras vers la casserole de café qu'elle avait mis à réchauffer sur les braises. Elle était vêtue en tout et pour tout d'une chemise trop grande empruntée à Frost. Un sourire aux lèvres, il contempla les somptueuses rondeurs qui s'offraient à sa vue. Elle servit le café puis se retourna, un gobelet à la main et surprit son regard.

— Dites donc, espèce de cochon!
— Fallait pas tenter le diable, répliqua Hank.
— Tu m'as l'air en effet d'avoir des idées plutôt diaboliques dans la tête... Au fait, pour en revenir à des choses romantiques comme tu

les aimes, il y a quand même un drôle de problème dans ce pays...

Il fallait lui dire que le problème consistait surtout en une jeune journaliste écervelée dont il n'allait pas trop savoir que faire, mais il se retint de justesse.

— Ah oui ?

— Comment fait-on pour se laver ? Je n'ai pas du tout envie de sentir le vieux maquereau.

Il pointa un doigt vers la sortie de la grotte et la chute d'eau irisée par le soleil du matin.

— Tu crois qu'on a le temps et que c'est prudent ? demanda-t-elle.

— Je n'ai pas non plus envie de traîner derrière moi une sardine dessalée, mademoiselle Stallman. Je vais monter la garde pendant que tu feras tes ablutions. Ensuite, on permutera.

Plongeant la main dans son paquetage, il en retira un gros pain de savon.

Lorsqu'ils furent tous deux douchés, Bess emprunta à Frost la paire de ciseaux qu'il utilisait pour tailler sa moustache et un petit miroir. Il alla puiser une écuelle d'eau à la cascade et commença à se raser en se demandant assez hypocritement ce qui le poussait à un tel souci d'esthétique. Pour rien au monde, il ne se serait avoué que c'était à cause de cette fille qu'il connaissait à peine. Quand il eut terminé, elle vint se placer devant lui, pirouetta sur une jambe et demanda :

— Comment trouves-tu ma nouvelle coupe de cheveux ?

Elle se les était coupés à la garçonne.

— Superbe ! répondit Frost en toute sincérité.

Il était presque six heures. Plus question de s'attarder. Vingt minutes plus tard, ils rejoignaient la Land Rover, Hank vérifiant méticuleusement toutes les marques qu'il avait disposées la veille. Les seuls changements étaient visiblement dus à des animaux de passage. Satisfait sur ce point, il donna un fusil à la jeune femme, lui conseilla d'ouvrir les yeux et partit inspecter la piste en aval.

Lorsqu'il revint sur les lieux, il la découvrit couchée à plat ventre dans l'herbe, l'AK 47 pointé devant elle.

— Tout se présente bien, indiqua-t-il. On devra quand même faire très attention, la zone est chaude. Allez, on embarque !

Frost savait que la capitale était tombée aux mains de Kubinda et donc sérieusement gardée par les mercenaires de Chapmann. Il y avait aussi les deux autres factions rivales — guérilleros marxistes et soldats loyalistes — qui pouvaient à tout moment tenter un raid de récupération. Bujumbura, mis à part son intérêt politico-militaire, était un lieu de troc, de marché, d'activités diverses avec tous les mouvements de foule que cela impliquait dans un petit pays africain. C'était sur ce fait que comptait l'homme au bandeau noir pour déjouer les surveillances.

Au moment où ils arrivaient en vue de la ville, son plan d'action était au point. Il fit une halte à l'entrée d'une courbe de la route et escalada une hauteur afin de surveiller la voie d'accès à bonne distance. Il ne s'agissait plus que d'avoir un peu de patience, mais l'attente, finalement, fut de courte durée. Une jeep arrivait à allure moyenne à environ huit cents mètres. Il courut rejoindre la jeune femme.

— Tu es prête ? fit-il en lui tendant son pistolet qu'elle glissa sous sa ceinture, contre ses reins.

Elle acquiesça en faisant un petit signe, pouce levé.

— Si tu sens que ça tourne mal, sers-toi du flingue. Je serai là pour te couvrir. Maintenant, file te mettre en place.

Leur Land Rover était arrêtée contre le tronc d'un arbre, le pare-chocs et l'aile endommagés bien visibles depuis la route. Frost avait poussé le perfectionnisme jusqu'à ouvrir le capot moteur et à casser le pare-brise avec une grosse pierre.

Comme la jeep approchait, il distingua mieux les deux occupants. Le chauffeur était un caporal noir de l'armée de Kubinda, le passager un capitaine blanc vêtu d'une tenue de combat bariolée. Un mercenaire. Il y avait deux risques dans le plan de Frost et il ne l'ignorait pas. Le premier était simple et somme toute mineur. La capitale étant toute proche, les deux hommes allaient peut-être se contenter de lancer un message radio et poursuivre leur route. Le second était beaucoup plus grave. Il pouvaient tout bonnement rouler sur le corps de Bess étendu en travers de la route.

Le cœur du Mercenaire fit un bond dans sa poitrine. La jeep arrivait en accélérant, d'après le ronflement soudain qu'il percevait. Puis elle amorça le virage. Il vit le conducteur qui se raidissait en freinant. Il souffla quand le véhicule s'arrêta près de la Rover. C'était une Toyota d'un modèle récent. Les occupants en descendirent pour s'approcher du corps inerte. Bess jouait parfaitement son rôle. les traits déformés par une grimace de souffrance, elle releva la tête puis la laissa tomber lourdement sur le sol en poussant un gémissement. Frost bondit hors de sa planque, le HK pointé sur les deux types.

— Attrapez les nuages, les mecs ! cria-t-il.

Instinctivement, les deux soldats firent un geste pour porter la main à leurs revolvers, mais se ravisèrent immédiatement devant la menace du fusil d'assaut. Bess se relevait, pistolet au point. Elle recula de quelques pas sans cesser de les tenir en joue.

— Qu'est-ce que c'est que cette salade ? lâcha hargneusement le type au grade de capitaine.

— T'occupe ! gronda Frost. Posez tous les deux vos ceinturons et vos holsters sur la route. Vite !

Ils s'exécutèrent.

— OK ! Maintenant, appuyez-vous sur la jeep et placez vos mains dans le dos.

S'arrangeant pour éviter de passer dans l'axe de tir de la jeune femme, il alla leur ligoter les poignets puis les poussa sous les arbres en bordure de la chaussée, les attacha fortement à l'un d'eux et leur fit les poches. La chance lui souriait. D'après un ordre de mission qu'il découvrit, le jeune mercenaire était en poste à une centaine de kilomètres de Bujumbura et il était probablement inconnu des gardes contrôlant l'entrée de la capitale. Probable mais pas certain, se dit Frost. Il faudra quand même se méfier.

La Toyota était marquée sur les portières de l'emblème des troupes de Chapmann. Ils y entassèrent leur matériel et reprirent la route.

Un peu plus tard, Bess demanda :

— Pourquoi n'as-tu pas liquidé ces hommes ?

— Parce que je ne suis pas un assassin, répondit-il. Ils n'étaient pas directement menaçants et en plus ils se sont arrêtés pour te porter secours.

— Tu parles sérieusement ?

— Très sérieusement.

— J'avoue que je ne comprends plus très bien. Hier, tu envoies tellement de gens en l'air que je ne suis même pas capable d'en faire le compte et aujourd'hui tu joues capitaine Miséricorde...

Frost réprima un grognement excédé.

— Bon, d'accord, j'ai fait ça pour t'en foutre plein la vue.

— Quoi ? L'hécatombe ou la grâce ?

— Ça te dérangerait, mademoiselle Stallman, de fermer un peu ta machine à questions ? J'ai besoin de réfléchir.

Elle s'enferma dans le mutisme.

Il était un peu plus d'une heure de l'après-midi lorsqu'ils atteignirent le faisceau de petites routes qui convergeaient comme un entonnoir vers les principales portes de la ville.

— Tu tiens toujours à me suivre au bout du voyage ? demanda Hank à la jeune femme.

— Plus que jamais ! Essaie un peu de te débarrasser de moi...

— Alors, j'espère que tu as bien compris ton rôle. N'oublies pas l'accent allemand, ça colle avec le personnage. La fille de Chapmann a fait toutes ses études en République fédérale.

Une file de véhicules se tenait en attente de vérification devant la porte la plus proche. Ils stoppèrent pour attendre leur tour. Devant eux, un camion chargé de poulets envoyait des nuées de plumes et des effluves nauséabondes à chaque souffle de vent. Frost avait ôté son bandeau et portait des lunettes de motocycliste à verres teintés trouvés dans le vide-poche du véhicule ; ce qui n'avait rien d'invraisemblable vu l'état de la piste.

Les soldats de garde réglèrent rapidement les formalités avec un véhicule militaire puis passèrent au camion de volailles. Ils firent descendre le chauffeur de sa cabine et le palpèrent des pieds à la tête. Le Mercenaire observa la procédure, repérant également la puissance de feu en cas de coup dur. Six hommes armés se tenaient hors du poste de garde ; deux se chargeaient du contrôle et quatre autres surveillaient les opérations tout en faisant circuler les véhicules qui avaient satisfait aux vérifications. C'était également eux qui s'occupaient des quelques rares piétons. Frost songea que s'il avait été chargé d'organiser le contrôle, il aurait prévu deux files : une pour les voitures officielles et militaires, une autre pour les véhicules civils.

Finalement, le camion de poulets démarra dans un nuage de fumée délétère.

— Capitaine Havenshire, deuxième brigade, déclara-t-il sans descendre de la jeep. Je conduis mademoiselle Chapmann chez son père et je ne voudrais pas être en retard.

— Naturellement, Capitaine ! fit le garde. Mes respects, mademoiselle Chapmann, ajouta-t-il en esquissant une courbette maladroite.

Hank entendit sa compagne débiter une phrase ahurissante dans un allemand très approximatif. Il crut comprendre qu'elle se disait ravie à l'idée de revoir son cher papa qui avait bien de la chance de commander des soldats aussi courtois.

L'homme recula d'un pas et salua. Frost rendit sèchement le salut, desserra le frein à main et accéléra. Dès qu'ils furent à l'intérieur des murs, il se tourna vers Bess :

— Tu ne m'avais pas dit que tu parlais allemand.

— C'est du yiddish et ça y ressemble. Ma grand-mère était juive et elle me racontait sa vie en yiddish.

— Ouais. Bon, fais quand même attention, il y a pas mal d'Allemands dans l'entourage de Chapmann. Des gars plutôt fascho. Ils n'aimeraient peut-être pas. Ça leur ferait une raison supplémentaire de nous buter. On va déjà avoir assez de mal à s'en sortir.

CHAPITRE IX

Hank Frost connaissait un peu la capitale du Burundi. Il y était déjà venu à deux occasions professionnelles et il trouva assez facilement son chemin. La ville était constituée d'un ensemble disparate d'immeubles allant de la construction ultramoderne au taudis du quartier populaire — qui représentait la plus grande partie de Bujumbura.

Il gara la jeep dans une artère principale puis, accompagné de la jeune femme, s'achemina dans un dédale de ruelles pour bientôt s'arrêter devant une boutique dont le rideau de fer était baissé. Il y tambourina, attendit de longues secondes avant de voir s'entrouvrir une petite porte latérale.

— Oui ? fit une voix aiguë en français.
— Je viens voir Ahmed Benzahdi, annonça Frost.

La porte s'ouvrit un peu plus, démasquant un gros visage lunaire coupé en deux par une énorme moustache poivre et sel. Une chaîne de sécurité bloquait le battant.

— Le magasin est ouvert de l'autre côté sur la rue, reprit la voix de fausset.

Le Mercenaire enleva ses lunettes puis, plaçant une main sur son œil gauche, lança :

— Hé bien, Ahmed, on ne reconnaît plus les amis ?

— Hank ! s'exclama le personnage à demi visible. Par Allah ! On m'avait dit que tu étais mort. Entre vite.

La chaîne cliqueta. La porte s'ouvrit complètement. Frost poussa la jeune femme dans une petite arrière-boutique sombre encombrée de caisses et de cartons. Au lieu de retourner dans son magasin, le petit homme corpulent les pilota vers un escalier de bois. Arrivé sur le palier du premier étage, il tira de son gousset une clé en cuivre qu'il introduisit dans la serrure d'une vieille porte qui grinça terriblement en s'ouvrant. De l'autre côté, le décor changeait complètement. C'était une vaste pièce claire meublée d'ottomanes, de tables basses en marqueterie, de poufs et de coussins ornés de brocart. Les murs étaient tapissés de somptueuses draperies et on y avait aussi accroché des toiles de maître de diverses origines. Deux grands tapis persans recouvraient partiellement un parquet fabriqué en essences rares. Par une porte en ogive, on entendait dans une pièce attenante des femmes qui parlaient d'une voix feutrée. Collée contre Frost, Bess émit un petit bruit de bouche appréciateur tandis qu'il replaçait son bandeau noir.

— Ahmed est diamantaire, la renseigna-t-il à voix basse.

D'un geste large, Benzahdi invita ses hôtes à prendre place sur un canapé ottoman, s'assit en face d'eux et frappa dans ses mains. Aussitôt, deux femmes voilées apparurent. Le maître de maison donna quelques ordres en arabe et elles s'éclipsèrent pour réapparaître quelques instants plus tard, apportant une coupe de fruits, une carafe de vin et deux verres de cristal qu'elles déposèrent devant les invités occidentaux.

— Comment vont ta femme et tes filles ? s'enquit courtoisement Frost.

— Elles vont très bien, Hank, je te remercie. Mais tu ne m'as pas encore présenté la jeune fille qui t'accompagne.

— Excuse-moi, Ahmed. Voici Bess Stallman, c'est une journaliste. Ses compagnons de voyage ont été tués par les guérilleros, depuis nous voyageons ensemble.

— Nous vivons une terrible époque, commenta le Marocain. Je suis navré pour vous, mademoiselle... Et toi, Hank, comment as-tu fait pour entrer en ville ? Si ce qu'on m'a raconté est exact, je suppose malgré l'uniforme que tu as sur le dos que tu ne viens pas travailler pour Chapmann.

Le Mercenaire fit claquer son briquet et alluma une Camel. La seconde d'après, l'une des femmes entra dans la pièce pour déposer un cendrier à côté de lui. « C'est beau la transmission de pensée », songea Frost tout en se demandant si la créature voilée était l'une des filles ou la propre épouse de Benzahdi — il savait qu'il avait depuis longtemps abandonné la polygamie. Non, conclut-il finalement, vu la minceur, il s'agissait plus vraisemblablement d'une des deux gamines.

Il tira une bouffée de fumée, répondit :

— Je viens voir à quoi Chapmann s'amuse depuis qu'il a tué tous mes copains.

— C'est donc vrai !...

— Je suis le seul survivant.

Puis il remplit de vin les deux verres de cristal et fit au Marocain un bref récit des événements.

— Voilà l'essentiel, Ahmed. Je suis venu liquider Chapmann et récupérer l'argent que lui a rapporté le massacre de mes camarades. J'ai l'intention de contacter Pete Curtis, on m'a dit qu'il travaille toujours ici pour la CIA. Tu es au courant, je crois...

Le diamantaire fit entendre un petit rire aigu.

— Mon cher Hank, je suis...

Depuis le début, l'entretien se déroulait en français, que Frost parlait couramment.

— Comment dit-on, déjà ?... Ah oui, au parfum ! Je suis au parfum.

Le Mercenaire sourit à son tour.

— Je sais que tu fais le plus gros de ton chiffre d'affaires non sur la vente des pierres mais sur celle des renseignements, Ahmed.

— Que veux-tu, les temps sont durs. Et tu peux te vanter que je sois particulièrement en relation avec Curtis ces derniers temps. Il y a pas mal de gens qui voudraient bien savoir où trouver le représentant de l'Agence et qui paieraient cher pour ça ! Je sais aussi où est Chapmann. Enfin... où il se trouvait la semaine dernière. A partir de là, tu devrais pouvoir remonter sa piste s'il a déménagé.

— Peux-tu m'aider ? demanda Frost.

— Allah m'en est témoin, je n'ai rien à te refuser, Hank.

Benzahdi se tourna vers Bess qui s'appliquait à suivre le dialogue et expliqua :

— Il y a deux ans, ma fille cadette a été enlevée par des voyous qui me réclamaient une rançon. Grâce à Hank, je l'ai récupérée vivante. En bonne santé et surtout intacte dans sa vertu.

Sans attendre de commentaire, il revint à Frost et questionna :

— Que veux-tu exactement ?

— D'abord savoir où je peux trouver Curtis. Ensuite, je voudrais que tu me passes tes informations concernant les mouvements et les opérations de Chapmann. Et... encore une chose.

Le Marocain avait l'esprit vif.

— Elle ? fit-il en regardant Bess Stallman.

— Oui. Ecoute, Ahmed, je ne veux pas te raconter d'histoire. Elle est juive. Peux-tu l'héberger quelque temps pendant que je prends contact avec Curtis ?

— Aucun problème. Elle sera ici en toute sécurité.

— Hé là ! Doucement ! intervint la jeune femme. Il n'est pas question que je te quitte.

Frost s'attendait à cette réaction. Il s'apprêtait à la contrer, mais le diamantaire arabe le devança :

— Mademoiselle Stallman, vous êtes sans doute suffisamment intelligente pour comprendre la situation. Quand on s'apercevra que la fille du colonel Chapmann n'est pas en ville, il sera certainement difficile aux jeunes femmes blondes de se déplacer sans être immédiatement interpellées. D'autant plus qu'elles sont peu nombreuses à Bujumbura. Les soldats du poste de garde ont sûrement fait passer l'information.

— Je ne vais quand même pas rester enfermée pendant que tu te promèneras dehors ! protesta-t-elle avec véhémence.

— Vous pourrez sortir de temps en temps. Il suffira que vous vous habilliez à la manière arabe et que vous portiez le voile.

— Quoi ? Ah ça non ! Certainement pas. Excusez-moi, monsieur Benzahdi, mais il n'est pas question que je me trimbale avec ce... avec ce truc !

— Ça va bien, Bess ! intervint Frost. Ne me complique pas la vie. Peut-être préfères-tu que Chapmann t'offre en cadeau à ses hommes ?

Elle cessa brusquement de protester. La remarque faisait son chemin dans son esprit. Raflant le paquet de Camel sur la table, elle fit ensuite claquer nerveusement le Zippo de Hank et alluma une cigarette.

— Je croyais que tu ne fumais pas, remarqua le Mercenaire.

— Ça fait deux ans que j'ai arrêté, monsieur Frost. Mais il y a des circonstances dans la vie qui vous font oublier toutes vos bonnes résolutions !

*
**

Une demi-heure plus tard, les lunettes de motocycliste sur le nez, Frost s'installait au volant de la Toyota et démarrait en direction de la société d'import-export que lui avait indiquée Benzahdi. Il s'y présenta comme un ami du diamantaire, mais eut la déception d'apprendre que Pete Curtis était en déplacement dans un camp à une soixantaine de kilomètres de Bujumbura.

Il repéra les coordonnées sur sa carte d'état-major, puis il vérifia le niveau de son réservoir d'essence. C'était suffisant. En outre, il avait deux jerrycans pleins à l'arrière du véhicule.

La sortie de la ville ne lui posa aucun problème, avec les plaques militaires d'identification fixées sur son véhicule. Au bout d'une demi-heure de route, il emprunta une piste qu'il l'amena assez rapidement dans la région montagneuse où Curtis s'était rendu. A mesure qu'il grimpait, des flaques boueuses de plus en plus fréquentes indiquaient qu'il avait plu abondamment dans cette zone. Il connaissait ces pluies diluviennes et brèves qui pouvaient transformer en quelques instants la terre sèche en un bourbier difficilement praticable. Après une vingtaine de minutes de progression pénible, s'aidant du crabot, le ruban d'argile dérapante cessa brusquement. Il fit halte, chargea son paquetage sur une épaule, le HK sur l'autre, et poursuivit son chemin à pied. Il avait replacé le bandeau noir sur son front.

Avançant avec lenteur, glissant souvent sur la terre argileuse et ruisselante, il eut soudain la notion d'un danger et se figea sur place. Une tête venait d'apparaître au-dessus d'un aplomb rocheux. Levant son fusil d'assaut, canon pointé vers le bas, il cria :

— Je suis un ami de Curtis ! Je m'appelle Hank Frost !

Aucune réponse. Les secondes s'égrenèrent silencieusement. Il cria de nouveau, puis se dit que les guetteurs qu'il devinait postés autour de lui ne comprenaient sans doute pas l'anglais. Frost se débrouillait très bien en français, en espagnol et un peu en allemand. Mais il ne connaissait aucun mot des innombrables dialectes locaux.

Au terme d'une longue attente, quatre hommes se démasquèrent prudemment et avancèrent vers lui. C'étaient des Noirs et ils portaient l'uniforme de l'armée nationale.

— Hé les gars ! Vous parlez anglais ? demanda-t-il en s'efforçant d'afficher un sourire bienveillant. N'ayez aucune crainte, je ne travaille pas avec Chapmann.

C'était la gaffe qu'il ne fallait pas faire et il s'en aperçut immédiatement. Les quatre Noirs ne connaissaient de toute évidence aucun mot d'anglais, mais le nom de Chapmann dut leur faire l'effet d'une décharge électrique car ils se ruèrent sur lui, jugeant apparemment inutile de gaspiller des munitions ; ils se sentaient suffisamment en force. Il évita le premier, le fauchant d'un coup de pied latéral qu'il doubla en direction du second, l'atteignant à l'estomac et sauta en arrière pour prendre du recul.

— Nom de Dieu, écoutez-moi ! Pete Curtis est un ami !

Peine perdue. Les deux autres se jetaient sur lui. Il se baissa à l'instant où le plus petit tentait de le frapper avec la crosse de son fusil, le cueillit d'un athémi à la gorge. Mais le dernier du lot avait réussi à le ceinturer par derrière. Un colosse qui le dépassait d'une tête, les bras énormes se resserrèrent autour de la poitrine de Frost, bloquant les siens. Il tenta désespérément un coup de coude sans aucun résultat. Impossible également de l'atteindre avec les pieds. Le grand Noir avait sans aucun doute pratiqué la lutte. Le sang commençait à battre aux tempes de Frost. Comprenant qu'il ne lui restait que quelques secondes avant de perdre connaissance, il rassembla son énergie, feinta en laissant croire qu'il tentait un mouvement arrière et se baissa brusquement. Sa main droite parvint à attraper la braguette de son adversaire. Il serra les doigts sur quelque chose de mou, eut la satisfaction d'entendre un gémissement au-dessus de sa tête et l'étreinte se desserra. C'était ce qu'il attendait. Lâchant prise, il put dégager son bras droit qu'il envoya aussi loin que possible derrière lui, accrochant ce qui lui tombait sous la main. C'était le nez de son adversaire. Il y enfonça deux doigts, comme des crochets, et tira brutalement. Un rugissement lui déchira les tympans. L'étau se relâcha d'un coup et il en profita pour se projeter hors de portée du colosse, dégainant en même temps son pistolet.

Il respirait encore difficilement et était bien décidé à faire usage de son arme si l'autre repartait à la charge. Subitement, un ordre claqua un peu plus haut sur le chemin bourbeux. La courte phrase avait été jetée en dialecte bahutu, mais Frost reconnut la voix de Pete Curtis. A deux mètres de lui, l'énorme masse de muscles se tenait le nez d'une main et geignait doucement. Puis Curtis apparut, lançant de nouvelles directives incompréhensibles pour Hank. Deux autres Noirs l'accompagnaient.

— Tu repasseras pour l'accueil, fit Frost en s'efforçant de ramener sa respiration à un rythme normal.

— Désolé, vieux ! rétorqua l'homme de la CIA. Je ne pouvais pas deviner que tu t'amènerais près de ce camp. Ces types ont des consignes spéciales.

Curtis évalua d'un coup d'œil les dégâts. Deux soldats gisaient encore dans la boue, un autre se massait la gorge et le grand costaud considérait d'un air pitoyable la main tachée de sang avec laquelle il s'était palpé le nez.

— J'espère que tu n'es pas venu seulement pour bousiller mes hommes, ajouta Curtis.

— Tes hommes ?

— Je t'expliquerai, la situation est assez compliquée. Bon, je t'amène au camp. Le café est infect, mais il n'y a rien d'autre à boire.

Le campement consistait en six grandes tentes militaires camouflées au milieu d'un amas rocheux semi-circulaire et de grandes broussailles. Des véhicules tout terrain stationnaient un peu partout dans le désordre. La tente de Curtis avait été montée légèrement à l'écart et était beaucoup plus petite.

Ils s'installèrent en plein air devant les reliefs d'un feu de camp. Un soldat était venu leur apporter du café. Finalement, il n'était pas si mauvais que ça ; encore fallait-il l'absorber sous les regards vindicatifs des quatre types qui avaient failli mettre Frost en pièces un moment plus tôt et dont l'un, affublé d'un gros pansement blanc ou centre d'une bouille d'ébène, ressemblait à un épouvantail pathétique.

Le Mercenaire avait déjà évalué les effectifs. Le camp devait abriter une soixantaine d'hommes au plus. Tous paraissaient relativement bien armés, mais il ne voyait pas d'armement lourd. S'ils possédaient de l'artillerie, des mortiers et des blindés, ceux-ci devaient se trouver à l'écart. Et si cette troupe constituait tout ce qui restait de l'armée nationale, leur cause était perdue d'avance.

— Tu es là pour Chapmann ? dit Curtis qui paraissait deviner les pensées de son vis-à-vis.

Hank hocha affirmativement la tête.

— Ça m'ennuie plutôt, poursuivit l'homme de la CIA. Je suppose que tu voudrais un coup de main...

— Si ce n'est pas trop te demander.

— Franchement... Peux-tu me dire pourquoi la CIA voudrait la peau de ce type ?

— C'est un fumier.

— Je m'en doute, mais c'est pas suffisant, Hank, ricana Curtis. Bousiller Chapmann ne fait pas partie de ma mission. Sa mort ne m'empêcherait pas de dormir, mais le problème c'est que je ne peux pas utiliser mes hommes et mon matériel pour satisfaire une vendetta. Tu vois de quoi je dispose ? C'est plutôt limité. De plus, pour une raison encore totalement incompréhensible, le Département d'Etat soutient ce mec...

— C'est tout ce qu'il reste de l'armée ? questionna Frost.

— Pas tout à fait, non. Le colonel Bagaza est retranché dans un camp secret avec d'autres hommes. Il y a aussi un autre camp à peu près semblable à celui-ci à une trentaine de kilomètres. En accord avec Bagaza, j'ai pris la tête de ce détachement avec la bénédiction de l'Agence... Au fait, comment as-tu fait pour me trouver ?

— D'abord Benzahdi, ensuite ta boîte d'import-export. N'aie aucune crainte, ils ne m'ont pas donné facilement tes coordonnées. Il a fallu que je leur surine la phrase de reconnaissance de Benzahdi et que je leur prouve que je te connais réellement...

— OK... Pour en revenir à la situation, on est en plein merdier.

— On le dirait.

— De plus, je ne peux pas risquer pour l'instant la moindre bavure. Imagine ce qui se passerait si les journaux et la télé publiaient la nouvelle que la CIA est en train de tripoter les affaires intérieures du Burundi ?

— J'imagine, fit Frost d'un air absent.

— Et puis... il y aussi des pressions qui s'exercent depuis le Département d'Etat sur la CIA. Je n'ai pas encore réussi à comprendre de quelle couleur est la magouille, mais je suis plutôt emmouscaillé. L'Agence veut que je passe la marche avant tout en gardant le pied sur le frein et en m'apprêtant à virer sec. C'est...

Le Mercenaire regardait dans le vide, le visage fermé.

— Ça ne fait rien, vieux, lâcha-t-il doucement.

— Hé merde ! grogna Curtis. Ne prends pas ton air d'abruti, je ne suis pour rien dans cette foutue situation. Du moins, je veux dire que je ne la contrôle pas comme je le voudrais.

— Ça va, Pete, j'ai compris que tu ne pouvais pas m'aider. C'est pas de ta faute.

— Attends un peu, tu veux...

— Attendre quoi ?

— On peut discuter, non ?

— Je veux bien, mais je m'aperçois que tu as suffisamment de problèmes. En plus de ça, tu vas me bénir quand tu apprendras que je traîne avec moi un poids mort. Il pèse à peine soixante kilos, mais il est fragile et je ne voudrais pas qu'il lui arrive quelque chose.

— Qu'est-ce que c'est que cette histoire ? grinça Curtis.

— C'est une journaliste. Elle s'occupe de ma publicité.

— T'es dingue, ou quoi ?

— Pas vraiment. Je voulais seulement que tu saches quels sont exactement les éléments de l'équation avant d'accepter de m'aider.

L'agent de Langley eut un haut-le-corps.

— Parce que tu crois vraiment que...

Frost ricana. Il leva une main et lui raconta brièvement les circonstances de sa rencontre avec Bess Stallman.

— C'est réellement pas de bol pour cette fille, commenta Curtis, mais ça n'a rien à voir avec mon problème.

— Moi j'ai à voir avec la situation qui est en même temps la tienne. Si Chapmann est liquidé, ton équation est pratiquement résolue. Ça coule de source, non ?... Il ne te restera plus que les guérilleros marxistes. Si tu lui laissais un peu la parole, la petite bête intelligente qui est en toi te dirait qu'elle veut la peau de Chapmann. Lui vivant, Bagaza et toi n'avez aucune chance de rétablir le pouvoir tel qu'il était avant. Tu ne crois pas qu'on devrait mettre nos forces en commun ?

— Ah ça, c'est la meilleure de l'année ! Dites-moi que je ne rêve pas. Un borgne armé d'un pétard chromé et d'un fusil d'assaut prétend représenter cinquante pour cent de mes effectifs et m'assure une solution à tous mes malheurs ! Bon Dieu...

Subitement, Curtis éclata de rire en se tapant sur les cuisses. Frost donna la réplique et la tension tomba d'un coup.

— Bon, d'accord, dit l'agent de la CIA. J'ai essayé de te coincer. La mort de Chapmann, c'est la désorganisation du corps des mercenaires et la fin de Kubinda dans le pays. Ça ferait un peu de nettoyage et ça permettrait d'y voir plus clair dans la bagarre contre les rebelles pro-cubains. T'as une idée ?

— La banque du Burundi, fit Hank.

— Là, je ne te suis pas exactement...

— C'est pourtant simple. Si elle saute, plus d'argent pour payer la troupe de mercenaires. Et elle a son siège à Bujumbura, donc pas loin d'ici, vieux. Chapmann ne pourrait plus financer, ni ses mercenaires ni son ravitaillement ni ses munitions. Tu piges ?

— Ton idée n'est pas si con que ça. Continue...

— Ça, c'est la première offensive. Celle qui t'arrange. Je te dirai la suite plus tard.

— L'ennui, dit Curtis, c'est que la banque est bien protégée. En plus des systèmes électroniques, il y a un mur tout autour. Et il faudra aussi pénétrer dans la ville.

Frost haussa les épaules :

— On se démerdera, ce n'est pas un problème majeur. Et puis j'ai mon idée là-dessus. Sais-tu au moins que Bujumbura a été construite sur un ancien site d'une civilisation disparue ?

— J'en ai entendu parler. Tu penses à une infiltration par le sous-sol ?

— Exactement. On repère les passages, on s'introduit dans la place, on pique le pognozof qui s'y trouve et ensuite on fait tout sauter. Qu'en penses-tu ?

— Que tu es complètement givré, renvoya Curtis. Mais le problème est à étudier. Je crois que je vais questionner quelques gars du camp. Il y en a qui doivent être au courant de cette histoire. D'après ce que je sais, les Romains auraient fait des incursions par ici, il y a pas mal de siècles...

— Vingt-deux, d'après les documents que j'ai étudiés. Mais on s'en fout. L'important est de trouver les souterrains. Il devrait être possible de retrouver des traces d'égouts et de caves...

— Possible, Hank. C'est quand même vachement aléatoire.

— Occupe-t'en, Pete. Renseigne-toi aussi précisément que possible. Toutes les réserves d'or du Burundi se trouvent dans cette taule. Je te l'ai dit, plus d'argent, plus de mercenaires. Le terrain se découvre.

— Ouais... Ouais, attends, je suis en train d'articuler le plan. Bon Dieu, c'est vraiment pas con du tout ! Un coup double. Et toi, tu récupères ta galette.

— C'est ça, Pete, tu as compris. Mais j'irais chercher Chapmann même s'il n'y avait pas le moindre rond au bout. Que je puisse dédommager les familles des copains qu'il a fait étendre, c'est quand même mieux... Si toutefois on peut consoler une famille de la perte d'un fils ou d'un frère avec de l'argent.

— Tu tiens vraiment à ta vengeance.

— C'est pas seulement une vengeance, vieux. Il faut qu'il paye, il n'y rien d'autre à dire.

A son tour, Curtis semblait ne plus l'écouter.

— Tu roupilles ? dit Hank.

— Oui ? Non... Je réfléchissais. Et je crois avoir trouvé un début de solution. Les archives de la ville sont actuellement conservées dans un ancien collège de filles. Les protections ne sont pas très efficaces. On pourrait peut-être tenter quelque chose de ce côté.

— Démerde-toi comme tu veux, Pete, l'idée est bonne, alors vas-y.

Il y eut un silence. Curtis semblait plongé dans d'intenses réflexions. Il se versa un verre de café qu'il but lentement, puis lâcha :

— Je crois qu'on peut s'arranger comme ça, Hank. J'y mets seulement une condition.

— Je m'attendais à ce que tu marchandes.

— Pour obtenir un vrai résultat, il faut aussi que Kubinda disparaisse.

— Et tu voudrais que je m'en charge...

— Pourquoi non ?

— Ben voyons. Pendant qu'on y est ! Tu serais pas un peu salaud dans ton genre ?

— Salaud, mais amical. Ça fait partie de mon job...

— Donne-moi une bonne raison ?

— Très simple : tu es un mercenaire sans aucune attache particulière avec aucun gouvernement, donc peu susceptible de déclencher des remous dans les hautes instances. Ensuite, mes gars, bien que parfaitement dévoués et pleins de bonne volonté, manquent d'expérience pour ce genre de boulot. Toi, tu es un professionnel ; tes chances de réussir le coup sont bonnes... Il faut absolument que je me débarrasse de Kubinda avant que tout le pays aille se ranger du côté des Cubains, parce qu'entre deux maux, ils finiront par choisir le moindre. Alors là, fini Bagaza. Quant à moi, n'en parlons plus... Le Département d'Etat fait manifestement une énorme connerie en soutenant ce type. Quand ils s'en apercevront, il sera trop tard. Enfin, sans vouloir trop tirer sur la chanterelle, pense aussi à tous les morts que cette guerre absurde va encore provoquer si nous ne la stoppons pas très vite...

— Tu ne me laisses pas tellement de choix, Pete. C'était pas la peine de me faire tant de discours.

— Je t'offre vingt-cinq mille dollars pour liquider ce type, dit Curtis. C'est tout ce que je peux grapiller sur mon budget.

Hank finit d'ingurgiter son café, alluma une Camel :

— Garde tes sous, vieux, tu en as besoin pour maintenir le moral de ta troupe. Je me rattraperai sur la bête Chapmann.

— J'ai donc ton accord ?

— Banco !

— Merci. Une dernière chose... Promets-moi d'aller jusqu'au bout même si je devais casser ma pipe entre-temps.

— Ne dis pas d'âneries. Tu es passé au travers de coups tordus bien plus difficiles.

— Promets quand même.

— OK, Pete. Promis. Si maintenant on examinait les détails du raid ?

CHAPITRE X

Le plan paraissait solide. Cela faisait quarante-huit heures que Frost et Curtis l'échafaudaient. L'un des soldats du camp que l'agent de la CIA avait questionné, avait fourni des indications assez précises sur le site où Bujumbura était bâtie. Etant gosse, il avait souvent joué dans les ruines qui jouxtaient la capitale à l'ouest. Il connaissait l'existence de nombreux souterrains, la plupart plus ou moins effondrés et qui avaient dû servir d'égoûts à une lointaine époque. D'après lui, certains étaient encore praticables mais il ne pensait pas qu'il fut possible de rejoindre la banque par ce moyen. Par contre, l'homme avait assuré qu'un des passages communiquait avec la vieille école désaffectée où étaient entreposées les archives de la capitale. En s'introduisant dans le bâtiment, ils devaient pouvoir trouver les plans de la banque qui leur permettraient ultérieurement une attaque par la surface à l'aide de moyens opérationnels conséquents.

La veille, le soldat noir avait été expédié en

reconnaissance. Il était revenu dans la soirée en confirmant que le souterrain était accessible.

A présent, Frost et Curtis se trouvaient sur les lieux. Il était 22 h 30. Ils avaient débouché dans une cave de l'école, rejoint sans difficulté les salles où étaient entreposées des tonnes de papiers. Par bonheur, le classement des documents avait été fait soigneusement et il ne leur fallut qu'une demi-heure à peine pour trouver ce qu'ils cherchaient.

— On peut filer, dit Frost qui finissait de disposer des charges de plastic tandis que l'agent de la CIA plaçait une chemise cartonnée dans un sac en toile.

Il déroula une mèche reliée aux détonateurs, l'alluma avec le mégot de sa cigarette et se redressa pour jeter un regard à l'extérieur. En contrebas de l'étage, dans la cour, deux gardes armés se promenaient silencieusement.

— Go ! fit-il en se dirigeant vers l'escalier.

Une minute plus tard, ils se retrouvèrent dans la cave puis dans le passage souterrain où ils progressèrent en s'aidant d'une lampe de poche. Il leur fallait marcher la tête baissée et le dos courbé, mais ils savaient qu'un peu plus loin le boyau allait s'élargir. Par moments, ils devaient enjamber des gravats, de la terre et des morceaux de rochers qui s'étaient écroulés des parois.

— Trois minutes, annonça Hank.

L'explosion était programmée pour deux cent quarante secondes. Ils avaient décidé de détruire une partie de l'édifice afin d'accréditer une action de terrorisme pour le cas éventuel ou quelqu'un s'apercevrait de la disparition du dossier. La chose était peu probable, mais ils ne voulaient prendre aucun risque dans ce sens.

— Ça ne va plus tarder, maintenant...

Comme en réponse à ses paroles, un grondement sourd se répercuta jusqu'à eux, faisant vibrer le sol sous leurs pas. L'onde de choc provoqua de petits éboulis au-dessus d'eux.

— Attention ! cria soudain Curtis en levant un bras pour se protéger la tête. Frost eut juste le temps de braquer la lampe de poche pour s'apercevoir qu'une partie de la paroi supérieure s'effondrait sur lui. D'un bond, il se recula, mais ses réflexes jouèrent une fraction de seconde trop tard. Il sentit un énorme poids sur ses reins, se tordit pour échapper à l'ensevelissement et fut projeté au sol. Sa lampe avait disparu, absorbée par les décombres. Puis le silence retomba. Une poussière dense avait envahi l'étroit passage. Pete Curtis toussait comme un damné à quelques pas de lui. Frost se dégagea de l'amoncellement de terre et de cailloux qui lui bloquaient les jambes, toussa à son tour et maugréa :

— C'était plutôt une idée de con, ce plastiquage ! Merde ! J'aurais dû penser à ça...

— Hé ! Dis donc ! Regarde au-dessus de toi. On est à ciel ouvert.

A travers la poussière qui se dissipait, ils entrevirent la clarté diffuse de Bujumbura. Une large brèche s'était ouverte.

— On ne pourra plus continuer par le souterrain, remarqua Curtis. L'effondrement a bloqué le passage. T'es pas blessé, Hank ?

— Je ne sais pas.

Le Mercenaire commença à se redresser. Il réprima un gémissement quand une douleur fulgurante lui vrilla les reins et il dut rester plusieurs secondes immobile, contrôlant son souffle.

— Je crois que j'ai quelque chose qui déconne dans le dos, dit-il.

— Attends. Bouge pas, j'arrive... On va se dégager par la brèche.

Curtis l'aida à se hisser le long de la paroi et seulement lorsqu'il vit son compagnon atteindre le sol ferme au-dessus d'eux, il prit son élan pour s'extraire du boyau.

Ils avaient émergé dans une ruelle déserte et sombre. Des fenêtres commençaient à s'ouvrir en grinçant dans les façades vétustes et ils entendirent quelques voix angoissées.

— Il faut se casser d'ici tout de suite, dit Curtis. Comment tu te sens ?

— Comme un vieux mec sénile et rhumatisant, répondit Frost avec une grimace. On s'est fait couillonner comme des bleus... Au lieu de ressortir en dehors des limites de la ville, on se retrouve en plein milieu de la fourmilière !

— Le mieux est d'aller chez Benzahdi. Il trouvera bien un moyen de nous sortir de là. Tu peux marcher ?

— Faudra bien, Pete. Mais cette connerie fait vachement mal...

Ils gagnèrent l'extrémité de la ruelle, débouchèrent dans une rue où des hommes en treillis couraient en direction du bâtiment sinistré. Des ordres retentissaient un peu partout dans la confusion.

— Ça nous donne une chance de nous en tirer, fit Curtis. Tant qu'ils seront occupés à cavaler...

Ils durent malgré tout se résoudre à traverser le bas quartier en changeant de nombreuses fois de direction pour éviter les soldats et les mercenaires qui à présent grouillaient dans la ville. Finalement, lorsqu'ils parvinrent dans l'impasse où se tenait le magasin du diamantaire, Frost marchait comme un vieillard en gémissant à chaque pas. Curtis dut frapper plusieurs fois contre le rideau de fer rouillé ; l'attente leur parut interminable. Au bout d'un moment, le Marocain ouvrit prudemment la petite porte latérale, les reconnut et les fit entrer en hâte. Benzahdi et Curtis durent porter Frost jusqu'à l'étage où ils l'étendirent sur un canapé. Il y eut un frou-frou de tissus et une femme voilée et vêtue d'une djellaba apparut. Le diamantaire lui donna quelques ordres en arabe. Puis une seconde silhouette féminine s'approcha du Mercenaire

— Hank, mon chéri ! Que s'est-il...

— Salut, miss ! sourit Hank douloureusement. T'inquiète pas, je suis seulement un peu coincé du bas.

Elle se pencha sur lui pour l'embrasser sur le front et l'observa avec inquiétude. Benzahdi réapparaissait dans son champ visuel.

— Il va falloir te retourner sur le ventre, Hank. Même si ça fait mal. Je dois regarder ça.

— Allez, pépère ! Montre ton cul ! fit Curtis d'un ton faussement enjoué. Ahmed a été chiropracteur avant de faire dans les pierres précieuses. Il devrait pouvoir te rafistoler.

Frost commença à se retourner. A l'instant où il parvenait à se mettre sur le ventre, une douleur atroce lui laboura les reins. Il sentit une onde brûlante monter dans son corps, atteindre sa tête, puis il eut un vertige et sombra dans le noir.

Quand il reprit conscience, il fut incapable de dire combien de temps s'était écoulé depuis son évanouissement. Bess était près de lui.

— Frost ? Ça va ?

Il referma l'œil.

— Hé, Frost ! insista-t-elle doucement.

— Tiens ! C'est Frost, maintenant. Je croyais avoir entendu quelque chose d'autre tout à l'heure. Tu ne m'appelles Hank qu'au moment où tu crois que je vais crever ?

— Ne sois pas idiot.

Il essaya prudemment de remuer les pieds et les mains. Ses mouvements étaient raides mais tout avait l'air de fonctionner à peu près correctement.

— Reste tranquille, recommanda-t-elle.

— Pourquoi ?

— Ahmed a dit que...

— Parce que maintenant tu l'appelles carrément par son prénom ?

Elle lui sourit ironiquement.

— Est-ce que tu serais jaloux, Frost ? Ahmed est un type très sympa. Malgré les airs traditionnalistes qu'il se donne, il est vraiment à la page, on est devenu amis et j'ai été soignée comme un coq en pâte... Il a fait quelques manipulations sur tes reins et il pense que dans quelques jours tu seras suffisamment d'aplomb pour sortir.

— J'avais bien besoin de ça ! grogna-t-il.

Levant son poignet gauche vers sa tête, il vit que sa montre marquait 11 h 30.

— On est le soir ou le matin ? s'enquit-il.

— Le soir. Tu es resté un long moment dans le cirage et ensuite Ahmed t'a fait une piqûre de tranquillisant.

Des bruits de pas se firent entendre à l'entrée de la chambre. La silhouette de Curtis s'encadra dans l'ouverture de la porte.

— Comment va, vieille feignasse ? lança-t-il en s'approchant.

— Assez bien pour me lever, je suppose. Bess, tu veux m'allumer une cigarette ?

Elle la lui alluma, en tira une bouffée avant de la lui placer entre les lèvres.

— Tu n'es pas en état, assura-t-elle. Il va falloir...

Il la coupa sèchement :

— Il va falloir faire une seule chose et vite : sortir tous les trois de ce bled. Ils sont certainement en train de fouiller les maisons une à une.

— Exact, confirma Curtis. Mais avant qu'ils arrivent jusqu'ici, on en a pour un bout de temps.

Lui tendant un cendrier, il poursuivit :

— Il ne faudra quand même pas s'éterniser. Heu... Ahmed a fait ce qu'il pouvait pour toi. Tu as un disque de déplacé. As-tu déjà eu des problèmes avec tes reins ?

L'œil de Frost s'alluma ; un sourire s'ébaucha sur ses lèvres.

— Attention ! dit Bess. Si tu nous sors que tu as glissé sur une épluchure de mangue ou que tu es tombé de ton berceau en voulant attraper une bouteille de scotch, je t'arrache l'œil qui te reste !

— Elle en serait bien capable, confirma Curtis. Raconte-nous, vieux.

— C'est une connerie qui m'est arrivée au Vietnam. J'étais dans un hélico qui s'est écrasé au sol, on n'a été que deux à s'en sortir. L'autre gars y a laissé une jambe. Moi, j'ai eu de la veine. Juste un déplacement de vertèbres... Dix jours d'hosto et j'étais sur pied.

— Je ne sais pas ce que t'ont raconté les toubibs militaires, reprit Curtis, mais Ahmed pense que c'est assez grave. Ça peut se transformer en sciatique chronique et même en paralysie si tu ne te fais pas soigner correctement.

— Parce que tu crois qu'on a le temps d'aller voir un médecin ?

Voyant l'air décidé de la jeune femme, il capitula.

— Bon d'accord, j'irai voir un toubib dès qu'on sera rentré aux States. Tu as une idée pour nous tirer d'ici, Pete ?

— En voiture tout simplement. J'ai encore

quelques hommes qui travaillent dans la clandestinité. Je les ai chargés de voler une bagnole militaire. Ils élimineront les occupants et ramèneront leurs papiers d'identité. Entre autres talents, Ahmed a celui d'être un excellent faussaire, il pourra mettre nos photos sur les documents.

— Bravo la CIA ! railla Frost. Ton plan est génial, mais tu oublies deux petits détails. D'abord Chapmann ne s'est pas encore décidé à embaucher des femmes dans ses troupes et ensuite... tu m'as bien regardé ?

— Tu parles de ton œil ?

— Ouais. Le mauvais. Et on n'a encore jamais vu une photo d'identité avec des lunettes de soleil ou quelque chose du même genre.

— J'y ai réfléchi, trancha Curtis. Mlle Stallman sera habillée en djellaba et portera le voile. Ici, personne n'oserait ennuyer une femme musulmane. Quant à toi, Ahmed s'y connaît suffisamment pour maquiller une photo. Objection ?

— Non, votre honneur.

Vers dix heures du matin, Ahmed Benzahdi avait fini de retoucher la photographie de Frost qu'il avait prise au cours de la nuit. A présent, le Mercenaire possédait deux yeux. Le travail était remarquable. Le cliché de Curtis n'avait évidemment posé aucun problème. Il était convenu que Hank porterait des lunettes de soleil. Cela n'étonnerait personne, un bon nombre de mercenaires des troupes d'occupation en portaient.

Ses reins ne le faisaient presque plus souffrir et il s'était même risqué à quelques exercices d'assouplissement.

A midi, ils quittèrent le magasin du diamantaire, Bess Stallman étant sortie une demi-heure avant les deux hommes. A la ceinture, ils portaient chacun un Colt 45 automatique récupéré sur les occupants d'une jeep dont avaient pris possession des clandestins à la solde de Curtis. Les armes dataient de la Seconde Guerre mondiale et avaient visiblement été assemblées à partir de pièces disparates. Ils n'accordaient qu'une confiance limitée à cet armement, aussi avaient-ils résolu, en cas de coup dur, de se servir de leurs propres armes qu'ils avaient dissimulées dans leurs treillis. Quant à Bess Stallman, elle portait un pistolet mitrailleur Mini-Uzi sous sa djellaba ainsi qu'un chargeur de rechange fixé à chacune de ses jambes par de gros élastiques.

La jeep les attendait à trois cents mètres dans une ruelle contiguë. Les hommes de Chapmann fourmillaient dans la grande rue. Ils remarquèrent qu'ils n'avaient plus seulement leurs armes de poing individuelles mais qu'un soldat sur trois environ portait une mitraillette. Les fouilles se poursuivaient méthodiquement. Par deux fois, ils croisèrent des patrouilles de six hommes qui entraient ou sortaient d'une maison, mais ils ne furent aucunement inquiétés.

Curtis, d'un signe de tête, signala la jeep en stationnement le long d'un mur. Un Noir avec des galons de sergent fumait une cigarette, assis sur une aile. Frost se contracta imperceptiblement et commença à glisser la main dans l'échancrure de sa veste de treillis, là où il avait glissé son poignard de combat.

— Fais pas le con ! lui souffla l'agent de la CIA. C'est notre chauffeur.

Dès qu'ils apparurent, le sergent rectifia la position et les salua. Ils s'installèrent à l'arrière du véhicule qui démarra sans attendre.

Durant le trajet, Hank repensa à la conversation qu'il avait eue le matin avec Bess Stallman. Non seulement elle ne voulait pas entendre parler d'un rapatriement à bord d'un hélicoptère que Curtis devait faire partir le lendemain pour Dar Es-Salam, mais encore, elle exigeait de poursuivre son reportage dans les rangs des soldats loyalistes. Le Marocain lui avait prêté un appareil photo et donné plusieurs rouleaux de film 24 × 36. Elle prétendait révéler à l'Occident ce qui se passait réellement au Burundi, la lutte pour le pouvoir, les pillages et les massacres systématiques des prisonniers et des populations civiles. « Je veux faire ça au moins en mémoire de mes collègues torturés par ces salauds », avait-elle expliqué. Et Frost la comprenait. Mais il frémissait à la pensée de la savoir en plein champ de bataille, bien qu'il ait déjà une preuve de son savoir-faire. D'une manière surprenante, Curtis avait rapidement donné son accord à condition que les clichés réalisés soient tirés sur place et qu'il puisse les examiner. Sans doute entrevoyait-il là une façon d'apporter des éléments de conviction indiscutables au Département d'Etat au cas où la situation tournerait mal.

La cigarette que tenait Frost le ramena au présent en lui brûlant les doigts. Il jeta le mégot à l'instant où la jeep s'arrêtait derrière deux half-tracks chargés de mercenaires en attente devant le poste de garde. Il constata que la surveillance s'était singulièrement resserrée dans le sens de la sortie. Les sentinelles contrôlaient les ordres de mission et les pièces d'identité de tous les officiers et sous-officiers présents dans les half-tracks. Ils passèrent au véhicule semi-chenillé qui les précédait.

— Ça s'annonce mal, dit Frost en se penchant vers son compagnon.

— On est en règle, tout ira bien.

Curtis le regarda en rigolant :

— Je t'aime mieux sans moustache. Tu fais plus civilisé, mec.

Le Mercenaire l'avait rasée avant de partir de chez Benzahdi. Avec ses lunettes de soleil, son teint hâlé, il pouvait passer pour n'importe lequel des hommes sous contrat avec Chapmann. Il en était maintenant quasiment certain, le colonel était au courant de sa présence dans la région et avait dû faire diffuser son signalement. Tournant la tête pour examiner les alentours, il aperçut une femme en djellaba en train d'examiner les poteries d'un vendeur de rues. Bess... Elle avait fait vite.

C'était leur tour. Le chauffeur amena la jeep au niveau des barrières de contrôle. Au lieu des six sentinelles habituelles, il y en avait au moins une dizaine, toutes armées de pistolets mitrailleurs ou de fusils d'assaut FN-FAL. Le jeune Noir chargé des vérifications commença par leur chauffeur qui tendit ses papiers, alluma posément une cigarette et attendit. Le garde l'observa pratiquement sous le nez avant de lui restituer ses documents. Hank tendit les siens qui furent également soumis à un examen attentif, mais tout se passa bien, de même que pour l'argent de la CIA. Ce fut à cet instant qu'un lieutenant des mercenaires s'avança vers eux, demandant aussitôt :

— Pourrais-je voir le bon de sortie du véhicule et vos ordres de mission, Capitaine ?

C'était Curtis qui les avait. Il les présenta. Au regard brusquement durci du gradé, Frost comprit qu'il y avait un os.

— Qui vous a signé cet ordre de mission ? grogna le type soudain méfiant.

— Le nom porté en bas de ce document est pourtant lisible, non ? rétorqua Curtis. Commandant Clinton de la...

L'autre le coupa :

— Depuis hier soir, tous les ordres de mission doivent obligatoirement être contresignés par le colonel Chapmann. Ça m'étonne que vous l'ignoriez. Descendez du véhicule !

CHAPITRE XI

Curtis marmonna une réponse, mais le lieutenant ne l'écoutait plus. Il s'était retourné vers le poste et criait une phrase en dialecte local.

— C'est foutu ! chuchota Frost.

D'un geste coulé, Curtis avait déjà saisi son pistolet et faisait feu sur le chef de poste qu'il atteignit en pleine tête. Hank dégaina et tira sur la sentinelle qui était restée en position près de la jeep. Il lui arracha son fusil d'assaut avant même la chute de son corps et commença à arroser les gardes dont certains les couchaient déjà en joue. Sa première rafale en cisailla trois, découpant des pointillés rougeâtres sur leurs poitrines. Leur chauffeur n'était pas resté inactif. Dès le premier coup de feu tiré par Curtis, il avait emballé le moteur et embrayait pour démarrer en force. Mais la jeep dérapa, fit une embardée et commença à tourner comme une toupie.

— Les pneus ! cria-t-il. Ils ont tiré dans les pneus !

— Merde ! lâcha Frost.

Il sauta à terre, imité par Curtis qui troqua son pistolet vide de munitions pour le Colt 45. Un groupe de cinq ou six hommes arrivaient au pas de charge, mais curieusement, ils ne tiraient pas. En deux rafales, Frost leur fit toucher le sol, puis chercha d'autres cibles. C'est à cet instant qu'il entendit dans son dos un klaxon lancer les premières notes du *Pont de la Rivière Kwaï*. Il se retourna machinalement et vit une Mustang décapotable rouge qui arrivait à tombeau ouvert. Bess était au volant. Elle avait calé son PM Mini-Uzi contre la portière gauche et expédiait une nuée de frelons brûlants sur le poste de garde.

— Pete ! hurla Frost. On fait le passage et on décarre !

La réponse de Curtis lui parvint sous forme de plusieurs coups de feu tirés très vite avec le 45. Le vide s'était fait autour d'eux. Ils sautèrent en voltige dans la Mustang quand celle-ci parvint à leur niveau, freinant brutalement dans un tourbillon de poussière et de fumée de caoutchouc. Curtis faillit flinguer un Noir qui courait pour rattraper le bolide rouge, mais s'aperçut à temps que c'était leur chauffeur. Il lui tendit la main et l'aida à se hisser dans l'habitacle. Frost avait pris place à côté de Bess.

— Mets la gomme ! cracha-t-il.

Le moteur rugit. A peu de distance, la barrière rouge et blanche de la sortie commençait à retomber pour leur barrer la route. Ils furent vite à son niveau, mais à cet instant un groupe de quatre hommes prit position légèrement en retrait, dans l'intention évidente de les stopper. Hank avait eu la certitude qu'ils avaient reçu des consignes pour les prendre vivants, mais à présent qu'ils les voyaient proches de la fuite, ils allaient mettre le paquet pour les abattre. La jeune femme semblait hésiter à donner le maximum de gaz au moteur.

— Fonce dans le tas, nom de Dieu ! hurla Frost.

Alors, la Mustang fit un bond en avant, dérapant des quatre roues, mais piquant droit sur les types qui prenaient la ligne de mire. La prise de contact ressembla à un *strike* de bowling. Des corps décollèrent du sol, projetés en l'air et sur les côtés. L'un d'eux atterrit sur le capot, tentant désespérément de se raccrocher à un essuie-glace avant d'être rejeté le long de la carrosserie. La tête du type heurta le rétroviseur, puis disparut dans un bruit sinistre. Au passage, un soldat noir avait bondi et s'accrochait au montant de la capote repliée. Il brandissait une baïonnette dont il frappa Curtis. Hank eut juste le temps de se retourner et lui envoya coup sur coup deux balles de 9 mm à pointe creuse qui rejetèrent l'assaillant sur la route. Puis la Mustang accéléra encore et prit du champ, laissant derrière eux une horde vociférante et paniquée.

Ils avaient à présent parcouru un peu plus de trois kilomètres sur la route asphaltée. Un

virage les avait placés hors de portée de tir.
— Comment ça va, Pete ? demanda Frost.
— Pas trop amoché, répondit Curtis. J'ai pris la pointe de la lame dans le gras de l'épaule, ça ira.
— OK. Qu'est-ce que tu as fait de ton Uzi, Bess ?
— Par terre, à côté du siège.
Le Mercenaire se baissa pour ramasser le PM.
— Et les chargeurs ?
— En place ! Tu les veux ?
Sans répondre, il retroussa la djellaba, dévoilant les cuisses de la jeune femme et entreprit de faire glisser les élastiques pour récupérer les chargeurs neufs.
— T'es vraiment un sale profiteur ! dit Bess avec un sourire crispé. Tous les prétextes te sont bons pour peloter une pauvre fille sans défense.
— Tu n'avais qu'à pas me prendre en stop ! riposta Frost en se retournant.
Une Land Rover et un half-track venaient de déboucher de la courbe, roulant à vive allure. Il poussa un juron et arma la culasse du Mini-Uzi.
— Accélère, merde ! Cette guinde n'avance pas !
— Ça ne te ferait rien d'être poli, Frost ? renvoya Bess, sérieusement.
— Eh merde !
— Il y a une ancienne route désaffectée à environ cinq cents mètres sur la droite, indiqua

Curtis. Un peu plus loin, on trouvera un pont sur lequel le half-track ne pourra pas passer.

— D'accord, on risque le coup. Arrête-toi, Bess. Tire-toi du volant et laisse-moi la place.

La Mustang pila sur le bas-côté de la route. Ils échangèrent leur place en voltige et Frost remit aussitôt la gomme. Très vite ils arrivèrent à l'embranchement. En fait de route, c'était une bande de terre à moitié défoncée comportant quelques vagues reliefs de bitume. Il y engagea le véhicule, faisant tourner le moteur en sur-régime. Tout en évitant le plus gros des cahots, il réfléchissait à un moyen de lâcher leurs poursuivants. Même s'ils arrivaient à semer le véhicule semi-chenillé, le danger représenté par la Land Rover était encore trop grand. Brusquement, des impacts crépitèrent à une certaine distance devant eux. De petites explosions bleues et rouges se transformèrent en flammes qui commencèrent à dévorer les herbes sèches.

— Ils tirent à balles incendiaires ! commenta Curtis.

Hank avait parfaitement compris. Un foyer étincelant s'élargissait très vite au niveau de la prochaine courbe qu'ils devaient aborder, provoqué par les grosses balles que continuait de vomir la mitrailleuse du half-track. Ils passèrent sans ralentir la zone incendiée au milieu d'une multitude de projections de feu qui retombèrent sur eux.

Curtis se frottait nerveusement une manche

pour éteindre une flammèche qui noircissait déjà le tissu du treillis.

— On va arriver sur le pont ! cria-t-il. Fais gaffe, c'est assez branlant...

Effectivement, cinq secondes plus tard ils débouchèrent à l'emplacement, mais le Mercenaire eut un raidissement de tous ses muscles et se mit presque debout sur le frein pour stopper la Mustang. Il voyait bien le portique terminal et l'une des deux membrures de la petite construction en bois, mais le tablier du pont avait complètement disparu.

— C'est pas de bol ! grogna-t-il, enclenchant aussitôt la marche arrière pour reculer de quelques mètres.

Son regard décrivit un arc de cercle, examinant la configuration du terrain autour d'eux. A quelques mètres devant le capot du véhicule, c'était la rupture du sol. Malgré le ronflement du moteur au ralenti, on entendait le bruit tumultueux de l'eau qui coulait au fond de la gorge de faible largeur mais très encaissée et profonde. Environ six mètres de vide, estima Hank. Sur leur droite, un talus de terre en pente douce jouxtait la ravine dans l'axe de la piste.

— On se taille à pied ? suggéra l'agent de la CIA.

Frost n'hésita qu'une seconde.

— Accrochez-vous ! lança-t-il.

Il prit encore du recul, donna quelques coups d'accélérateurs pour vérifier la montée en régime du moteur, puis se tourna vers Bess.

— On va essayer de sauter cette vacherie, expliqua-t-il. Au cas où je raterais l'atterrissage, je voudrais que tu saches...

Les mots se bloquèrent au fond de sa gorge.

— Oui ? fit la jeune femme.

— Eh bien... je... je t'aime Bess.

Un pâle sourire détendit les traits de Bess Stallman. Mais c'étaient surtout ses yeux qui souriaient, laissant filtrer une intense lueur de tendresse.

— Moi aussi, je t'aime, Hank. Mais on va s'en sortir. Tu...

— Ils arrivent ! les interrompit Curtis. Si on doit faire quelque chose, c'est maintenant !

— OK ! On y va !

Emballant à fond le moteur, Frost relâcha la pédale d'embrayage. Les roues mordirent la terre, s'accrochèrent à la piste cahoteuse et la Mustang partit à l'assaut du talus qui se présentait à une quarantaine de mètres. Il devait constamment jouer avec le volant pour compenser les embardées de la voiture de sport, les mâchoires soudées, toute sa volonté braquée sur la manœuvre. Lorsque les roues avant abordèrent le monticule, ils crurent qu'ils allaient s'écraser contre le plancher, tant la secousse fut rude, puis ils se sentirent subitement flotter dans l'espace comme en état d'apesanteur. Le temps de quelques battements de cœur et ce fut la reprise de contact avec le sol, brutale et de travers. Hank contrebraqua pour plaquer sur le terrain les roues de gauche qui tournaient dans le vide, réussit de justesse à éviter le tonneau. Au terme d'un laps de temps qui lui parut une éternité, il put stabiliser le véhicule, passa la troisième et continua de prendre de la distance sur le chemin de plus en plus défoncé. Un coup d'œil sur le rétroviseur de pare-brise lui fit voir, entre deux secousses, la Land Rover qui survenait très vite et pilait en catastrophe à ras du ravin.

— Je crois qu'on est les meilleurs ! lâcha-t-il en délaissant une seconde le volant pour faire un bras d'honneur. Maintenant, si tu connais un peu le coin, Pete, c'est à toi de faire...

— Tu devrais bientôt croiser un autre chemin à moins d'un kilomètre, renseigna Curtis. Prends-le à gauche et continue. On pourra rejoindre une route un peu moins dégueulasse et ensuite on réfléchira. Je pense qu'il faudra changer souvent de direction pour éviter les patrouilles de recherche.

— S'ils lancent une meute d'hélicos après nous, soupira Frost, nous sommes foutus.

CHAPITRE XII

La maison était située sur un plateau à environ cent soixante kilomètres de Bujumbura. Elle avait appartenu à un chasseur qui avait plié bagages lors de l'accession à l'indépendance, laissant les meubles sur place. C'était une assez grande bâtisse qui avait dû être belle et confortable à l'époque où elle était régulièrement entretenue. Pour l'instant, elle était plutôt délabrée et il n'existait plus que la moitié du toit. Curtis, qui l'avait découverte l'année précédente, l'utilisait de temps en temps comme quartier général de campagne et l'avait plus ou moins aménagée à cet effet.

Allongé sur un lit sommairement installé, Hank revivait mentalement le film de leur journée. Il avait réellement cru qu'ils laisseraient tous leur peau dans l'aventure au moment de sauter la rivière encaissée. Ils avaient trouvé le chemin indiqué par Curtis et avaient progressé pendant environ trente kilomètres avant que le train avant de la Mustang cède. C'était la guigne. A moins de huit kilomètres de la route qui devait leur permettre de rejoindre le camp tenu par les hommes de Curtis. Ils s'étaient donc lancés à pied sur la mauvaise piste, pour retrouver la chaussée bitumée dans l'espoir d'y rencontrer une patrouille de loyalistes. En fait, ils s'aperçurent vite que la casse de leur véhicule représentait une chance pour eux : trois hélicoptères sillonnèrent le ciel à faible distance au-dessus d'eux dans le but évident de les repérer. Pendant qu'ils se tenaient dissimulés sous des taillis en bordure de la route, Bess avait fait le récit de son intervention, juste avant que survienne le lieutenant qui leur avait demandé leur ordre de mission. Elle avait repéré une Mustang qui venait de s'arrêter dans sa proximité. Un officier noir en était descendu, s'acheminant sans méfiance vers les éventaires des marchands de fruits sur la place, après avoir laissé les clés sur le tableau de bord. Quand elle eut compris que l'affaire tournait court, elle avait sauté dans le véhicule, lancé le moteur et foncé dans la mêlée.

Ils avaient eu également la chance, au bout de deux heures d'attente, de voir surgir une patrouille motorisée de Bagaza qui envoya aussitôt un message radio au camp de base pour signaler leur position. Mais ce ne fut que vers sept heures du soir, alors que les recherches aériennes paraissaient interrompues, qu'un vieux coucou datant de la dernière guerre était venu les récupérer pour les emmener à leur actuelle position.

Là, un agent de la CIA sous les ordres de Curtis, en compagnie d'une vingtaine de soldats noirs et d'un médecin s'y tenaient déjà. Curtis fut soigné ; la plaie n'était pas grave. Sur l'insistance de Bess, Hank s'était fait examiner les reins par le toubib. Là non plus, il n'y avait apparemment aucun caractère de gravité, sinon qu'il lui était recommandé de s'abstenir d'efforts violents et de se faire faire des séances de massage le plus tôt possible par un spécialiste.

Une lampe à gaz répandait une lueur incertaine dans la pièce où il s'était allongé. Bess entra, vêtue cette fois d'un jean et d'une chemise d'homme.

— Quel âge as-tu ? attaqua-t-elle sans préambule.

— Ça a de l'importance en ce moment ? répliqua Frost.

— Un petit peu. Je pense à tes reins.

— J'ai beaucoup plus que ça, mademoiselle Stallman. Je crois bien que je ne me relèverai jamais de cette vacherie. Le toubib a dit que j'ai un retournement de vertèbres avec vrillage prononcé de l'apophyse épineuse accompagné d'une sournoise poussée longitudinale du sacrum qui est lui-même en but aux tracasseries du coccyx. D'après lui, je suis trop souvent tombé sur le cul.

— Ce que tu peux être bête, Frost ! T'es vraiment cinglé !

— Comment ça ?

— Tu fais un boulot de dingue. Ça te rapporte quoi, exactement ?

— Pas mal de satisfactions. Notamment de connaître de temps en temps des filles dans ton genre.

— Tu peux me raconter ?

Il fit le geste de compter sur ses doigts.

— Attends... Il y a trois ans, c'était une Péruvienne avec des seins comme je n'en avais jamais vus. J'ai failli périr étouffé un soir où elle avait trop bu et j'ai été obligé de me dégager au couteau à découper... L'année dernière, j'ai rencontré en Ouganda une négresse tellement flexible qu'elle pouvait faire deux fois le tour de mon corps avant que j'aie compris si je lui tenais un doigt de pied ou un nichon. Ensuite...

Elle lui posa l'index sur les lèvres pour le faire taire :

— Je ne suis pas une femme serpent et je n'ai pas d'énormes nichons, camarade Frost. Mais je voudrais bien faire l'amour avec toi. Si toutefois tes ennuis lombaires te le permettent.

D'un mouvement coulé, elle s'était allongée sur lui et commençait à lui mordiller l'oreille.

— Tu sais qu'on n'est pas seuls dans cette baraque ? se défendit Hank.

— ... m'en fout ! assura-t-elle. Ils sont tous en train de parler de trucs emmerdants.

Frost lui ôta sa chemise, fit sauter les boutons et descendit la fermeture Eclair de son jean.

— Fais gaffe, j'ai pas de slip, murmura-t-elle en signe d'avertissement.

— C'est de la préméditation...

— Non. Simplement de l'hygiène. Il est en train de sécher sur un arbre.

— Toujours aussi romantique !
— On fait ce qu'on peut. Dis, tu fais quelque chose au lieu de rester comme une statue ?

D'un geste rapide, il ramena une couverture sur leurs corps, tendit le bras pour éteindre la lampe à gaz qui chuintait doucement sur la table à côté du lit.

— Et pudique avec ça ! railla-t-elle en se lovant contre lui.

— Cramponne-toi, recommanda-t-il en faisant sauter la boucle de sa ceinture. Tu vas voir comment une statue handicapée des reins peut gagner un match de base-ball !

Après le petit déjeuner qu'ils prirent très tôt le lendemain matin, Bess et Hank ne se virent pratiquement pas de la journée. La jeune femme s'était improvisée assistante du médecin et aidait à préparer les trousses d'urgence et le matériel indispensable à une opération militaire. Chacun savait que l'attaque de la banque d'Etat de Bujumbura aurait lieu le plus tôt possible.

Frost passa la majeure partie de son temps dans l'ancienne salle à manger qui tenait à présent lieu de salle de réunion et de briefing, en compagnie de Curtis et de Craine Holcomb, le second agent de la CIA. Holcomb était un vieux dans la Compagnie. C'était la première fois que le Mercenaire le rencontrait mais il avait si souvent entendu parler de lui qu'il avait l'impression de le connaître déjà. Ils étudièrent soigneusement les documents et les plans de la banque qu'ils avaient dérobés avant l'explosion de la veille. Lors de l'attaque, il leur faudrait connaître par cœur la disposition des lieux pour agir avec un timing précis.

Lorsque vint l'heure du dîner, les grandes lignes de leur stratégie étaient tracées. Ils avaient prévu d'utiliser les quelques hélicoptères disponibles et en état de voler pour transporter les hommes du commando sur les lieux de l'attaque, en plein centre de la capitale. Hélas, depuis le putsch de Kubinda, les moyens étaient extrêmement réduits, l'approvisionnement en pièces détachées devenait presque impossible et la plupart des hélicoptères de l'armée loyaliste restaient cloués au sol. A la fin du dîner, Hank se tourna vers Bess qui conversait avec le médecin :

— Viens une minute, j'ai à te parler.

Ils s'éloignèrent jusqu'à la lisière de la forêt en bordure du plateau. Frost attaqua sans lui laisser le temps de parler :

— Je suppose qu'il est inutile d'essayer de te convaincre de rester au camp pendant le raid. As-tu vraiment bien réfléchi ? Il ne s'agira pas seulement d'arriver là-bas à toute vitesse, de faire notre petite affaire et de se replier comme nous serons arrivés. Ça tirera à coup sûr dans tous les coins, nos chances de réussite sont minimes. Et quand on sait quels dégâts produit une balle de gros calibre dans le corps d'un homme de constitution moyenne, imagine ce que ça ferait dans ta petite carcasse...

— Tu ne parviendras pas à me faire peur, Frost. Je sais tout cela. J'estime que c'est mon devoir de vous accompagner. D'ailleurs Curtis est d'accord.

Il soupira et s'assit sur le tronc d'un arbre abattu.

— Ouais. C'est bien ce que je pensais, lâcha-t-il d'un ton écœuré.

— Tu ne trouves pas que tu es mal placé pour me faire la leçon, mon vieux ? Tu risques ta peau dans tous les sales coins de cette foutue planète et tu viens me parler de risques...

— Tu es une femme.

— Macho !

— Je veux dire que tu n'as pas d'entraînement pour ce genre d'opération.

— D'accord. D'accord, admit-elle, j'essaierai de ne pas faire d'imprudence, je prendrai bien soin de ma petite carcasse.

Subitement, elle se cabra :

— Et toi, espèce de pauvre type à la noix ! Est-ce que tu te crois plus à l'abri des balles par le simple fait que tu as traversé des quantités de situations dangereuses en t'en sortant toujours ? Les miracles ont tous une fin. Mercenaire !... On dirait que ce mot-là signifie l'invulnérabilité pour les hommes qui le portent. Vous vous prenez pour des dieux alors que vous n'êtes qu'un ramassis d'idiots complètement paumés et incapables de voir la société autrement qu'à travers le viseur d'un flingue. Tu parles !...

— Ça t'ennuie vraiment ?

— Que tu sois un mercenaire ?... Toi et tes semblables, vous ne pensez qu'à bousiller tous ceux qui se trouvent en face de vous sans chercher à savoir si les raisons de vos commanditaires sont suffisamment valables et tout ça pour quoi ? Pour récolter au bout du compte une solde misérable ! Tu voudrais vraiment que j'admire des types comme ça ? Tu voudrais m'empêcher de faire mon boulot de journaliste qui possède sans aucun doute des motivations un peu plus sérieuses et plus nobles que vos convictions tout juste bonnes à séduire des gosses dégénérés ou les adultes attardés que vous êtes !...

Il s'emporta à son tour :

— Ecoute, Stallman !... Tu peux penser ce que tu veux, mais moi, ma vie, je la vis au jour le jour, parce que je sais que la mort m'attend à chaque nouveau pas en avant, et je me bats contre cette sale garce. Et puis... contrairement à ce que tu sembles penser, je ne m'embarque pas dans n'importe quelle aventure sans savoir si elle vaut le coup et si je me trouve du bon côté. Pas de celui du pognon, bien que ce soit indispensable, mais j'essaye de me bagarrer pour la bonne cause, celle des opprimés, des laissés pour compte et des pauvres types, des pauvres bonnes femmes que des salauds considèrent comme un moyen de s'enrichir et qu'ils éliminent ensuite lorsqu'ils n'en ont plus besoin. Et ne me dis pas que je tente de me faire passer pour un petit saint ou un croisé, ça n'a rien à voir. Je suis simplement un homme capable de voir clair dans ce grand merdier, bien que je n'aie qu'un œil, et ce n'est pas facile. Je sais aussi qu'il il y a bon nombre de salauds parmi les mercenaires, des brebis galeuses, mais ça ne signifie pas non plus que tous sont à mettre dans le même panier pour le flanquer à l'eau. Tu serais surprise de discuter avec des tas de gars que j'ai connus et qui se sont battus à mes côtés. Certains d'entre eux sont certainement plus propres moralement que beaucoup. Alors, s'il te plaît, ne me tiens plus de pareils discours !...

— Ça va, Frost ! Excuse-moi... Je ne voulais pas dire exactement ce que je t'ai dit. Je crève tout simplement de trouille pour toi. Parce que je crois qu'on peut faire quelque chose ensemble. Tu peux comprendre ?

— Ben... je comprends surtout que tu veux essayer de faire pareil...

— Pareil que toi ? fit Bess. Je serais certainement très conne de le prétendre. Mais je veux aller jusqu'au bout, Frost. Je suis dans le bain. D'abord pour mon job, et ensuite parce que je veux être avec toi. Je t'aime, espèce d'idiot. Tu n'as pas encore compris ?

— OK ! On fait la paix... Au fait, j'ai quelque chose pour toi.

Depuis le début de la discussion orageuse, il tenait en main un objet assez lourd emballé dans un chiffon qu'il déplia devant elle.

— C'est un Colt Python 357 Magnum, expliqua-t-il. Un engin défensif extrêmement puissant et malgré tout très maniable même par une main de femme. Le canon est d'un pouce et demi seulement. Tu pourrais peut-être en avoir besoin.

Il lui tendit l'arme, puis un holster de ceinture en toile kaki comprenant une pochette pour une provision d'une douzaine de cartouches. Elle prit le tout en faisant une petite moue.

— Un appareil photo, c'est bien mais peu pratique pour se défendre, ajouta-t-il.

— Il n'a pas une tête très sympathique, ton pistolet, Frost. On dirait qu'il s'apprête déjà à cracher son venin.

— C'est sans doute pour cette raison que la manufacture Colt l'a baptisé Python. Et ce n'est pas un pistolet, mais un revolver.

— Ton gros flingue, c'est un pistolet automatique ?

— Exact. Je préfère que tu aies un revolver sur toi. L'avantage d'une telle arme, c'est qu'elle ne s'enraye jamais comme ça arrive parfois avec un automatique et dans ce cas tu ne saurais pas trop comment t'en sortir.

Elle avait pris la crosse dans sa main et commençait à appuyer sur la détente, visant un point imaginaire dans la forêt.

— Stop ! fit-il. Tu dois d'abord commencer par vérifier s'il est chargé.

— C'est drôlement dur d'appuyer sur la détente...

— Normal. C'est un mécanisme à double action qui entraîne à la fois le chien et le barillet, d'où une traction plus forte à exercer sur la queue de détente. Je te conseille de t'entraîner à vide un bon nombre de fois, jusqu'à ce que tu parviennes à tirer sans faire dévier le canon. Tous les tireurs débutants avec ce type d'arme ont le même défaut : ils font ce que l'on appelle un « arraché », un mouvement parasite. Et une déviation d'un seul millimètre peut correspondre à une erreur d'un mètre ou plus selon la distance. Tu dois serrer très fort la crosse et garder l'index souple et indépendant des autres doigts. Si tu as du mal à y arriver, tiens-le à deux mains...

— Bien, professeur.

Elle réussit à trouver le poussoir de barillet qu'elle fit basculer, se maculant les mains avec la graisse spéciale dont Frost avait enduit l'arme. Puis elle fit plusieurs fois le geste de pointer le canon sur une cible, replaça le .357 dans sa gaine et s'essuya machinalement les mains sur les jambes de son jean.

— Je vais m'entraîner sérieusement, assura-t-elle. En attendant, peut-être pourrait-on aller passer un moment dans ta chambre.

Sans répondre, il l'entraîna vers la maison temporairement abandonnée par les hommes de troupe qui s'employaient à préparer du matériel. Dès qu'il eut refermé la porte de la pièce qu'il s'était choisie comme lieu de repos, elle commença à lui déboutonner sa chemise, la laissa tomber par terre et lui massa amoureusement la poitrine.

— Ce que tu es poilu, Frost !

En ronronnant, elle se lova contre lui, l'embrassa fougueusement sur la bouche en cherchant à déboucler sa ceinture.

— Bess... murmura Frost après s'être dégagé un instant de l'étreinte.

— Oui, Hank ?

— T'as pas les mains très propres...

Deux jours plus tard, les préparatifs du raid étaient achevés. Une centaine d'hommes en provenance du camp de base s'étaient rassemblés sur le plateau et avaient déballé des sacs de couchage pour passer la dernière nuit avant l'attaque. Ils dînèrent en plein air, de même que quelques officiers de l'armée loyaliste, Frost, Bess, Curtis et Holcomb. Le repas n'était pas un banquet, mais il y avait des conserves de légumes à profusion et de la viande d'antilope fraîche. Une razzia dans la réserve de bouteilles permit d'arroser honnêtement le repas puis de porter un toast. A la lumière vacillante des ampoules électriques alimentées par un groupe électrogène, le colonel Wazibwe, responsable du détachement de loyalistes, leva son verre :

— A la démocratie du Burundi et à la défaite de Kubinda et Chapmann.

Les verres s'entrechoquèrent. Puis la voix goguenarde de Frost s'éleva au-dessus du tumulte :

— Merci à Pete Curtis d'avoir ouvert sa planque secrète de bouteilles ! Savez-vous qu'il venait régulièrement dans ce camp pour se cuiter en douce pendant que vous l'imaginiez en missions spéciales ?...

Des rires fusèrent. A travers le brouhaha, il y eut une allusion sur la gratuité de l'alcool offert par l'Oncle Sam.

— Gaffe ! ajouta Frost. Si j'entends quelqu'un dire que je bois à l'œil, je lui pète la tronche !

— Aucun risque, missié Hank ! rigola un immense Noir qui parlait un peu l'anglais. On a t'op de respect pour le capitaine bo'gne !

La nuit passa très vite. Frost dormit d'un sommeil de plomb et se réveilla à six heures, frais et l'esprit lucide. Un sous-officier de semaine faisait le tour du campement en tambourinant sur une casserole à l'aide d'une louche et en ressassant une litanie incompréhensible.

C'était le jour J.

CHAPITRE XIII

Sept hélicoptères Huey achevaient de descendre sur le plateau. Trois d'entre eux devaient emmener la première vague d'assaut sous le commandement de Frost et de Curtis. Il était prévu que les quatre autres transporteraient un peu plus de soixante-dix hommes commandés par Craine Holcomb et le colonel Wazibwe. Les appareils de la première vague auraient à se poser l'un après l'autre à l'intérieur de l'enceinte de la banque pour larguer la troupe d'attaque composée d'une cinquantaine de soldats. Aucune étape intermédiaire n'était prévue, les Huey ayant une autonomie suffisante pour couvrir deux fois la distance aller-retour jusqu'à Bujumbura. Hank s'était arrangé avec Curtis pour que Bess fasse partie de l'arrière-garde.

En dépit de l'heure matinale, la chaleur était déjà très forte et ils laissèrent ouvertes les portes latérales des appareils.

Tout allait se jouer sur l'effet de surprise. A partir d'une distance de quatre-vingts kilomètres de la capitale, ils devraient voler constamment en rase-mottes pour échapper aux radars.

Le Mercenaire était équipé de son fusil d'assaut HK, de son fidèle Browning, de deux dagues de combat et de quatre grenades offensives accrochées à son ceinturon. Silencieux au milieu de ses compagnons d'armes, il réfléchissait, se demandant notamment pourquoi les guérilleros pro-cubains ne donnaient plus aucun signe de vie. Depuis plusieurs jours, les rapports radio indiquaient une activité quasiment nulle de leur part. Sans doute, en fait, les marxistes s'attendaient-ils probablement à une attaque en force de l'armée loyaliste. Ils devaient escompter des pertes suffisantes de part et d'autre pour pouvoir profiter de la situation et s'emparer sans coup férir de Bujumbura.

Curtis avait enseigné à ses hommes quelques rudiments d'anglais de sorte qu'ils puissent comprendre les ordres essentiels de Frost. Celui-ci, de son côté, avait appris par cœur une vingtaine de phrases type dans leur dialecte. Avec ce maigre instrument de communication, le langage des signes et un peu de chance, il devrait pouvoir s'en sortir.

Subitement, après une approche rapide à ras du sol et le franchissement d'une colline rocailleuse, ils aperçurent la ville à quelques kilomètres de leur position. C'était maintenant que les risques commençaient.

Le premier groupe de trois hélicoptères arriva très vite au-dessus de Bujumbura, volant toujours à très basse altitude. Frost distingua un fourmillement soudain d'activité sur les places et les zones occupées par l'armée et les mercenaires. Des mitrailleuses pivotaient sur des tourelles de véhicules blindés, des jeeps démarraient en trombe et des hommes couraient en tous sens. Des coups de feu furent tirés dans leur direction, mais les tirs manquaient d'efficacité.

— La banque ! prévint Curtis par l'intermédiaire du casque-radio que Frost portait sur la tête.

Effectivement, ils étaient déjà presque à l'aplomb des hauts murs qui entouraient l'établissement.

— Paré, tout le monde ? cria Hank dans le bruit de hachoir des pales et le grondement du moteur.

Il reçut quatorze réponses simultanées. Puis le Huey s'immobilisa à deux mètres du sol, dans l'enceinte.

— Go ! lâcha-t-il en sautant, suivi aussitôt de son équipe.

Dès qu'ils eurent touché le sol, ils s'éparpillèrent sous le feu d'une mitrailleuse qui commençait à crachoter depuis un mirador installé précairement à l'angle d'un mur. Un premier blessé tournoya dans un râle et s'écroula tandis que trois autres hommes concentraient leur feu sur le tireur adverse qui reçut un déluge de plomb et de cuivre en pleine poitrine. Déjà, le Huey s'élevait à la verticale pour laisser la place à l'appareil suivant à bord duquel était la section de Curtis. Puis, sur un signe de Frost, ses hommes s'élancèrent en direction du garage de service situé en face du bâtiment de la banque pour assurer la couverture du second Huey. Sur un de ses signes, deux gars positionnèrent une mitrailleuse M 60 de manière à pouvoir englober toute la surface entre les deux bâtiments. A leur tour, Curtis et son équipe se dispersèrent à l'opposé de la position tenue par le premier groupe. Mais à l'instant où le troisième hélicoptère d'assaut déposait sa cargaison de combattants, de longues rafales crépitèrent en provenance du haut de l'édifice principal. Un tireur dont on ne voyait que la tête et le museau de sa mitraillette les arrosait depuis le toit.

— Couvrez-nous ! hurla Frost à l'adresse de Curtis en s'élançant vers l'entrée de la banque à la tête de son équipe.

Immédiatement, des coups de feu tonnèrent de toutes parts. Il vit encore quatre de ses hommes tomber sous la mitraille, pensa qu'il y avait sûrement d'autres tireurs dissimulés un peu partout. Il scinda son groupe en deux parties, l'une d'elles prenant position de chaque côté de la porte, l'autre le suivant à l'intérieur. Le grand Noir rigolard qui parlait un peu anglais était à côté de lui.

— Vas-y, Kuwanabe ! Place la charge !

Le colosse s'agenouilla pour dérouler un long boudin de plastic à la base du rideau de fer qui obturait l'entrée, y enfonça un détonateur sur lequel il fixa une mèche. Le Zippo de Hank claqua, communiquant le feu au cordon de retard qui se mit à grésiller.

— Maintenant, planquez-vous !

D'un même élan, ils allèrent se plaquer contre le mur de l'édifice et comptèrent anxieusement les secondes tandis que les détonations continuaient de se faire entendre à courte distance. A douze, la charge de plastic fit explosion dans un vacarme effroyable qui éclipsa un instant le tumulte ravageur des armes automatiques en action. Les tympans douloureux, Frost se précipita sur l'entrée. Le rideau d'acier n'existait plus que sous forme de lambeaux tordus et déchiquetés. Un mètre en retrait, le double battant vitré de la porte avait été entièrement pulvérisé et d'innombrables fragments de verre jonchaient le sol dallé de marbre. De même, les vitres des guichets avaient volé en éclats ; l'intérieur du grand hall ressemblait à un édifice sinistré par un ouragan.

Se retournant, le Mercenaire vit que trois hommes seulement étaient encore derrière lui.

— Où sont les autres ? cria-t-il.

Le grand Noir leva les mains, en signe d'impuissance :

— Tués, Capitaine.

— Nom de Dieu ! gronda Frost.

Il lui sembla entendre le bruit des hélicoptères de la seconde vague d'assaut qui avait pour but d'empêcher tout accès ennemi dans l'enceinte de la banque. C'était bien cela. Il y eut aussi une grosse détonation, suivie immédiatement d'une autre. Les Huey commençaient à tirer à la roquette sur les véhicules adverses vraisemblablement venus à la rescousse.

— En avant !... hurla-t-il en s'élançant dans le hall tandis que la bataille faisait rage derrière lui.

Il avait parfaitement en mémoire le plan du bâtiment et n'eut aucune peine à diriger ses hommes vers le sous-sol en direction de la chambre forte. Ce ne fut qu'en parvenant au bas de l'escalier qu'il eut la sensation d'un danger imminent. Il ne savait trop si c'était un bruit qui l'avait alerté ou un pur instinct, mais il était sûr de la chausse-trappe. D'un signe, il arrêta ses compagnons en leur faisant comprendre de se tenir prêts à la riposte. Puis il risqua un bref regard derrière l'angle du mur le séparant encore de la salle jouxtant la chambre forte. Il eut à peine le temps d'apercevoir six types qui se tenaient debout, éloignés les uns des autres, et braquaient des fusils et des mitraillettes dans leur direction. A l'instant où il se reculait vivement, un feu d'enfer se déclencha ; la paroi située à leur gauche s'effrita sous l'impact d'une nuée de projectiles et ils durent faire quelques pas en arrière pour éviter d'être touchés par les éclats de béton et les ricochets. Frost dégrafa une grenade de sa ceinture, arracha la goupille et balança l'engin dans la salle après avoir attendu, à la limite de sécurité. L'explosion fut presque immédiate, leur martyrisant les oreilles. Un corps pantelant fut projeté presque jusqu'à leurs pieds.

— Allez-y ! lança-t-il dans le dialecte bantou.
 Ses trois compagnons s'élancèrent à travers la fumée de la déflagration. Un défenseur rescapé se relevait, encore sonné, et pointait devant lui un PM. Une rafale de M 12 lui cribla la poitrine et le rejeta parmi les autres cadavres.
— Kuwanabe ! Go !
 Le Noir costaud sortit d'un container accroché à sa ceinture trois autres boudins de plastic qu'il alla soigneusement positionner à la base et à l'emplacement des gonds de la porte blindée protégeant la chambre forte. De même que quelques instants auparavant, il fixa les détonateurs et les mèches que Frost enflamma. Puis ils se retirèrent dans l'escalier, se couchèrent sur les marches et se bouchèrent les oreilles. Malgré cette précaution, Hank eut l'impression que sa tête se désagrégeait brutalement lorsque la titanesque onde de choc intervint. Il crut aussi que sa poitrine s'écrasait sous un poids monstrueux. Enfin, il se releva, respirant difficilement, s'avança dans la salle. Et c'est à ce moment qu'il entendit une stridulation aiguë accompagnée d'un grondement venant de l'extérieur. Il se précipita à un soupirail, colla son visage contre les barreaux. Dans son axe visuel, un Huey tombait en flammes, probablement touché par une roquette. Il comprit quelques secondes plus tard en voyant passer un chasseur à ras des toits ; ses mitrailleuses de nez arrosaient un groupe de soldats noirs qui s'enfuyaient en débandade. Puis un autre appareil fit un passage fulgurant au-dessus d'un des

hélicoptères de la seconde vague d'assaut qui ripostait avec un canon à tir rapide. Et c'étaient des avions américains !... Chapmann avait donc réellement eu l'assentiment du Département d'Etat.

Il n'essaya pas d'imaginer la sordide magouille politique qui était à l'origine de cette décision, il y avait mieux à faire dans l'immédiat.

— Frost ! entendit-il brusquement dans son dos.

C'était la voix de Pete Curtis. Il arrivait accompagné de quatre soldats.

— Le coin est nettoyé, lui annonça Frost. Il n'y a plus qu'à embarquer l'or.

— Faisons vite, bon sang ! On ne pourra plus tenir longtemps, ton salaud de mec se fait appuyer par l'aviation.

— Je sais.

— Pourtant, il n'a pas l'air d'être sur place. Personne ne l'a aperçu ni de près ni de loin.

— Ce n'est pas son genre de prendre directement part à la bagarre...

— Nous avons des pertes sérieuses, dit encore Curtis. L'effet de surprise n'a pas joué totalement.

Ils venaient de pénétrer dans la chambre forte remplie d'une fumée âcre qui ne se dissipait que lentement par les bouches d'aération.

— Tu devrais passer l'ordre aux hélicos de se tenir prêts à venir embarquer le chargement, fit Hank. Allez-y, les gars, transportez-moi l'or en haut. Laissez le fric sur place, à moins que vous trouviez des dollars, ou quelque chose d'équivalent et de monnayable.

Curtis traduisit la consigne et s'élança en direction de l'escalier avec sa radio portative.

La fouille s'avéra rapide. Beaucoup trop rapide. Kuwanabe vint camper sa grande carcasse devant le Mercenaire et débita d'un air navré :

— Je c'ois qu'on s'est fait 'ouler, Capitaine. Y a plus d'o' ici...

— Quoi ? rugit Frost.

CHAPITRE XIV

Le Noir roula ses gros yeux d'un air navré et confus :
— Plus 'ien du tout, Capitaine. Seulement de l'a'gent du Bu'undi et ça n'a pas de valeu' inte'nationale...

Hank bondit près des rayonnages métalliques où normalement auraient dû être entassés les lingots jaunes. Vides... Aussi loin que le regard pouvait porter à travers la fumée. Il parcourut la salle en sillonnant les allées délimitées par les rayonnages. Il ne subsistait qu'un peu de poussière marquant les emplacements qu'avaient occupé l'or. Dans le fond, il trouva trois gros cartons contenant des liasses de billets entourées de bandes de papier. Rien que de la monnaie locale impossible à négocier à l'extérieur du pays.

— Bravo Chapmann! marmonna-t-il, allumant ensuite une cigarette.

Au-dehors, il y eut une grosse explosion qui fit vibrer sourdement les murs de l'édifice. Il fit signe à ses hommes de remonter, leur emboîta le pas et déboucha à l'air libre à l'instant où un Huey se profilait à une centaine de mètres, faisant feu avec sa mitrailleuse mobile sur des cibles invisibles depuis la position de Frost, à l'intérieur des murs de l'édifice. De nombreux cadavres jonchaient le sol alentour. Il vit aussi Curtis étendu au bas des marches et qui se traînait péniblement pour essayer de récupérer son walkie-talkie à deux mètres de lui. Il courut auprès de lui, l'aida à se redresser. Une tache de sang s'élargissait sur le côté droit de sa poitrine.

— Ils ont réussi à balancer un obus de mortier, grimaça l'agent de la CIA. On est dans la merde. Il reste seulement deux hélicos, les autres sont tous abattus... J'ai... j'ai donné l'ordre qu'un des deux se pose ici...

— Est-ce que tu as très mal ? questionna Hank.

— Même pas... J'ai l'impression d'avoir la moitié de la caisse en moins.

— On va se tirer d'ici à toute vitesse, Pete.

— Ouais... Quelques-uns de nos gars ont réussi à piquer deux camions et un half-track. Faudra charger les lingots, parce que... les hélicos sont plus assez...

— Il n'y a rien à charger, Pete. La réserve a été entièrement mise à sac. On s'est fait rouler comme des bleus.

— Hein ? Qu'est-ce que tu racontes ?...

— Chapmann nous a baisés, vieux. Et il doit déjà avoir quitté la région, probablement avec Kubinda. Il a laissé une garde de principe dans la banque pour tromper les petits copains laissés sur place. Avec l'ordre de ne laisser entrer personne, le temps qu'il taille la route.

— *Son of a bitch !*

Des rafales se faisaient entendre de partout au-delà des murs. Puis la grille d'accès se démantela sous la poussée brutale d'un half-track qui pénétra dans la place. Frost faillit dégoupiller une grenade, mais retint son geste en reconnaissant Craine Holcomb assis à côté d'un soldat noir au volant du véhicule. A l'arrière, un groupe d'hommes tiraillaient sans relâche sur des adversaires éparpillés à l'opposé de la place. Une petite silhouette nerveuse sauta par-dessus la ridelle blindée du tout terrain et courut vers Hank, un PM à la main. Un appareil-photo dansait sur sa poitrine, retenu à son cou par une bretelle.

— Qu'est-ce que tu fous ici ? rugit Frost. Tu devais rester à l'arrière...

— Il n'y a plus d'arrière, annonça Bess essoufflée. C'est la pagaille partout.

Holcomb arriva aussi et se pencha sur Curtis pour examiner sa blessure.

— Les deux tiers de nos hommes sont bousillés, commenta-t-il en glissant un paquet de gaze sous la veste de treillis du blessé. Les autres ont tout de même essuyé de sérieuses pertes.

— Dire qu'on aura fait tout ça pour rien ! soupira Hank. Il n'y plus un gramme d'or dans cette baraque, Craine. Maintenant, faut décarrer à toute vitesse. Lancez un ordre radio aux hélicos pour qu'ils viennent évacuer les blessés !

— Plus de... ?
— Faites vite, bon Dieu !

Ce fut à cet instant qu'ils virent l'un des deux derniers Huey s'enflammer d'un seul coup. Ils entendirent la déflagration une demi-seconde plus tard et l'appareil chuta à la verticale pour venir se désintégrer sur un toit.

— Ordre à toutes les équipes de se regrouper à proximité de la banque ! hurlait Holcomb dans la radio. Repliez-vous par vagues successives de couverture. Pour hélico !... Rejoignez immédiatement la position centrale. Magnez-vous !...

Il répéta la consigne en dialecte local, attendit d'avoir reçu les accusés de réception puis lança une phrase aux soldats restés dans le half-track. Cinq d'entre eux se précipitèrent auprès des corps allongés au sol, examinant les blessés et les aidant à se regrouper au centre de la cour. Le dernier Huey déboucha au-dessus d'eux dans un grondement soudain, se stabilisa et vint toucher assez durement le sol. Tandis qu'on faisait monter les blessés dans la carlingue, Hank courut vers la grille démantelée pour observer l'extérieur. Deux camions avec des plateaux débâchés se tenaient à une cinquantaine de mètres, à l'arrêt. Des hommes s'étaient embusqués derrière, d'autres avaient pris position à l'abri d'arbres ou des massifs qui parsemaient la place, d'autres encore s'étaient allongés à même le sol, à plat ventre et ripostaient au feu sporadique provenant de l'extrémité opposée de l'esplanade. Le combat s'effilochait, mais le principal des forces adverses devait commencer à s'organiser et à converger vers les lieux.

Il retrouva Bess à côté du Huey, en train d'aider à l'évacuation des blessés.

— Monte dans le zinc ! ordonna Frost.

— Pas question ! renvoya-t-elle froidement. Je vais où tu vas.

— D'accord ! répliqua-t-il avec un sourire glacé, l'attrapant aussitôt par la taille pour la propulser dans la carlingue. Tenez-la bien, les gars !

Il ne restait que deux blessés à faire monter.

— Espèce de salaud ! cria Bess. Tu...

— La ferme, Stallman !

Le grondement du moteur de l'appareil s'amplifia. Les pales tournèrent plus vite.

— Et où est-ce qu'on va se retrouver, Hank ?

— Au camp de base ! Reste avec Craine. S'il doit déménager, accompagne-le ! Go !

Il leva son pouce vers le pilote qui fit immédiatement varier le pas cyclique. Le gros appareil décolla d'une secousse, s'inclina de l'avant et commença à prendre de la hauteur pour s'éloigner de plus en plus vite.

— Où est Curtis ? demanda-t-il à Kuwanabe qui venait vers lui en courant.

— Dans le half-t'ack, Capitaine. Il a pas voulu pa'ti' avec les blessés... On dev'ait pas 'ester ici, Capitaine...

— OK ! Fonce !

Au pas de course ils rejoignirent le half-track qui démarra sans plus attendre. Frost avait pris place à côté du chauffeur, Kuwanabe s'était cramponné à la ridelle métallique et l'enjambait pour se placer à l'abri. Les deux camions s'ébranlèrent, récupérèrent au passage les hommes à pied tandis que le feu adverse reprenait de l'intensité. Ils prirent la rue principale en enfilade, roulant à tombeau ouvert. Les ridelles s'étaient hérissées de canons de fusils et de PM qui lâchaient de courtes rafales pour protéger leur retraite. Un peu plus loin, ils ralentirent à peine pour laisser monter quatre de leurs hommes qui s'étaient laissés bloquer sur un parking par une jeep équipée d'une mitrailleuse. Frost décrocha une grenade de sa ceinture et la balança sur le véhicule avant que la mitrailleuse pivote en direction du half-track. Trois corps jaillirent sous forme de débris multiples dans l'explosion. Puis ils repartirent à pleins gaz.

Sur la dernière partie du trajet de retraite, ils ne rencontrèrent qu'une faible résistance composée de quelques tireurs isolés qui abandonnèrent presque aussitôt le combat. Mais lorsqu'ils débouchèrent sur la place bordant la sortie de la ville, ils comprirent qu'ils ne s'en tireraient pas sans dégâts. La barrière rouge et blanche était abaissée et trois jeeps avaient été amenées sur leur trajet. Une autre, à l'écart, était munie d'une mitrailleuse actionnée par deux servants.

— Taïaut ! hurla Frost en pointant son H-K par la porte latérale. Foncez dans le tas !

Il visa la mitrailleuse qui pivotait déjà pour

les prendre dans son axe de tir et réussit malgré les trépidations du half-track à faire mouche à la seconde rafale. Les servants s'écroulèrent sur leur machine. Mais des armes automatiques entraient en action depuis le barrage devant eux. Ils n'en étaient plus qu'à une cinquantaine de mètres. Il rentra la tête dans les épaules, se cala pour résister au choc. Il y eut une secousse brutale, la sensation que l'avant du half-track éclatait, et les jeeps furent projetées sur les côtés, rebondirent pour se renverser dans un tintamarre de tôles froissées. Puis la barrière vola, pulvérisée comme s'il s'agissait d'une simple brindille. Il entendit dans son dos un enfer de coups de feu tirés par les hommes à l'abri des ridelles blindées, envoya lui-même une rafale vers un type allongé par terre et qui les mitraillait, cisailla deux inconscients qui se relevaient pour le coucher en joue.

Hank passa la tête par la portière pour vérifier que les camions suivaient. Le premier avait pris du retard sur le half-track. Son pare-chocs avait accroché une jeep et le chauffeur tentait une manœuvre pour se dégager. Puis une déflagration développa une boule de feu au-dessus du véhicule, avec un fracas de tonnerre. Il venait de prendre une grenade de plein fouet. Le second le percuta avec violence. Des flammes s'élevèrent aussitôt de son capot tandis que des silhouettes armées se précipitaient en tiraillant sur les ridelles. Une autre grenade explosa au milieu des hommes qui tentaient de sauter au sol pour aller se placer à l'abri.

Les mâchoires de Frost se contractèrent. Un goût amer lui emplit la bouche. Il demeura silencieux pendant un long moment pendant que le véhicule chenillé prenait un maximum de distance, songeant à tous ces hommes morts au combat. Et pourquoi ?... Dans l'après-midi, demain matin au plus tard, les rescapés de la compagnie de Chapmann et ceux de Kubinda apprendraient que leurs chefs avaient fui en pillant le trésor du pays ; qu'il n'y aurait plus de solde, plus de ravitaillement. Plus rien que l'amertume d'un combat stupide et sans aboutissement... Ceux qui avaient défendu la sortie de Bujumbura étaient tous des mercenaires. En d'autres circonstances, ils auraient pu être ses frères de combat. Seulement, ils appartenaient à l'autre camp. Une nouvelle fois, Chapmann avait gaspillé des dizaines, des centaines de vies humaines, et cela pour son seul profit. Le gros colonel avait sans aucun doute prémédité ce grand coup qui lui permettait de disparaître et de s'installer ensuite dans le confort et le luxe sous une autre identité.

Frost estima qu'ils étaient à présent hors de danger, du moins temporairement. Il posa son H-K sur la banquette, ouvrit la portière pour quitter la cabine et sauta sur le plateau. Ce fut alors qu'il prit vraiment conscience des pertes qu'ils avaient subies. Sur la cinquantaine d'hommes qui avaient pris place dans les trois véhicules, il ne restait plus que huit soldats valides, quatre blessés et trois cadavres, entassés dans un engin bringuebalant en fuite. Curtis était là, couché sur le plateau cahotant. Ses lèvres étaient bleu-violacé, sa respiration faible et saccadée. Il souleva la bâche qu'on lui avait étalée sur le corps et regarda sa blessure. Sa poitrine avait été labourée par un éclat de métal. Sa veste de combat était imbibée de sang. Il comprit que Curtis n'en avait plus pour longtemps.

— Tu m'entends, Pete ? demanda-t-il en se penchant sur lui.

Les lèvres du blessé se décollèrent, s'animèrent dans un souffle à peine perceptible. Frost dut amener son oreille contre sa bouche pour saisir ses paroles.

— Tu m'as promis... prononçait difficilement l'agent de la CIA. Tu m'as promis pour Kubinda, Hank. N'oublie pas... Fous-le en l'air...

— Je tiendrai ma promesse, Pete. Je te le jure. Mais tu vas t'en tirer, on va te soigner...

— Déconne pas, Hank. Je sais bien où j'en suis, pour moi c'est terminé... Donne le bonjour aux copains et raconte-leur ce qui s'est passé... Comment ces deux fumiers ont baisé tout le monde, y compris le Département d'Etat. Ces crétins ont dû croire que le seul problème était d'éliminer les marxistes et ils leur ont fait confiance... Tous des cons, Hank... Ces mecs...

— Tais-toi, dit Frost. Reste tranquille, le Huey va revenir dès qu'il aura déposé les blessés et tu seras évacué. Tu m'entends, vieux ?... Dis, tu m'entends ?...

Mais Pete Curtis n'était plus en mesure de dire quoi que ce fût. Ses yeux étaient devenus vitreux, ses lèvres immobiles dans un étrange sourire. Il venait de mourir. Hank lui abaissa les paupières, se releva et resta un instant debout à observer la route qui défilait derrière le half-track. Le sang battait violemment à ses tempes.

Aussi loin qu'il pouvait regarder, il ne vit aucun véhicule dans leur sillage. Sans doute la pagaille qui régnait dans les troupes adverses avait-elle empêché toute poursuite. Il l'espéra de toutes ses forces en songeant que la partie n'était pas encore achevée. Il ne s'agissait plus seulement de régler des comptes, mais de mettre un terme aux saloperies d'une guérilla absurde. Et aussi de rattraper les deux vermines qui ne devaient sûrement pas être encore très loin de la zone de combat.

Ils atteignirent bientôt la fin de la plaine de Bujumbura, prirent une piste étroite et commencèrent à grimper à flanc de montagne.

Le camp sur le plateau ressemblait à une ruche en folie. Des soldats arrivés en masse du camp de base s'activaient à monter des tentes supplémentaires, d'autres s'employaient à vérifier des mitrailleuses ou des canons sans recul installés sur des jeeps et des half-tracks. Il y avait quatre hélicoptères à l'arrêt sur une aire dégagée en bordure de la forêt. Quatre Huey dont trois étaient venus à la rencontre des hommes en retraite sur la piste de montagne. Cela faisait beaucoup d'appareils pour ramener quelques survivants et des cadavres encore inidentifiables. Les Huey provenaient du camp principal où ils avaient été tenus en réserve. Il était prévu qu'une jonction militaire devait avoir lieu le lendemain avec des blindés de Bagaza, pour une attaque définitive de Bujumbura. Une réunion devait avoir lieu le soir même afin d'examiner la situation dans le détail.

Vers quinze heures, ivre de fatigue, Frost s'endormit après avoir demandé à Bess de le réveiller à vingt heures.

A l'heure dite, la réunion eut lieu dans le grand living de la maison. Il y avait douze hommes, dont le colonel Wazibwe, Craine Holcomb, et des officiers des forces de Bagaza. Hank et Bess entrèrent en plein milieu des débats. De nombreux regards se braquèrent sur eux. Frost alluma posément une Camel, considéra l'assemblée en s'apercevant que tout le monde s'était tu. Wazibwe se racla la gorge.

— Capitaine Frost, commença-t-il, nous savons tous ici ce que nous vous devons pour la part que vous avez prise au combat. Puis-je insister sur un élément qui me semble décisif dans l'issue de cette guerre ?

— Si vous voulez parler de Kubinda, répliqua Frost, je ne renierai pas la promesse faite à Pete Curtis. Connaissez-vous son actuelle position ?

Ce fut Holcomb qui répondit :

— On l'a localisé à Kinshasa. Il y est depuis ce matin, ce qui confirme que son plan de désertion était prêt depuis longtemps.
— Et Chapmann?
— Nous suivons sa piste. D'après les messages radio reçus, un maximum de personnel de l'Agence ne le lâche plus et il ne peut même pas aller pisser sans que nous soyons au courant.
— C'est bon, Craine. Faites passer le message pour qu'on ne le touche pas. Laissez-le-moi, je le veux en entier.

Le colonel Wazibwe reprit :
— Un hélicoptère est à votre disposition pour vous transporter à Kinshasa, Capitaine. Il est capital que le général Kubinda cesse d'exister. Lui disparu, l'opposition tombera automatiquement et nous n'aurons plus en face de nous les guérilleros marxistes. C'est une affaire qui se réglera très vite.
— C'est bien de cette façon que je vois la situation, confirma Frost. Je suppose qu'ensuite vous ferez une action auprès du gouvernement du Zaïre pour récupérer le trésor national de votre pays?
— Assurément. Bien que nous n'en récupérerons sans doute qu'une partie. L'autre doit être en possession du colonel Chapmann. Nous savons qu'ils ont quitté le territoire hier soir avec deux camions qui devaient contenir les lingots.

Hank écrasa sa cigarette dans une boîte de conserve vide, en ralluma aussitôt une autre.
— A votre place, assura-t-il, je n'attendrais

pas pour foncer sur Bujumbura avec tous vos effectifs. Vous ne rencontrerez certainement qu'une résistance de principe. En allant vite, vous court-circuiterez les marxistes. Maintenant, me permettez-vous de prendre congé ?

Wazibwe s'approcha de lui en lui tendant une main largement ouverte.

— Nos souhaits vous accompagnent, Capitaine. Nous sommes avec vous et je regrette seulement que quelques hommes ne puissent vous accompagner à Kinshasa. Nous risquerions des ennuis graves avec le gouvernement du Zaïre et le moment serait mal venu.

— Surtout que vous allez leur demander une restitutions de fric ! rétorqua Frost en souriant avec compréhension.

Il serra aussi la main de Craine Holcomb, salua les autres et sortit, accompagné de Bess. Puis ils se dirigèrent vers le Huey qui les attendait et dont le pilote était déjà aux commandes.

CHAPITRE XV

Localiser Kubinda n'avait posé aucun problème majeur au dispositif de la CIA en place au Zaïre. Le gros général africain était arrivé depuis trois jours à Kinshasa. Ted Collins, le responsable local de l'Agence, avait aussitôt fait intervenir une équipe chargée de sa surveillance, mais il n'était pas question de régler l'affaire du gros bonnet en prenant le risque d'une retombée sur le service opérationnel de Langley, d'autant plus que le Département d'Etat, apparemment, continuait toujours de lui accorder son parrainage. Et Kubinda s'était entouré de précautions de sécurité très efficaces. Il s'était retiré dans une propriété à une soixantaine de kilomètres de la capitale. Une véritable place forte au centre d'un terrain d'au moins deux cents hectares, entouré par des barbelés et sillonné en permanence par une dizaine de gardes armés. Depuis trois jours, Kubinda ne s'était rendu qu'une seule fois à Kinshasa, à bord d'une Cadillac et accompagné de quatre gardes du corps. Selon les renseignements obtenus par Collins, le véhicule avait été acheté quinze jours auparavant par un prête-nom à un revendeur local à qui on avait passé commande. La carrosserie était blindée, et le pare-brise à l'épreuve des balles.

Hank Frost se tenait sur un petit promontoir rocheux en bordure de la piste desservant la résidence. Il fumait une Camel. A côté de lui étaient disposés un walky-talky de forte puissance, une carabine Remington de calibre 280 équipée d'un système de visée à micro-point lumineux, et un LAW (Light Anti-tank Weapon).

Une moto tout-terrain était inclinée sur sa béquille à quelques mètres de là. Il savait qu'un avion léger était prêt à décoller à tout moment de l'aéroport de Kinshasa pour rejoindre un lieu de rendez-vous situé à proximité de Marama, à environ douze kilomètres de son actuelle position. Son repli avait été minutieusement préparé. Il était prévu qu'il quitterait le Zaïre sur un avion de ligne à destination de l'Europe. Les papiers d'identité qui lui avaient été remis par le correspondant de l'Agence locale étaient évidemment des faux, mais tellement bien imités qu'il n'aurait certainement aucun problème au passage en douane ni au contrôle de police.

Il était dix heures trente. Le soleil était brûlant, mais il ne souffrait pas de la chaleur. Une brise balayait régulièrement la région, provoquant parfois de petits tourbillons d'air qui faisaient virevolter la poussière. Il se sentait quand même las. Depuis près de vingt-deux heures qu'il était en poste, Frost ne mangeait que des sandwiches emballés dans du papier de cellophane et buvait de l'eau minérale tiède.

Il écrasa son mégot, alluma la quarante et unième cigarette depuis qu'il était en attente, puis but une goulée d'eau à même une bouteille en plastique. Soudain, l'émetteur-récepteur crachota près de lui :

— *Attention, Maxi-One! Le renard vient de quitter sa tanière. Il sera sur vous dans moins de trois minutes. Il roule vite.*

C'était l'un des hommes de Collins qui assurait l'observation à la périphérie de la propriété.

— Bien reçu, Rabatteur ! confirma-t-il. Silence radio sauf s'il y avait un changement. Over.

— *Over.*

Frost saisit le tube du LAW, s'allongea à plat ventre à l'extrémité du promontoir et commença à compter mentalement les secondes. Sa position était excellente. Il pouvait observer la piste sur plus de quatre cents mètres. Le LAW ne lui permettait qu'un seul tir. Il aurait pu se contenter de viser la voiture de plein fouet, avec la certitude de tuer tous ses occupants, mais il voulait être certain que le gros général était bien à bord. Il avait donc décidé la seule tactique qui lui paraissait possible : un coup par en dessous.

La Cadillac déboucha soudain du dernier virage qui lui masquait la bande caillouteuse à l'est. Le pare-brise était teinté, de même que les vitres latérales. Trois cents mètres, maintenant... Deux cents... Il déverrouilla le système de sécurité, posa son index sur le bouton de mise à feu. A une distance qu'il estima à un peu plus de cent mètres, il commença doucement à appuyer, fixant les réticules de visée sous la grosse calandre en approche. Le wooosh ! de la roquette le surprit presque. L'engin fila selon une trajectoire absolument rectiligne et explosa exactement sous le véhicule qui décolla du sol, se coucha sur le côté et retomba lourdement sur le toit.

Déjà, le Mercenaire avait rejeté le tube inutile du LAW pour saisir la Remington qu'il braquait sur le véhicule accidenté. De la fumée s'en échappait ; le capot moteur pendait par terre. Mais aucun des occupants n'essayait encore de s'extraire de l'épave. Frost positionna le minuscule point rouge de son viseur sur l'emplacement du carburateur et tira deux balles coup sur coup. C'étaient des ogives à charge incendiaire dont l'impact eut un effet immédiat. Une flamme rapide jaillit du moteur, grossit démesurément et vint lécher avec avidité la carrosserie et les vitres latérales. Dans l'instant qui suivit, les deux portières arrière s'ouvrirent presque simultanément et trois silhouettes apparurent, marchant sur les genoux et les coudes. Deux d'entre elles tenaient des pistolets mitrailleurs. Des gardes. Kubinda apparut à son tour, aidé par un de ses hommes tandis que les autres cherchaient à comprendre dans quelle direction ils devaient riposter, encore hébétés par le choc. A l'instant où l'un deux tirait une rafale approximative dans sa direction, Frost l'abbatit d'un projectile qui lui arracha la moitié supérieure de la tête. Un autre reçut une ogive incendiaire au milieu de la poitrine et s'effondra en tournoyant sur lui-même. Celui qui avait aidé son patron tenta de se placer à l'abri de la voiture en flammes, mais dut reculer sous l'action de l'intense chaleur. Frost le cueillit alors qu'il se jetait au sol en braquant son PM devant lui.

A présent, le conducteur apparaissait par une porte arrière. Il n'avait sans doute pas pu déverrouiller la sienne et faisait visiblement des efforts pour dégager ses jambes bloquées par la banquette qui s'était défaite de ses fixations. L'homme n'était pas armé. Frost fit dévier la Remington. Il aperçut la silhouette obèse du général traître qui courait maladroitement en bordure de la piste.

— Kubinda! cria-t-il. Général Kubinda!...

L'Africain fit encore quelques pas, s'arrêta et se retourna en écartant les mains de son corps. Hank vit ses lèvres remuer mais n'entendit aucun son. Il visa froidement le milieu du visage adipeux, exerça une légère pression sur la queue de détente, provoquant le recul brutal de la Remington. La tête de Kubinda se transforma instantanément en un magma infect d'où jaillit un sang porté à température d'ébullition par la charge incendiaire.

Frost recula en rampant. Sans aucune précipitation, il sortit de sa poche un foulard dont il se servit pour essuyer la boîte de culasse de la carabine, ainsi que le canon encore chaud, fit de même avec la poignée du LAW, ramassa le talkie-walkie et manipula le bouton d'émission.

— De Maxi-One à Safari ! lança-t-il. Affaire conclue, le renard est tombé.

La voix de Ted Collins lui parvint aussitôt :

— *OK, Maxi-One. Je vois la fumée d'ici. Pas eu de problème ?*

— Aucun. Vous m'envoyez la nacelle ?

— *Affirmatif ! Foncez.*

— Y a pas le feu ! rigola Frost en observant les hautes flammes qui montaient à l'assaut du ciel.

— *Tu parles !* répliqua l'agent de la CIA. *Allez-y, mon vieux. Et merci pour le coup de main. Over.*

— Over ! dit Frost.

Il alla ranger l'appareil radio dans une sacoche de la moto, rassembla les bouteilles vides et les papiers de cellophane qui avaient servi à protéger ses sandwiches, renversa dessus un peu d'essence contenue dans une petite fiole, et y jeta une allumette enflammée. Ensuite, il enfourcha la moto qu'il fit démarrer et se lança dans la direction opposée au sinistre.

C'était l'hiver à Zürich. En descendant du Boeing 747, Frost frissonna. Il se sentait un peu ridicule dans son costume d'été blanc.

Bess Stallman l'attendait derrière les guichets

du contrôle de police qu'il passa sans incident. Elle portait un manteau de daim à martingale et col fourré et des chaussures à talons hauts.

Il émit un petit sifflement.

— Dis donc, miss ! Tu jettes un sacré jus...

Ils s'embrassèrent.

— Montre-moi un peu l'intérieur, demanda-t-il.

Bess lui sourit, puis, oubliant la foule qui se pressait autour d'eux, ouvrit son manteau pour découvrir une robe moulante bleu foncé de la meilleure coupe.

— L'emballage te plaît ? questionna-t-elle toujours souriante.

— Formidable ! Mais j'aime aussi le contenu...

— Toi, par contre, j'ai l'impression que tu dois cailler dans ton petit costume de touriste imprévoyant. Viens, j'ai une voiture bien chauffée dehors...

Elle avait loué une Mercedes. Dès qu'elle eut lancé le moteur, elle commenta en se lançant à travers l'embouteillage de l'aérogare :

— Tu sais, Frost, je crois que je suis en train de devenir une journaliste de la CIA. Tu vois ce que je veux dire... Ces gens qui travaillent dans la presse mais qui ont en réalité des liens assez serrés avec la Compagnie...

Hank se ficha une cigarette entre les lèvres et d'un coup de pouce ouvrit le couvercle de son Zippo.

— Hé ! protesta la jeune femme. Il y a un

allume-cigares dans cette voiture. Ça sent moins mauvais que ta saleté à essence.

Haussant les épaules, il enfonça l'allume cigares, demanda :

— Est-ce que tout s'est bien passé ici ?

— Tes copains barbouzes se sont occupés de tous les détails. Ce sera à peu de choses près le même travail que pour Kubinda.

— Pas tout à fait, releva-t-il. Chapmann est une affaire personnelle.

— Ça, je le sais ! Tu ne vas pas prendre de risques ?...

Avant même qu'il ne réponde, elle enchaîna :

— Et ton dos ?

— Je m'amuse tous les matins à jeter mon briquet par terre pour savoir si je peux le ramasser sans plier les jambes et sans chanter ramona.

— Tu trouves ça drôle ?

— Je n'ai plus mal.

— Tu devrais quand même passer des radios et voir un spécialiste. Dis-moi... Qu'est-ce que tu comptes faire après ?...

— Après Chapmann ? Je n'y ai pas encore bien réfléchi. On pourrait peut-être passer un moment ensemble, non ?

— Seulement un moment ?

Il la regarda sans répondre. Elle était allée chez le coiffeur et sa nouvelle coupe de cheveux lui allait à ravir. Avec ses boucles d'oreilles et son maquillage, elle aurait facilement pu poser pour la couverture d'un magazine à grand

tirage. C'était la première fois qu'il la voyait sous l'aspect d'une vraie femme.
— Et après ? insista-t-elle en tournant la tête de son côté.
— Attention ! regarde devant toi.
Elle reporta son attention sur la conduite et dut braquer sèchement pour éviter une voiture qui déboîtait.
— Est-ce que tu vas répondre, dis Frost ?
— Où est-ce que cela nous mènerait ? Envisages-tu de te mettre la corde au cou avec un type borgne et incapable de gagner sa vie autrement qu'en fabriquant de la viande froide ? Et puis, tu n'as pas une tête de veuve...
— Je n'aurais pas cette crainte si tu changeais de boulot.
— Ben voyons !
— Oh, ça va, Frost ! On ne peut pas parler sérieusement avec toi.
— Je continue, c'est tout !
— Et moi, j'étais en train de te dire que... enfin, je te l'ai déjà dit, je crois.
— Oui ?
— Je t'aime, espèce d'idiot.
Il ne répondit pas de suite, paraissant remuer des pensées diverses et contradictoires. Puis il soupira et se tourna vers la jeune femme :
— Je t'aime aussi, Bess. Je ne sais exactement comment c'est arrivé, mais c'est un fait et je n'y peux rien... Mais je n'accepterai jamais de replonger dans la vie telle que je l'ai connue avant. Ne me parles pas du monde réel et d'une

prise de conscience avec la société. Le monde réel, c'est un endroit où des gens se permettent de commettre les plus horribles des crimes sans être punis autrement que par quelques coups de règle sur les doigts. Un endroit où tu n'oses pas te promener la nuit par crainte que des petites gouapes te fassent la peau pour te piquer les deux sous qui te restent dans la poche après le passage du percepteur. Le voilà, ton monde réel. Très peu pour moi ! Et puis, les années passées depuis la guerre du Vietnam m'ont fabriqué une autre mentalité.

— Tu préfères jouer aux cow-boys et aux Indiens...

— Exact. Vingt-cinq heures par jour s'il le faut. Je suis allé trop loin dans ce type de vie pour changer mon parcours.

Elle s'enferma dans le mutisme, concentrant son attention sur la conduite de la Mercedes.

Lorsqu'ils se séparèrent, un peu plus tard dans la matinée, Frost ne savait pas s'il la retrouverait à son retour dans la chambre d'hôtel qu'elle avait louée dans le centre. Il l'espérait pourtant. Avec force.

Le plan de l'affaire Chapmann avait été mis en chantier en même temps que celui de l'élimination de Kubinda.

Il se fit conduire en taxi jusqu'à un vieil immeuble de la banlieue. Là, il rencontra trois hommes qu'il ne connaissait que sous des pseudonymes. Deux d'entre eux étaient des contractuels de la CIA. L'autre était un technicien venu spécialement de Langley par avion.

La mort de Chapmann était programmée pour quatre heures de l'après-midi.

contrats is en 1914, Lange était en recrue, et il vient présentement de Langley par avion.

La mort de Chapman était prévue depuis trois ou quatre heures de l'après-midi.

CHAPITRE XVI

Tous les jours, en effet, le colonel Chapmann se rendait au Crédit Suisse depuis son arrivée à Zürich. D'après de minutieuses observations, ses déplacements étaient réglés avec précision.

A deux heures de l'après-midi, Hank avait achevé de se teindre en blond avec un produit qui partirait au premier shampooing. Le technicien de l'Agence le maquilla ensuite, donnant à ses joues un aspect tombant et lui arrondissant légèrement le menton. Il lui fallut aussi raser une nouvelle fois sa moustache. Un costume rembouré à la taille et aux jambes le firent paraître une quinzaine de kilos plus lourd qu'il ne l'était réellement et une paire de lunettes de soleil apportèrent la dernière touche à son déguisement. Un regard dans une glace. Tout était parfait ; il passerait aisément pour un quadragénaire des plus inoffensifs.

Son armement se constituait d'un automatique de calibre .22 extra-plat et d'une dague. Le pistolet était équipé d'un silencieux intégral. Les ogives des cartouches à haute vélocité avaient été trafiquées en atelier. Elles contenaient de la poudre d'ammoniaque qui déterminerait un empoisonnement du sang au cas où la blessure ne serait pas mortelle. Dès l'opération accomplie, le Mercenaire devait jeter l'arme, ainsi que son holster, dans une poubelle qui serait ensuite mise à feu à distance par radio-commande. Un tel luxe de précautions était tout à fait dans la ligne de pensée des agents de la CIA, et Frost s'en était quelque peu moqué, mais il avait finalement accepté le jeu. Son manteau en gabardine avait une manche droite sans couture, fermée à l'aide d'une bande Velcro. Il lui suffirait d'un simple effort pour que la manche s'ouvre en deux, lui permettant ainsi d'atteindre la dague fixée sur son avant-bras.

A quinze heures vingt, Frost quitta le vieil immeuble en compagnie d'un des agents contractuels qui s'installa au volant d'une coccinelle Volkswagen. Ils roulèrent en silence jusqu'à proximité de la banque puis se séparèrent. Le véhicule resta sur place, garé devant un parcmètre, la clé sur le tableau de bord. A seize heures et trois minutes, Frost commençait à se demander si sa proie serait au rendez-vous quand il nota l'arrivée d'une Mercedes qui venait se ranger contre le trottoir devant l'établissement. Le conducteur en descendit, ainsi qu'un second homme, puis un troisième qui se tint un instant très raide sur le trottoir. C'était Chapmann.

Les gardes du corps promenèrent leurs

regards autour d'eux, échangèrent ensuite un signe qui pouvait vouloir dire que les abords de l'établissement étaient sûrs. Tous deux avaient laissé leurs manteaux ouverts et Hank aperçut un bref instant la crosse d'un gros flingue sous le vêtement. Puis il les regarda monter les trois marches de l'escalier et disparaître.

Il attendit vingt secondes avant de suivre leur chemin. Dans le hall, il prit l'allure d'un client, marcha vers un présentoir où il préleva un imprimé publicitaire qu'il se mit à lire. Chapmann était entré seul dans un bureau contigu au hall, laissant ses deux hommes de protection de chaque côté de la porte. Il savait ce qui se passait. D'après les renseignements fournis par la CIA, l'or volé avait été pris en charge par deux fourgons de transfert du Crédit Suisse puis déposé dans la chambre forte. Le colonel félon était déjà venu cinq fois à la banque et en était ressorti avec une valise relativement lourde et qui devait être pleine de billets. Par une sorte d'alchimie discrète il convertissait progressivement ses lingots en monnaie facile à écouler ou à investir.

Cinq minutes passèrent. Puis dix. A la onzième, la porte s'ouvrit sur le militaire en civil qui tenait effectivement une grosse valise en cuir. Comme dans un ballet bien réglé, ses gardes du corps l'encadrèrent et ils se dirigèrent vers la sortie du hall. Il y avait peu de monde dans l'établissement ; les clients étaient presque tous occupés devant les guichets, quelques-uns d'entre eux restant en attente, assis ou compul-

sant des publicités. Lorsque les trois hommes
dépassèrent Frost, celui-ci glissa imperceptiblement la main dans l'échancrure de son manteau, l'affermit sur la crosse du .22 qu'il dégagea
et tira tout de suite. Les quatre coups ne firent
pas plus de bruit que des chuchotements secs.
Mais les gardes venaient de prendre chacun
deux projectiles empoisonnés dans la poitrine.
Hank les vit se raidir, faire encore quelques pas
incertains, puis s'effondrer sur le carrelage.
Chapmann se retournait brusquement, la
bouche ouverte sur une exclamation muette.
Puis il comprit et plongea la main sous son
manteau. Mais déjà, Frost arrivait sur lui sans
que personne dans l'assistance se soit vraiment
rendu compte de ce qui se passait. Il shoota du
pied dans le Browning à crosse d'ivoire qui alla
percuter une cloison, frappa son adversaire au
visage en y mettant toute sa force. Chapmann
dansa sur un pied en perdant l'équilibre et
s'affala au sol. Frost le suivit dans sa chute, le
bloquant d'un genou contre la poitrine. Il
rangea le .22 dans son holster, plia complètement le bras pour ouvrir sa manche et saisit la
dague dont il lui posa la pointe sur la gorge. De
l'autre main, il enleva ses lunettes de soleil et vit
les yeux de Chapmann s'ouvrir démesurément.

— Tu te souviens de moi, ordure ? gronda-t-
il les dents serrées. Te souviens-tu aussi de cent
cinquante pauvres types que tu as fait bousiller
pour garder leur solde ? Dis quelque chose
avant de crever.

— Je... je... balbutia l'homme étendu au sol, cherchant des mots qui ne venaient pas.

— C'est tout ? questionna Hank avec froideur.

— Attends !... Attends, Frost. On peut s'arranger... Je vais te donner de l'argent. Beaucoup d'argent... Tu verras...

— Je vois surtout que tu es toujours aussi ignoble. Tu vas crever comme tu as vécu. Comme un porc !

— Non ! couina Chapmann. Attends !...

La lame coupa ses protestations, s'enfonçant profondément en travers de sa gorge. Frost l'en retira d'un coup sec, l'essuya sur le manteau de l'agonisant puis se releva. Un silence impressionnant s'était fait dans le hall. Quelques personnes s'étaient approchées, croyant d'abord à une simple rixe, mais reculèrent aussitôt en voyant le sang couler de la gorge ouverte. Une vieille femme hurla en se tenant la tête à deux mains. Frost accomplit les deux pas qui le séparaient de la valise tombée derrière le corps. Il s'en empara, pivota sur place pour examiner brièvement et d'un regard glacial ceux qui étaient un peu trop approchés et lâcha d'une voix très basse :

— Ce type aurait dû mourir cent cinquante fois. Ce n'était qu'une bête malfaisante.

Il se détourna définitivement, s'achemina vers la sortie à travers un groupe de clients qui s'écartèrent craintivement devant lui. Sans changer d'allure, il dévala les trois marches de la banque, parcourut le trottoir jusqu'à l'angle de la rue où il tourna. Il vit un peu plus loin la poubelle verte que lui avait indiquée l'agent de la CIA et y jeta le .22 avec son holster ainsi que la dague sur laquelle subsistait quelques taches de sang.

La Volkswagen l'attendait dans une rue transversale. Il déposa la valise sur le siège arrière et s'installa au volant puis démarra doucement. Assez loin derrière lui, des cris retentissaient, des gens commençaient à courir en tous sens. Il y eut aussi la petite explosion que produisit la mise à feu d'une charge de magnésium dans la poubelle. Un récipient dont personne ne s'était étonné de la présence en plein jour. En plein Zürich. Aucune trace ne subsistait plus de l'opération, à part les cadavres de deux gardes du corps et d'un certain colonel traître à ses hommes, dont la conscience emportait en enfer la responsabilité d'un assassinat collectif démentiel.

Hank Frost n'en éprouvait aucune joie. Paradoxalement, sa vengeance ne lui procurait qu'un sentiment d'immense amertume et d'insatisfaction. Ses compagnons étaient-ils pour autant ressuscités ? Leurs proches allaient-ils retrouver la joie de vivre en recevant la part qui revenait aux morts ? Maintenant qu'il avait accompli l'acte définitif de sa mission, Frost se posait une question brutale : qu'est-ce que la mort de Chapmann pouvait signifier dans l'abominable pandémonium de la violence et des êtres dénaturés qui l'organisaient.

Les visages de nombreux compagnons d'infortune défilèrent dans sa tête. Il y avait Stockton, Montenegro, Billy West, le Petit Caporal... Et la réponse qu'il avait oubliée lui vint spontanément : c'était un acte de justice.

*
**

Bess l'avait attendu. Lorsqu'il la rejoignit dans sa chambre d'hôtel, il la serra contre lui à l'étouffer, alla ensuite verrouiller la porte et lança la valise sur le lit. Le bagage était fermé par une serrure de sécurité qu'il fit sauter avec un gros couteau de poche. Et les liasses apparurent, se décomprimant soudain sous le regard quelque peu méfiant de la jeune femme. Hank les compta d'une manière approximative, puis déclara :

— Environ deux millions de dollars. Je ne pensais pas qu'il y en avait autant.

C'étaient des billets verts pour plus de la moitié, mais y avait aussi des francs suisses et des deutschmarks. Il referma la valise et attrapa la jeune femme par la taille, la poussant doucement vers le lit.

— Le blond ne te va pas très bien, commenta-t-elle d'un ton badin. Ça te donne un air mollasson. Et puis ce maquillage...

— Ne me dis pas que j'ai l'air d'un travelo.

— Si tu allais enlever tout ça ? N'oublie pas non plus le rembourrage sous tes vêtements, ça te vieillit de cinquante ans...

Il la lâcha pour passer dans la salle de bains, se frotta énergiquement le visage avec une serviette, puis se déshabilla et lorsqu'il réapparut, il n'avait qu'un slip sur lui. Bess achevait de faire glisser sa combinaison par-dessus sa tête.

— C'est curieux qu'on ait les mêmes idées en même temps ! plaisanta-t-il.

— Tu vois que nous sommes faits pour nous entendre, Frost.

Il l'enlaça en songeant à la réflexion qu'elle lui avait faite au sujet de ses mains la première fois qu'ils avaient fait l'amour. Cette fois, ce n'était pas de la terre et de la poussière qui lui maculaient les mains. Mais du sang. Il la lâcha un instant et s'essuya machinalement les paumes sur ses cuisses, le visage subitement fermé.

— Alors quoi ? fit Bess en souriant. Tu es en panne ?

Il serra les dents, respira profondément et chassa les idées sinistres. Son regard rencontra celui de Bess et ce qu'il y lut fit naître en lui une intense chaleur de désir.

— En fin de compte, je ne crois pas que tu sois vraiment en panne, apprécia-t-elle après avoir baissé les yeux sur le slip de Frost. Ce serait plutôt psychosomatique !

Du pied, il repoussa la valise et allongea la jeune femme sur le lit.

— Tu vas voir le drôle de psychomatique que je deviens dans certains cas, affirma-t-il en prenant place contre elle.

— On dit psychosomatique, pas psychoma...

Il lui ferma la bouche d'un baiser, commença

à la caresser. Un peu plus tard, elle reprit son souffle et murmura :

— Dis, Frost...
— Oui, Bess, répliqua-t-il sur ses gardes.
— Je t'aime. Je t'aime comme une folle.

Il souffla, lui sourit :

— Je croyais que tu allais me demander si j'avais correctement fermé la porte ou pris un bain.

— Idiot !

Bientôt, elle ne dit plus rien. Un râle léger s'échappait de ses lèvres et elle commença à lui labourer consciencieusement le dos avec ses ongles.

Frost, pour un temps, échappait à l'enfer de la violence et de la mort. Il ne pensait à rien d'autre qu'à ce moment qu'il aurait voulu éternel.

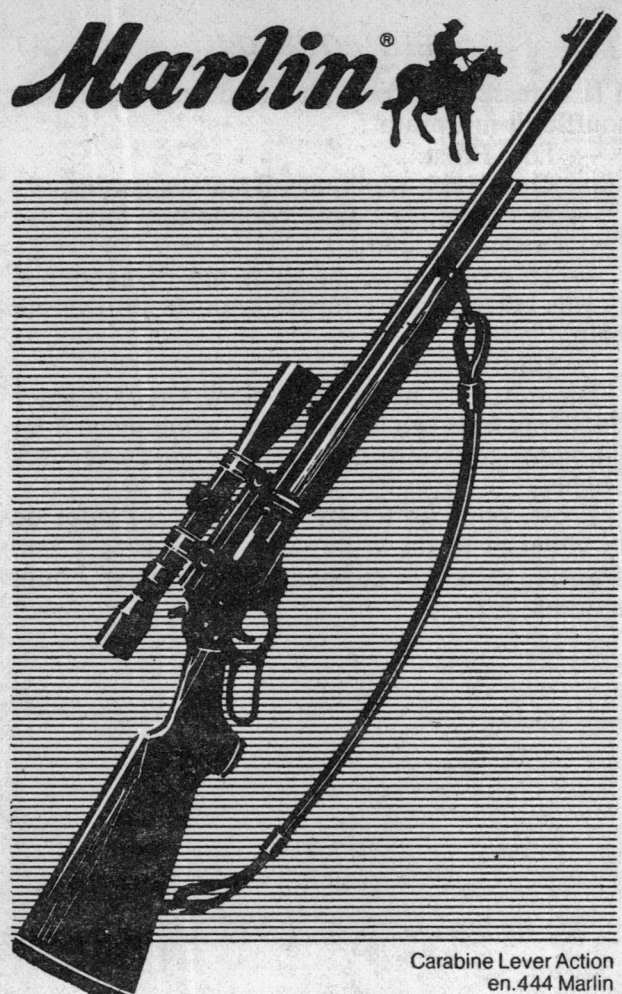

Carabine Lever Action
en .444 Marlin

la carabine du Far West

EN VENTE CHEZ MESSIEURS LES ARMURIERS

AVEZ-VOUS LU TOUS LES SAS

LES FOUS DE BAALBEK

chez votre libraire

par Paul Vence

**Au Service Action,
tout le monde connaît Robert Skal.
Il appartient au Groupe Ecarlate,
l'élite du contre-espionnage français.
Les hommes apprécient son courage,
les femmes son charme slave...
Mais quand la France est en danger,
il est impitoyable.
Comme un squale.**

Chez votre libraire :

N° 1 K COMME KARNAVAL
N° 2 OPÉRATION JACARANDA
N° 3 TORPILLES SUR LE KGB
N° 4 PLAN GALILÉE
N° 5 CLASH A ZAGORA
N° 6 COUP DUR A KOUROU
N° 7 L'AFFAIRE TIBERMANN
N° 8 CHOC A BRISBANE
N° 9 L'ESPIONNE DE BAGDAD
N° 10 EXÉCUTION A NEW ORLEANS

GÉRARD DE VILLIERS
PRÉSENTE

L'IMPLACABLE

par
Richard Sapir et Warren Murphy

Une série bourrée d'actions
et d'aventures fantastiques.
C'est violent, c'est cruel... et drôle.

Chez votre libraire le n° 30

KIDNAPPING
À LA
MAISON BLANCHE

Découvrez les enquêtes de la

BRIGADE MONDAINE

qui osent enfin révéler les dossiers indiscrets des policiers pas comme les autres ?

Chez votre libraire le n° 56

LES ENVOÛTÉES DU MARABOUT

BLADE

Suivez le récit des aventures de Blade, cet homme hors pair quand il prend son départ fulgurant pour des dimensions inconnues.

Chez votre libraire :

N° 1 : LA HACHE DE BRONZE
N° 2 : LE GUERRIER DE JADE
N° 3 : LES AMAZONES DE THARN
N° 4 : LES ESCLAVES DE SARMA
N° 5 : LE LIBÉRATEUR DE JEDD
N° 6 : LE MAUSOLÉE MALÉFIQUE
N° 7 : LA PERLE DE PATMOS
N° 8 : LES SAVANTS DE SELENA
N° 9 : LA PRÊTRESSE DES SERPENTS
N° 10 : LE MAÎTRE DES GLACES
N° 11 : LA PRINCESSE DE ZUNGA
N° 12 : LE DESTRIER DORÉ
N° 13 : LES TEMPLES D'AYOCAN
N° 14 : LES RÊVEURS DE XURA
N° 15 : LA TOUR DES DEUX SAGESSES
N° 16 : LES MERS DE CRISTAL
N° 17 : LES CHASSERESSES DE BREGA
N° 18 : L'ÉCHIQUIER VIVANT DU HONGSHU
N° 19 : LES RAVAGEURS DE THARN
N° 20 : LES BARBARES DE SCADOR
N° 21 : LES CONSACRÉS DE KANO
N° 22 : L'EAU DORMEUSE DE DRAAD
N° 23 : LES CINQ ROYAUMES DE SARAM
N° 24 : LES DRAGONS D'ANGLOR
N° 25 : LA TRIBU ROUGE DES KARGOIS
N° 26 : LES ANDROÏDES DE MAK'LOH
N° 27 : LA COURTISANE DE DAHAURA
N° 28 : LE MAGICIEN DE RENTORO
N° 29 : LE TYRAN DE TARGA
N° 30 : LE MALÉFICE DE NGAA
N° 31 : LES GLADIATEURS DE HAPANU
N° 32 : LES RÉVOLTÉS DE MYTHOR
N° 33 : LA FORÊT CARNIVORE DE JAGHD
N° 34 : LES DESCENDANTS DES MAÎTRES DU CIEL
N° 35 : LES SEPT DUCHÉS DU FLEUVE CRAMOISI
N° 36 : LA VENGEANCE DU MAÎTRE DU CIEL
N° 37 : LA CAVERNE DE L'IDOLE
N° 38 : LES AÉRIENS DE K'TAR
N° 39 : LES DIEUX DE LA MORT LENTE
N° 40 : LES MANGEURS D'HOMMES D'ILETROIS
N° 41 : LES CHEVALIERS-DRAGONS DE KHARM
N° 42 : LES ADORATEURS DE DSCHUBBA

*Achevé d'imprimer en mai 1984
sur les presses de l'Imprimerie Bussière
à Saint-Amand (Cher)*

— N° d'imprimeur : 927. —
— N° d'éditeur : 11196. —
Dépôt légal : juin 1984

Imprimé en France